상실의 기도

STONE YARD DEVOTIONAL

Copyright ⓒ 2023 by Charlotte Wood
Korean Translation Copyright ⓒ 2025 by EunHaeng NaMu Publishing Co., Ltd.
Korean edition is published by arrangement with Jenny Darling & Associates
through Duran Kim Agency.

이 책의 한국어판 저작권은 듀란킴 에이전시를 통한
Jenny Darling & Associates와의 독점 계약으로
(주)은행나무출판사에 있습니다.
저작권법에 의해 한국 내에서 보호를 받는 저작물이므로
무단전재와 무단복제를 금합니다.

This project has been assisted by the Australian Government
through Creative Australia,
its principal arts investment and advisory body.
이 프로젝트는 호주 정부 산하 주요 예술 투자 및 자문 기관인
크리에이티브 오스트레일리아의 지원을 받았습니다.

상실의 기도

샬럿 우드 박찬원 옮김

은행나무세계문학 에세 • 25

은행나무

제인 팰프리먼에게

"나는 세상 앞에서 겸손함을 느꼈다."

닉 케이브

"지금 막 내 인생으로 무엇을 할지 결정했다.
나는 변형되고 심지어 왜곡된 기억이지만 이 작업을 해나갈 것이며
그러면서 이 삶을, 오늘 내가 살아가고 있는 이 삶을 이어나갈 것이다."

엘리자베스 하드윅

차례

1부 · 13

2부 · 51

3부 · 253

옮긴이의 말 · 322

일러두기
1 원문의 이탤릭체는 고딕체로, 대문자로 강조한 부분은 볼드체로 표기했습니다.
2 본문의 각주는 모두 옮긴이의 것입니다.

1부

첫날

3시경 드디어 도착. 이곳은 1970년대 요양지나 친환경 공동체 같은 느낌이지만 반기는 분위기는 아니다. 경고문들이 울타리에 혹은 진입로 옆 작은 기둥에 붙어 있다. **출입 금지. 주차 금지**. 산업 지역이지 휴양지는 아니다.

나는 울타리 근처 이렇다 할 특징 없는 자리에 차를 세우고 조용한 차 안에 앉아 있다.

여기 오는 길에 마을에 들러 35년 만에 처음으로 부모님의 묘지에 갔었다. 무덤을 찾기까지 시간이 좀 걸렸는데, 소위 '잔디밭 묘지'라는 곳에 있었기 때문이다. 기울어진 흰 묘비와 십자가들이 삐뚤빼뚤 줄지어 선 원래의 마을 묘지로부터 울타리를 쳐서 갈라놓은—왜?—새로운 구역이었다. 원래의 오래된 구역은 거대한 검은 소나무들이 내려다보고 있고, 높다란 가지에서는 갈까마귀와 앵무새들이 울음을 운다. 잔디밭 묘지는 그와 대조적으로 단조롭고 평평한 부지 위에 완만한 곡선을 이루며 줄지은, 똑같은 크기의 낮고 흉한 묘비가 가득하다. 더 깔끔하기는 하다(그런데 왜 묘지가 깔끔해야 하나?).

잔디는 없고 그냥 흙먼지 쌓인 죽은 풀밭이다.

부모님을 찾기 위해 나는 두 사람의 장례식을 치를 때마다 느꼈던 춥고 보호받지 못한다는 느낌—육체적으로 그렇다는 뜻이다—을 되살려보아야 했다. 아버지를, 그러고 나선 어머니를 나란히 파헤쳐진 흙구덩이 속으로 들여보낸 그곳에서 나를 둘러싼 공간이 너무 막막하다는 기분이 들었었다. (그때는 사람을 팔이 아니라 로프와 밧줄을 사용해 땅바닥 구덩이로 내리는 게 무정한 것 같다고 생각했었다.) 그런데 지금 묘지를 이리저리 걸으며 그때 그 기분을 기억한 덕분에 그 자리를 다시 찾을 수 있었다. 나는 어머니와 아버지의 묘비, 기계로 자르고 광택을 낸 그 두 개의 돌덩이 앞에 섰다. 묘비의 색깔과 디자인, 그 위의 글자들은 부모님 누구의 흔적도 간직한 듯 보이지 않지만 분명 내가 결정하고 승인했을 것이다.

누군가 흉물스러운 플라스틱 조화를 묘비 옆 작은 철제 창살에 꽂아두었다. 아마도 찾는 사람 없는 무덤에 조화를 가져다주는 자원봉사자들이 있는 것 같다. 그 오랜 세월이 흐른 후 내 부모가 묻힌 곳에 흔적을 남기고 싶은 이가 또 누가 있겠는가? 조화는 플라스틱 부분이 전부 색이 바래 잿빛이 되었지만, 한때는 다른 묘비들의 조그만 금속 꽃병에 꽂힌 꽃들처럼 선명한 색이었을 것이다. 암갈색과 적갈색, 흰색의 조악한 인조 꽃잎들이 진녹색 줄기에 달렸고, 여기저기 삐죽 튀어나온 줄기엔 가짜 마디와 잎도 있었다.

풀밭에 서서 그 흉물스러운 꽃을 보다가 내 앞의 두 비석에 각기 새겨진, 부모님의 이름을 바라보았다. 그리고 깨달았다. **당신들의 뼈가 여기 있군요, 내 발아래.** 나는 쪼그리고 앉았고, 그들의 육신과 내 육신 사이 몇십 센티미터 흙을, 내 손가락에 입을 맞춘 후 손가락으로 그 메마른 풀밭을 눌렀다.

차로 걸어 돌아가며 뭔가 다른 것이 기억났다. 어머니 사망 후 여러 달이 지나고 받았던 전화 한 통. 어머니의 묘비가 준비되었다고 차분하게 말하던 남자의 목소리. 손에 전화기를 든 채 세탁실 문 옆에 서 있던 기억이 떠오른다, 나의 외면은 변하지 않았으나 내면의 모든 것이 곤두박질치던 기억. 마치 내 안에서 모래톱이 무너져 내리는 것만 같았던.

진입로가 거의 끝날 무렵 하늘이 어두워지며 비가 부슬부슬 내렸다. 도로는 구불구불 가파른 언덕으로 오르더니 빽빽한 관목 숲 터널로 이어졌고—내 차는 젖은 아스팔트 위에서 힘겨워했다—반대편으로 나오자 얄팍하고 각진 평원이, 닳아빠진 스웨이드처럼 황량한 평원이 끝도 없이 펼쳐져 있었다.

잊었다고 생각했던 지명들이 하나씩 생각났다. **차콜라, 로이알라, 브레드보, 번얀, 제랭글, 보번다라, 켈턴 평원, 로키 평원, 드라이 평원**, 마치 알알이 묵주처럼. 마치 내 몸의 뼈 이름을 하나하나 되새기듯.

내가 도착하고 얼마 후, 해가 나온다. 나는 밖으로 나와 주변을 둘러보며 어디로 가야 할까 생각한다. 가느다란 사이프러스들, 빗물이 떨어지는 유칼립투스 몇 그루, 그리고 많은 침묵이 있다. 작은 나무 오두막이 서너 채, 칙칙한 올리브색으로 칠해져 있었고, 뾰족한 녹색 주석 지붕을 이고 있었다.

나는 마당을 잠시 어슬렁거리다가 마침내 **사무실**이라고 쓰인 건물을 발견하고 문을 두드린다. 여자 한 사람이 나와 자신을 시몬 수녀라고 소개한다. 여자는 이름을 **씨몬**이라고 발음해, 억양(프랑스어?)의 흔적이 느껴진다. 나이는 알기 어렵고, 사무적인, 하지만 동시에 부드러워 보이는 태도다. 야위었다. 상당히 누런 치아. 여자는 미리 나와 맞이하지 않은 것을 사과한다. 자신은 바쁘지만, 내가 잠시 기다리면 가정부가 안내해 이곳을 보여줄 것이라고 한다. 그녀는 이가 보이는 미소를 지으며—얼굴을 일그러뜨린다는 말이 더 맞겠지만—나를 인터넷에서 찾아보았는데 내 활동이 "매우 인상적"으로 들린다고 말한다. 어조가 약간 모욕적인 듯하다. 나는 미소를 짓고 인터넷은 그릇된 인상을 주기가 아주 쉽다고 말한다. 그녀는 잠시 사이를 두었다가 하느님의 피조물을 구하는 일은 분명히 중요한 일이라고 냉정하게 말한다. 조금 화가 난 것 같다. 동조해주지 않는 것에 익숙하지 않은 듯. 우리는 다시 서로에게 이를 드러내며 미소 짓고 그녀는 사무실 문을 닫는다.

어니타, 가정부. 수다스러움 그리고 펑퍼짐한 궁둥이. 청록색 셔츠에 진청색 바지, 그 위에 고동색 플리스 조끼 차림으로 약간 떨고 있다. 그녀는 앞장서서 건물들과 마당들을 보여주고, 내가 빠른 걸음으로 따라가는 동안 계속 떠들어댄다. 자신은 절대 수녀가 될 수 없을 거라고, 새벽 5시에 새벽기도를 하러 일어난다니 상상이 안 된다고. 그것도 겨울에! 게다가 넷플릭스도 볼 수 없고. "나한테 그건 있을 수 없는 일이에요."

그녀는 이제 팔짱 끼고 있던 팔을 풀고는 무언가를 가리킨다. 상점, 오래된 과수원, 손님용 오두막. 그리고 더 먼 곳을 보여주는 동작으로 소규모 방목장, 작은 둑 하나를 가리키고는 추운 듯 다시 팔로 몸을 감싼다. 우리는 작은 석조 예배실로 향한다. 나는 입을 열고 **괜찮아요, 안은 보지 않아도 돼요**, 라고 하려다가 결례를 범하고 싶진 않다는 생각이 든다. 우리는 큼직한 나무문을 밀고 들어간다. 어니타의 수다는 멈추지 않은 채 속삭임으로 바뀌지만 예배실 안에는 아무도 없다. 자신도 안 지 얼마 되지 않았는데, 여기는 예배실이라고 불리지 않는다고, 예배실은 사설 시설이라고 말한다. 이곳은 '봉헌 성당'이라고. 그들이 여기 들어오는 시간은 '성무일도'라고 불린다고 속삭이며 그 단어들이 마치 외국어에서 온 말인 것처럼 발음한다. 내 생각에도 그런 것 같다.

어니타가 한쪽 구석을 가리킨다. "저기가 **당신**이 앉을 곳이에요."

한쪽 옆의 나무 신도석 네 개는 성당 한가운데 놓인, 아마도 수녀들이 앉는 자리인 좌석들로부터 멀리 떨어져 있다. 이 방문객용 좌석은 수녀용보다 작았고 더 현대적인 디자인이었으며 황금빛 소나무로 만들어졌다. 자리마다 납작하고 네모난 갈색 쿠션이 있고, 푹신한 갈색 가죽 무릎 방석 하나가 신도석을 따라 길게 놓여 있다. 어니타는 내가 어떻게 앉는지 안다는 것을 보여주길 기다리고 있다. 좌석은 놀랄 만큼 편안하다.

제대는 없다. 대신 소박한 나무 성서대가 희게 칠한 벽에 걸린 거대한 조각된 나무 십자가 앞에 있다.

우리가 나가는 길에 어니타는 걸음을 멈추고 십자가 아래 바닥 한쪽에 각지게 배열한 커다란 꽃꽂이를 보여준다. 평수사 중 한 사람이 만들었다고 그녀는 말한다. 나는 그냥 평범한 감탄사를 웅얼거린다. 그래요, 어니타가 존경을 표하듯 한숨을 내쉬며 말한다. 이 평수사는 정말 독창적인 사고를 한다고.
 나는 평수사가 무엇인지 모르겠다는 말을 하지 않는다.

 다음 안내하는 길에 어니타는 어떤 베란다의 양문 냉장고 앞에 멈춘다. 그녀는 냉장 칸 문을 잡아당겨 열고는 달걀, 우유, 사과 몇 개가 놓인 선반들을 보여준다. 문을 쾅 닫고 냉동 칸을 열자 개별 포장된 고기 파이들과 통밀 빵을 잘라 네 조각씩 소분한 것이 보인다. 식당에서 점심을 먹기 원하지 않는 이들을 위한 음식이라고 그녀가 설명한다.
 성당 안에서가 아니면 수녀들을 만나지 못할 것이라고 그녀가 경고한다, 마치 내가 실망이라도 할 것처럼. 수녀들은 성당 뒤편 관목으로 울타리를 두른 길고 낮은 다른 건물에서 지내는데 방문객은 접근할 수 없는 숨겨진 구역이라고 한다.
 마침내 내 오두막, 어니타는 어떤 성인의 이름으로 그곳을 칭하지만 나는 곧 잊어버린다. 근처 오두막들은 비어 있는 듯 보이지만 분명하진 않다. 다른 방문객들이 있는지 묻지는 않는다. 이곳은 거의 비어 있는 느낌이다.
 어니타가 내 오두막 잠금을 열고 여기저기 쿵쾅거리고 다니며 커튼들을 열고는 역순환 에어컨의 리모컨을 보여준다. ("여기 여름에는 굉장히 더워요, 아마 놀랄걸요. 근데 봐요, '히터'로 되어 있죠. 작은 햇빛 표시 보여요?") 그녀는 작은 책상 위에서 코팅한 책자 〈이곳에서 알아야 할 모든 것〉을 집어 들더니 다시 탁 내려놓는다. 한 손을 흔들며 여러 용기와 찬장이 있는 간이 부엌을, 그리고 곧 반대 방향으로 화장실을 가리키지만 쳐다보지는 않고 내게 미소를 지으며 이제 다 끝났다는 듯이 환하게 큰 숨을 내쉰다, 마치 요식적인 의례는 다 마쳤으니 이제 우리가 자리 잡고 앉아 제대로 수다를 떨 수 있다는 듯이. 나는 서둘러 고맙다는 인사를 하고 문을 향해 걸음을 내디딘다. 그녀는 마침내 내가 대화를 원하지 않는다는 것을 받아들이는 듯 이곳을 나간다.

드디어 혼자 남은 나는 책자를 쭉 훑어본 후 차에서 몇 가지 안 되는 짐을 옮기고, 마룻바닥 기울어가는 오후 햇살 한 조각 남은 곳에 몸을 누인다. 히터가 작동이 잘된다. 방은 곧 따뜻해진다. 창으로 들어온 햇살이 책상 위 벽에 걸린 작은 나무 십자가를 비춘다. 침묵이 너무나 짙어 풍요로운 느낌이 든다.

내 전화가 진동하고, 그 떨림에 나는 화들짝 놀란다. 알렉스가 히스로 공항에 내렸고, 그의 새 동료들이 그를 데리러 나와 있단다. 나는 답장을 쓰고 다시 마룻바닥에 눕는다. 우리 둘 중 누구도 그 말을 하지 않았지만, 우리 둘 다 내가 따라가지 않을 것임을 안다. 우리 둘 다 그가 안도할 것임을 안다.

나는 이곳이라면, 일단 어니타가 열쇠를 주고 양가죽 부츠 신은 발로 터벅터벅 돌아갔으니, 머무는 내내 또 다른 인간을 보거나 그의 말을 듣는 일 없이 지내는 게 가능할 것임을 깨닫는다. 그 코팅된 책자에 따르면 방문객은 완전한 고독을 원하는 것이 허용되고, 다른 사람과 함께 식사하거나 예배 보는 일도 자유로이 거절할 수 있다. 소음을 내는 일은 삼가야 한다. 방문 기간이 끝날 때까지는 그 사람이 따뜻하고 조용한 방 안, 여기 이 깨끗한 카펫 위에서 생을 끝낸다 해도 아무도 모를 것이다. 이 순간 나는 낯선 이에게 그렇게 철저한 개인 생활 보장을 해주는 것보다 더 큰 친절한 행동이 또 있을까 생각한다.

하지만 나의 탈출은 그것과는 다른 것이고 그렇게까지 최종적인 것은 아니다.

창문 너머 어디선가 희미하게 닭들이 구구거리는 소리가 들려온다.

5시에 나 자신을 잠에서 깨워보자는 생각에 수녀들과 함께하는 저녁기도에 참석하기로 한다. 나는 어슴푸레해지는 오솔길을 걸어 그 작은 성당으로 향한다, 침묵 속에서. 자갈을 밟는 내 발소리만이 울린다. 나는 추운 성당 안에 앉아 기다린다. 다른 방문객들에 대해 잘못 생각했었다. 여자 두 명이 부산을 떨며 방문객 신도석 앞줄로 오더니 앉는다. 그들은 상당히 편안해 보인다. 그러고 나서 성당 반대편 문으로 수녀들이 한 사람씩 두 사람씩 들어온다. 긴 갈색 제복에 흰 칼라. 두 손을 가운에 달린 앞치마 안으로 넣은 이들도 있다. 아주 나이 많은 여자가 전동 휠체어를 타고서 도착하는데 입구의 문턱을 넘을 때 살짝 덜컹거린다. 또 다른 이는 보행 보조기를 사용한다. 모두 여덟 명이고, 적어도 절반은 상당히 나이가 많이 들었다. 시몬 수녀도 거기 있다. 그녀는 우리 자리 쪽을 보지 않는다. 수녀들 누구도 이쪽을 보지 않는다.

그들 좌석 앞에는 나무 패널이 있어 허리 위 상체만 보인다. 그들은 일련의 기도문을 낭송하기 시작하는데, 내 자리에 있는 복사 책자 두 권 어디에서도, 하나는 악보가, 다른 하나는 성가의 가사가 있지만, 그 기도문은 찾을 수가 없다. 수녀들의 목소리는 매우 높고 가늘며 어떤 목소리는 상당히 아름답다. 노래 같은 일종의 읊조림이어서 동일한 일고여덟 개의 음이 거듭 반복된다. 내 뒤로 사람들이 앉은 신도석이 몇 개 더 있다. 조용하고 낮은 목소리의 한 남자가 가끔씩 부드럽게 목을 가다듬는다. 낭송은 매혹적이다. 그런데 책자에서 그 페이지를 발견하고 내용이 모두 이 악마, 저 하느님의 적들을 비난하는 내용임을 알게 되니 그렇지 못하게 된다. 읊조림의 듣기 좋은 섬세한 리듬이 직설적으로 사용된 그 어휘들을 가려주고 있다.

그 여자들을 바라보면서 나는 그들이 읊조리는 어휘들이 아무런 의미가 없다는 확신이 든다. 그 대신, 이 의식은 온전히 육신과 무의식에 관한 것이다. 너무나도 자주, 내가 알아차리지 못하는 어떤 신호에 그들은 그 작은 나무 좌석에서 아주 깊게 허리를 숙여 1분 정도 사라져 보이지 않곤 한다. 그러다 다시 몸을 일으켜 세운다. 계속 요가 생각이 난다. 요가처럼 조용한 리듬이, 요가처럼 느리고 여성적인 순종이 보인다.

끝이 나고 수녀들과 내 앞의 여자들(그리고 보지 못한 그 남자)이 줄지어 나간 후에도 나는 한동안 앉아 있다. 내가 성당을 나올 즈음엔 완전히 텅 비었다. 나는 어둠 속에서 숙소로 걸어간다.

충격적일 정도로 평화롭다.

저녁으로 땅콩 두 그릇을 먹고 와인 석 잔을 마신다.

이제 허리가 몹시 아픈데, 운전을 여섯 시간이나 한 데다 쿠션이 있었음에도 딱딱한 나무 신도석에 앉았더니 더 나빠졌다. 나는 카펫에 누워 두 팔을 뻗는다. 잠에서 깨니 십자가의 예수가 나를 내려다보고 있다.

둘째 날

잠을 잘 자지 못했다. 숙소 문 위 녹색 출구 표시등에서 나오는 불빛이 너무 밝은 데다 목조건물이 바람에 내는 삐걱삐걱 덜커덩 소리에 잠을 이루지 못했다. 나는 5시 반에 일어나 샤워를 하고 커피를 끓인다. 휴대폰으로 잠깐 동안 핫스팟을 연결할 수 있어—신호가 거의 잡히지 않는데, 사실 그게 여기 온 이유이긴 하다—알렉스에게서 온 짧고 활기찬 이메일 그리고 다른 몇 사람에게서 온 소식을 다운로드한다. 일부를 읽지만 어느 것도 답장할 마음은 없다. 자동 응답으로 설정했어야 하지만 그것조차 불가능한 과제로 보였다. 나는 커피를 들고 작은 나무 책상에 앉아 사이프러스의 뾰족한 우듬지 너머로 하늘이 천천히 밝아오는 것을 바라본다. 바람 소리에 귀를 기울이노라니 바람이 점점 잠잠해진다.

7시 반에 나는, 궁금해서, 아침기도에 간다. (여기서 달리 무얼 하겠는가? 잠, 어쩌면. 결정하기, 아마도, 알렉스와 내 일에 대해. 울기. 숨기.) 오두막 문을 닫는데 해가 떠오르며 차갑고 깨끗한 공기가 산에서 내려오고, 그 공기의 맛이 어린 시절 그랬듯 내게로 전해진다.

　해가 높이 돋고 성당의 커다란 나무문이 열릴 때마다 햇빛이 안으로 흐른다. 수녀들이 조용히 들어온다. 보행 보조기를 쓰는 수녀가 제일 먼저 도착한다. 그녀가 오르간을 연주하는지도 모르겠으나 방문객 신도석 뒤쪽 내 자리에서는 그쪽 구석이 보이지 않는다. 또 다른 수녀가 초를 밝힌다―그들의 출입문 근처에 하나, 성서대 옆에 하나, 커다란 십자가 발치 바닥에 둘.

　노래는 사람을 매료한다, 특히나 화음을 이룰 때는. 수녀 한 사람이 성가를 인도하면 다른 이들이 코러스를 반복한다. 아침기도는 저녁기도와 마찬가지로 반시간 정도 이어진다.

　이후에는 성체성사(제3시과라고도 불리던가?)가 9시에 있다.

　아침기도 동안 이런 생각을 하고 있었다. **이 사람들은 대체 일은 언제 끝내지?** 시도 때도 없이 이렇게 끊김이 있으면 두어 시간마다 하던 일을 그만두고 성당으로 서둘러 와야 하지 않는가. 그러다 깨달았다. 일이 중간에 끊기는 게 아니라 이것이 일이로구나. 이것이 일의 행함 **그 자체**인 것이다.

성당 안 촛불은 평범하고 흰색으로 기분 좋은 향기가 난다. 허브나 계피 종류. 향냄새도 좀 있지만 압도적이지는 않다.

성당 안에 있노라니 커다란 휴식 같은 느낌이 밀려든다. 나는 지금 일어나는 일을 비판적으로 생각하려 노력하지만 이 기이한 평온함에 너무나 깊이 빠진 나머지 생각이 멈추어 선다. 거의 완전히 수동적인 상태에 있으면서도 어떤 식으로든 참여하고 있는 상태와 연관된 것일까? 아니면 그저 아주 **조용한** 어딘가, 온전히 침묵에 바쳐진 장소에 있다는 사실 때문일까? 작금의 세상에서 이런 종류의 고요함은 급진적으로 느껴진다. 불법으로.

그러고 나서 좀 있다가 또 간다, 중간기도에. 이번엔 20분밖에 되지 않는다. 여러 성가에 같은 곡조가 사용되고 같은 피로가 엄습해서 거의 깨어 있기가 힘들다. 그들의 노래는 종이 울리는 소리, 중세 느낌의 소리다. 예기치 않은, 불안정한, 그러면서도 아름다운 선율이 그 가늘고 피리처럼 날카로운 목소리로 흐른다. 그들은 모든 것을 아주 천천히 노래한다. 최면을 거는 듯하다. 가사는 말이 안 되는 것 같다. 성가의 화자를 파괴하려는 악행을 저지르는 자들에 대한 내용이 많다. **온종일 그들은 나를 짓밟네**. 대학살과 전멸을 꾀하는 원수와 적. 이 모든 것이 한 무리 수녀들의 노래로 울려 퍼진다, 이 멀고 먼, 높고 건조한 모나로 평원에서, 세상 어느 곳과도 동떨어진 이곳에서.

중간기도가 끝나자 성당 양쪽 옆면에서 두 사람이 가운데로 나와 십자가에 허리 숙여 절하고 돌아서서 서로에게 절한 후 나간다. 다음 두 사람이 가운데로 와서 예수에게, 그러고 나서 서로에게 절한다. 계속 그렇게 이어지더니 이제 아무도 남지 않았다.

점심 식사는 "다른 방문객들과 함께 식탁에서 하거나"—그건 사양한다—가지고 갈 수 있다. 나는 숙소에서 바구니와 밀폐 용기 두 개를 들고 나가 식당으로 내려간다. 어니타가 이 방법을 설명했을 때 낭만적으로 들렸다, 바구니를 가지고 가서 음식으로 채운다니. 고리버들 바구니와 격자무늬 행주의 이미지, 〈빨간 모자〉 스타일. 하지만 알고 보니 바구니는 슈퍼마켓 빠른 계산대에서 쓰는 조잡한 플라스틱이다. 실내장식(수녀원에서는 이마저도 그렇게 부를 수 있는 거라면)은 매우 단순하고 순박하기까지 하며 어딘가 가슴 저미는 느낌도 있다. 마치 나이 든 숙모님의 집을 보는 듯하다, '이 집에 축복을'이라는 액자 대신 십자가가 있지만. 오늘의 점심은 두툼하게 자른 익힌 햄, 샛노란 처트니 소스, 녹색 채소로만 만든 샐러드와 근처에 놓인 '이탈리안 드레싱' 한 병 그리고 구운 당근, 감자, 파스닙인데 모두 조금 딱딱하다. 거기에 질척해 보이는 으깬 감자가 큰 통으로 하나 있지만 나는 먹지 않기로 한다. 디저트는 사과 푸딩 비슷한 것이다. 푸딩은 맛있고, 다른 것은 모두 평범하다. 평생 매일 이런 음식을 먹는다면 고역일 것이다. 다른 방문객들은—그러니까 그 두 여자는, 그 남자는 아직 보지 못했고—우리가 서로 스쳐 지나갈 때 쳐다보지 않는다. 그건 나도 괜찮다.

점심이 하루의 주된 식사이고, 저녁은 알아서 각자의 방에 있는 여러 봉지나 1인분 통조림에서 골라 먹으면 된다. 나는 저녁 식사 때 익힌 콩 통조림과 함께 먹으려고 점심 햄 두 조각을 남긴다. 내 방의 찬장은 어린 시절 시골 모텔에서 볼 수 있던 일종의 저장실 같다. 모든 것은 개별 포장되었거나 한 번 먹을 양이다. 네스카페, 설탕, 베지마이트 스프레드, 마가린, 티백 같은 것들. 작은 하인즈 스파게티나 익힌 콩 통조림, 참치 통조림들. 초가공 식품인 아침 식사용 시리얼 작은 박스들. 낱개로 두 조각씩 포장된 과자가 있다. 스카치 핑거 비스킷과 재즈 크래커. 그리고 소형 냉장고에는 한 장씩 포장된 치즈 슬라이스. 이런 것들은 다 어떤 기업들에서 기부한 것인가 궁금해진다. 처음 그 모든 포장재를 보았을 때 흐르던 눈물을 멈출 수 없었는데, 사실 우는 것도 우스꽝스러운 일이다. 그러나 그 작은 봉지들은 분명 나를 압도했다. 모든 걸 끔찍하고 부자연스러운 조각들로 쪼개놓았다. 그 외로움과 낭비. 그리고 오염된 느낌. 여기서조차 쓰레기 생산하는 일을 절대 피할 수 없다. 분명, 하느님이 존재한다면 하느님은 이 모든 **쓰레기**를 용인하지 않으실 거다. 그런데 나는 이곳의 정신에 상당히 어긋남에도 나의 쓰레기—판 초콜릿, 개별 포장된 가염 땅콩, 플라스틱 갑에 든 블루베리, 커피, 와인 등을 가지고 왔다. 하느님은 아마도 이 역시 용인하지 않으실 거다.

여기 있는 건 어쩐지 어린 시절처럼 느껴진다. 시간은 너무 길고, 허공을 바라보며 기다리는 일이 너무 많다. 내게 요구하는 것도 전혀 없고 기대하는 것도 전혀 없다.

나는 초를 좀 사러 상점에 슬슬 걸어가볼까 생각한다. 성당 안에 있던 초들처럼 소박한 것이 있다면 하나 사서 집으로 가져가고 싶다. 하지만 그 3분 거리를 걷는 대신 또 바닥에 누워 꿀 같은 잠에 빠져든다.

나중에, 4시쯤, 상점에 간다. 살 만한 것이 없다. 조악한 축하 카드들이 있는데 종교적인 이미지를 담은 것도 있지만 대부분은 그냥 조야하게 그린 꽃 그림이다. 핸드메이드 초가 특히 흉측해서 색깔도 천박하고, 울퉁불퉁한 황금색 두루마리와 점성술 느낌의 디자인이다. 나는 백단향의 평범한 초 하나, 플라스틱 손전등, 나무 십자가를 산다. 모서리를 둥글게 다듬은 십자가는 손안에 알맞게 쥐어진다. 나는 좀 부끄럽다. 내가 왜 십자가를 사는지 모르겠다. 아마도 이 사람들에 대한 존경의 표시이거나 일종의 부적처럼 들고 느끼고 싶은지도. 이건 육신을 위한 것이다, 정신이 아니라.

다시 저녁기도. 노래가 이어지다가 낭송하는 순간이 있다. "보편 지향 기도"는 내 어린 시절에서도 솟구치듯 떠오르는 문구이다. "허물어지는 결혼을 위해 기도합니다." 수녀 한 사람이 말한다. 나는 바닥을 내려다본다. 알렉스를 생각하지만, 그는 자유이다. 그는 내게서 어떤 기도도 필요로 하지 않는다.

그리고 이 기도. "오늘 밤 세상을 떠날 모든 이를 위해 기도합니다."

부모님이 세상을 떠난 다음—동시에는 아니지만 얼마 되지 않는 짧은 간격이기에 근원적인 나 자신 안으로, 나의 꿈과 나의 육신 안으로 그리고 하나의 단일한 재앙으로 녹아들기 충분했다—오랜 세월 나는 어떤 빽빽하게 쑤셔놓은 풀 속에서 숨을 쉬고 움직이는 느낌이었다. 당시에는 이런 말을 할 수 없었다. 누군가 내가 어떠냐고 물었다면 나는 대답할 수 없었을 것이다. 유일하게 진실한 답변은 이것이었을 것이다. **모르겠어요.**

어머니의 병이 불치란 것을 알게 된 다음 날, 나는 당시 내가 살던 시내의 의사와 했던 진료 예약을 깨지 않고 갔다. 내가 들어서자 의사는 밝게 내가 어떤지 물었고 나는 울기 시작했다. 그러고 나니—부끄러워져—설명했다. 그녀는 아버지에 대해 물었고, 세상을 떠났다고 대답하자, 아버지가 세상을 떠났을 때 어머니와 내가 어떤 종류의 상담 치료를 받았는지 물었다. 나는 혼란스러웠다. 내가 아는 한 우리 도시에는 상담 치료라는 것이 없었다.

그녀는 지금이라도 도움을 찾아보는 것이 현명하고 옳은 일이라 말했다. 그러나 나는 여기 자궁암 검사를 하러 온 것이라고, 눈물을 흘리며 말했다. 의사는 내게 휴지 상자를 건네며 검사는 다음에 하자고 말했다. 그녀는 부모님에 대해 묻더니 한동안 잠자코 들어주었다. 진료가 끝날 무렵 의사는 가족 사망 전문 상담치료사를 만나보라고 조언했다. 그녀는 상담 전문이 아니고 일반 진료를 할 뿐이라며 전문가여야 내게 더 도움이 될 거라고 했다. 그녀는 종이 한가운데 그 사람의 이름과 주소를 썼다.

그냥 선생님께 이야기하면 안 될까요? 내가 물었다.

그리고 나는 그렇게 했다. 나는 그녀에게 세 번 찾아갔다.

그녀는 덩치가 크고 건장했으며 고자세였다. 그런데 어쩐지 그런 그녀의 권위와 깊이 있고 실질적인 친절함 때문에 나는 그녀가 동성애자라고 단정했다. 그녀가 쓸데없는 위로나 감정을 과도하게 표현하지 않아 나는 안도했다. 누군가 대놓고 감정이입을 해온다면, 지금 내 슬픔이라 불리는 상태의 감정적 영역을 정교하게 설명하려고 내게 그런 식으로 접근했다면, 나는 꺼려 했을 것이다.

두 번째 방문에서 나는 (또 눈물이 나는 것을 부끄러워하며) 내가 친구들을 가장 필요로 하는 시기에 친구들이 내 곁을 떠나고 있는 것 같다고 말했다. 당신 인생은 완전히 다 벗겨져 바닥이 드러나 있어요, 그녀가 말했다. 그들의 잘못이 아닙니다. 그들의 인생은 여러 겹의 보호막을 두르고 있어서 당신과의 이런 차이를 이해할 수도 인정할 수도 없어요. 아마도 그래서 그들이 겁을 먹은 걸 거예요. 당신에게 상처를 주려는 게 아니라.

그녀는 **당신은 혼자예요, 이걸 이해하셔야죠**, 라고 말하지는 않았지만 나는 그렇게 들었다. 그것이 이상하게도 위안이 되었다. 그녀는 다시 말했다, 사별 상담 센터를 찾아가는 것이 좋겠다고.

마지막으로 의사를 만났을 때 그녀는 나와 내 문제를 피곤해하는 듯 보였다. 그녀는 책상 뒤에서 좀 짜증스러운 듯 물었다. 지금 당장 원하는 게 무엇이죠?

이런 일이 일어나지 않는 거요, 내가 말했다. 내 목소리에 묻은 시무룩함이 들렸다.

의사는 나를 쳐다보더니 잠시 기다렸다. 그녀는 단순하고 잔인한 진실을 전하기로 결정한 듯했다. 글쎄요, 일어나고 있는걸요, 그녀가 말했다.

나는 늘 그녀를 감사하게 생각한다.

셋째 날

 이번에는 깊고 긴 잠을 잤다. 지난밤 출구 표시등을 내 재킷으로 가렸더니 훨씬 어두웠고 바람도 없어 밤이 조용했다.
 다시 아침기도이고, 나는 그들이 지루함을 죄악이라 생각하는지 궁금하다. 모든 종교가 어떤 형태든 이런 종류의 반복적인 움직임을 포함하는 걸까? 고대의, 미신의 느낌이 난다. 원을 그리며 걷고, 허리 숙여 절하고 엎드리고, 무릎을 꿇고 일어서고. 이런 행위의 목적이 무엇일까? 자아를 뿌리 뽑기, 어떤 식으로든? 새로움 또는 탈출 또는 놀라움에 대한 인간 갈망의 거부? 되돌아감 그리고 되돌아감 그리고 되돌아감, 규정된 재방문. 그들이 그들의 일을 하는 것을 지켜보면서 나는 수녀들이 서로 짜증을 내는지 궁금하다. 한 수녀의 아주 깊이 숙인 절이 다른 수녀에게 가식적으로 보이는지. 혹은 한 수녀가 음을 틀리면 옆에 있는 수녀가 짜증이 나는지도. 이런 종류의 감정적 생활에서 침묵 저 아래로 투덜거리지 않는다는 것은 불가능해 보인다. 오늘의 성가는 사악한 악마로 가득한 대신 국가의 이야기가 많은 칭송이었다. 하느님은 우리의 국경을 안전하게 만들고 우리의 평야를 곡식으로 풍요로이 하셨고 등등. 하느님이 우리 땅에 가져다주신 그 모든 훌륭한 것들에 대한 많은 찬양······. 나는 그중에 이 여인들과 그들의 삶과 상관있는 것이 있나 애써 찾아본다. 적과 국경과 박해에 대한 이 고대 히브리어 호언장담의 의미가 무엇인가? 오늘도 내일도 매일 이를 노래하는 게 도대체 무슨 의미인가?

10시에 내 방에서 책을 읽고 있는데 밖에서 **낙엽 송풍기** 돌리는 소리가 시작된다! 벌떡 일어나 창가로 가니 땅땅한 편인 수녀 한 사람이 그 혐오스러운 물건을 휘두르며 오솔길을 따라 걷고 있고, 천천히 이쪽저쪽으로 몸을 돌려대지만 요령이 없어 잎들이 흩어진다. 약 2분 정도 계속된다.

나는 진정제를 맞은 듯한 이 무기력한 감정이 결코 사라지지 않는 것은 아닐까 조금 두려워지기 시작한다. 그냥 이곳을 떠날 수도 있겠지만 짐을 싸는 노력조차 버겁게 느껴진다. 그래서 나는 정오에 보나벤처 수녀와의 '렉티오 디비나'라는 것에 간다. 그곳에 가니 그 수녀가 바로 낙엽 송풍기 수녀라는 것을 알아보지만 나는 아무 말도 하지 않는다. 렉티오 디비나는, 그녀가 낮고 탁한 목소리로 설명한다, '성스러운 읽기'라는 뜻입니다. 복음 한 부분을 천천히 명상하며 읽는 겁니다(그녀는 종이에 인쇄된 그 복음을 나누어 준다). 방에는 여자 두 사람이 있는데, 이름이 각기 다이앤과 신시아이고 멜버른에서 왔다. 또 다른 여자는 처음 보는데 이름이 라비니아이고, 리처드라는 남자도 있는데 그는 이 지역에 사는 듯하다. 나는 첫날 성당에서 내 뒤에서 들렸던 목소리가 이 남자일지도 모른다는 생각이 든다. 그런데 그에게는 막연히 익숙한 무언가가 있다.

우리는 방 안에 둥글게 원을 그리며 놓인 플라스틱 의자에 앉아 한 사람이 한 문단씩 소리 내어 읽는다. 한 사람이 읽은 다음에는 몇 분 동안 침묵이 있고, 그렇게 침묵하는 동안 들은 내용을 생각한다. 그러고 나서 어떤 단어이든 가슴에 와닿았거나 신경이 쓰이거나 관심이 간 것이 있으면 소리 내어 이야기를 한다. 그러고 나면 다시 읽기가 시작되어 다음 문단으로 넘어간다. 생각하기, 단어나 문구 말하기의 똑같은 과정이 뒤따르는데, 침묵의 시간이 더 길어진다. 다 끝나고 나면 보나벤처 수녀가 전체를 다시 한번 읽는다. 또 침묵 그리고 토론. 수녀는 오늘 텍스트가 순명(順命)에 관한 것임을 문득 깨달았다면서, 이는 때마침 적절한데, 왜냐하면 그녀가 담당하는 수련수녀가 서원 과정에서 막 순명 단계에 와 있기 때문이라고 말한다. 리처드만이 유일하게 세심한 주의를 기울여 읽으며 잠재적 의미가 있는지 고려하고 있고, 다른 이들은 보나벤처 수녀의 환심을 사기 위해 마지못해 진부한 의견들을 낸다. 멜버른에서 온 신시아(보나벤처는 그녀를 '웬디'라고 부르는데, 신시아와 다이앤이 주고받는 인내심 깃든 눈짓을 보니 여러 날 이런 식이었던 모양이다)가 특히 아부하며 그 문단의 단어 하나하나에 감탄한다. 보나벤처는 그런 그녀를 그냥 묵인하는 듯하다. 내 생각은 흥미로운 것이 없다, 그저 성서가 말하고 있는 내용에 반박할 의견들이 있을 뿐이지. 그런데 그건 이 수행의 목적이 아니라는 생각이 들어서 그냥 입을 다물고 있다.

그럼에도 불구하고 이 과정은 기이하게도 아름답다. 보나벤처 수녀는 단어 하나에 신경이 집중되는 것이 핵심이라고, 그 단어가 계속 마음에 걸리고 혼란스러우면 그냥 "하느님께 넘기면" 된다고 말한다. 이건 내가 믿어온 모든 것(아는 것이 힘이다, 모든 것에 질문을 던지라, 책임을 지라)과 너무나 정반대여서 거의 사악하다고 느껴진다. 놀랍도록—수상쩍은—단순함이다, 그저…… 넘기다니.

(그날 나중에, 내 기억 어디선가, 언젠가 텔레비전에서 본 화가가 작업 중인 캔버스를 들여다보는 모습이 떠오른다. 그는 키플링을 인용했다. "너의 악마가 주인 노릇을 한다면 의식적으로 사고하지 말라. 그저 흘러가는 대로 맡기고 기다리고 순종하라.")

보나벤처 수녀는 지나가는 말로 그녀가 "수도원"에 들어왔을 때

―그녀는 수녀를 명시하는 용어 대신 줄곧 **수도원** 연관 단어를 사용한다―점점 지루해질까 염려했다고 한다. 그러나 그녀는 웃음을 터뜨린다, 마치 그 개념이 우습다는 듯이. "잠시도 따분한 순간이 없었어요." 그녀는 말한다. 나는 그녀 말이 진심임을 알 수 있다.

그 후, 숙소 문을 밀어서 열고 들어가며 깨닫는다. 그 남자는 리처드 **기튼스**, 고등학교 동창이다! 부스스하고 연한 붉은빛 머리에 마른 체격, 명랑하고 겸손하게 지내던 아이의 기억이 애틋하게 밀려든다. 이제 체격은 두툼하고 바싹 짧게 깎은 머리는 잿빛이고 숱도 거의 빠졌지만 자신을 낮추는 유머를 머금은 성품은 그대로 남아 있다.

점심은 미지근한 리코타 라자냐와 질척한 콜리플라워, 당근과 브로콜리 '치즈'이다. 그럭저럭 괜찮은 종류의 타불리 샐러드는 통보리로 만든 것 같다. 모든 것이 지독할 정도로 간이 덜 됐다(그래도 어제는 적어도 햄에는 짠맛이 있었다). 내가 땅콩을 가져온 것이 정말 다행이어서 그거라도 염분을 위해 계속 먹는다. 부드러워 보이는 케이크가 있지만 건너뛰고, 내게 있던 베리를 죄다 먹었기에 아침에 요거트와 함께 먹을 복숭아 통조림 몇 개를 바구니에 담는다.

"행동이 절망의 해독제다." 존 바에즈.

"먼저, 해를 끼치지 마라." 히포크라테스.

또다시 이런 생각이 든다, 나—나, 우리, 센터—는 포괄적으로 우리의 한 가지 목표에서 실패했을 뿐 아니라(우리는 공허한 농담을 하곤 했다. 멸종 위기종 구조 센터, 이 이름에 힌트가 있지 않냐고……), 내가 시도하는 모든 단계마다 나는 파괴를 더 악화할 뿐이라고. 모든 이메일, 회의, 보도 자료, 콘퍼런스, 시위. 아침에 잠에서 깬 후에 하는 모든 사소한 행동은 자원을 들이켜고 쓰레기를 배출하고 환경을 파괴하고 다른 종의 파멸을 조장한다. 그냥 가만히 있으면, 이 여자들처럼 시간이 멈춘 듯 머물면 그 반대다. 그들은 **해를 끼치지 않는다.**

한편, "악은 번성하고……."

(게다가—저 많은 포장재는 다 어쩌고?)

나는 이제 종소리에 점차 익숙해진다, 모든 예배 시간을 수녀들에게 알려주는 그 울림에. 우리 일반인을 위한 건 아니지만 나는 성당 너머 수녀 숙소에서 흐르는 그 희미한 종소리가 들리면 내가 어느새 귀를 기울이고 있음을 알게 된다.

저녁기도를 마치고 걸어오다 하늘을 쳐다보니 차가운 하얀 달이 검은 나무들 뒤에서 떠오르고 있다.

넷째 날

나는 5시 15분에 일어나 6시까지 침대에 누워 있고 그사이 방이 따뜻해진다. 오늘 아침은 훨씬 춥고 밖에는 비가 주룩주룩 오고 있다. 나는 지난 며칠에 비해 놀라울 정도로 몸이 가벼워 마치 상당한 에너지를 얻은 느낌이다. 마치 진정으로 꼭 필요했던 안정 기간에서 마침내 깨어난 것만 같이.

오전 중간 예배도 같았다, 거의. 그런데 어느 지점에 이르자 수녀 한 사람—나는 그녀의 모습을 좋아한다, 키가 크고 어깨가 좁은 체형에 붉고 큰 코, 베일 가장자리로 보이는 강철빛 회색 머리카락—이 건너오더니 내게 십자가의 다른 쪽으로 옮겨 가달라고 부탁한다. 나는 그곳에 멜버른에서 온 신시아와 다른 사람들—다이앤과 라비니아 그리고 다른 남자 두 사람, 처음 보는 여자 한 사람—과 서고, 수녀들은 모여서 커다란 둥근 원을 그리며 선다.

(리처드 기튼스는 오늘 보이지 않는다. 만일 진짜 그가 맞다면, 궁금하다, 내가 내 이름을 말하면 그는 알아보는 표정을 지을까?)

나는 문득 내 자리로 돌아가기 이미 늦었음을, 내가 곧 영성체에 참여한다는 것을 깨닫는다. 그 나이 든 수녀가 "성체(聖體)"라고 말하며 제병을 내 손에 놓을 때 나는 무어라고 말해야 하는지 까맣게 잊고 있었으나 저 옛날 어린 시절로부터 떠오르는 말이 있다. "아멘." 제병은 분필처럼 희고 20센트 동전 크기인데 십자가가 홈처럼 파여 있다. 입안에 넣자 곧 녹는다. 전혀 맛이란 게 없고 종이 같다. 어릴 때 먹었던 것보다 더 얇고 결이 고운 것 같은 것이, 기억하기에 예전에는 딱딱하고 살짝 밀 맛이 나는 동그란 그것이 입천장에 들러붙었기 때문이다. 지금 이것을 받는 게 실없다는 느낌이 든다, 당연히. 마지막으로 영성체를 받은 것이 언제인지 기억나지 않는다. 어머니 장례 때? 그때도 영성체를 받았는지조차 확실하지 않다. 이미 그 한참 전에 이 모든 것을 다 버렸다.

그러고 나서 평화의 인사를 한다. 수녀들이 두 손을 뻗으며 우리를 향해 다가오는데, 그때 무언가 내 안에서 울컥한다. 나는 수녀 서너 명에게서 차례로 인사를 받는다. 맑고 정직한 얼굴에 수녀복 위에 합성섬유로 만든 풍성한 검은 조끼를 입은 매우 젊은 여성(보나벤처가 얘기하던 수련수녀가 분명하다) 그리고 몇몇 다른 수녀들. 내 눈에 눈물이 자꾸 고이는 것을 참기 어렵고, 이런 사실이 놀랍다. 낯선 이에게서 따뜻한 인사를 받는다는 것, 아무 이유 없이, 질문 없이 평화를 부여받는다는 것 때문이다. 그들의 얼굴이 친절하고, 그 얼굴들에서 따스함이 퍼져 나온다. 나는 그들의 부드럽고 건조한 손을 잡는다.

그다음 우리 자리로 돌아와 기도를 더 하고, 노래를 더 하고, 성서의 어쩌고저쩌고를 더 읽고. 나는 딴생각으로 빠져들며 내 발이, 내 다리가 차갑다고 생각한다. 내 뒤 여자—라비니아?—가 전혀 음을 못 잡고 부르는 노래를 듣는다.

5시 저녁기도까지 아무것도 없다. 숙소로 걸어가는 동안 비는 주룩주룩 오고 점점 더 추워진다. 나는 난방을 켠다.

내가 예닐곱 살 때 어머니는 데니즈라는 눈먼 여인을 찾아가곤 했다. 그녀는 마을 밖 어느 농지 위, 여러 개의 작은 건물이 딸린 트레일러에서 살았다. 그녀는 작고 허약한, 무서울 정도로 창백하고 말라빠진 아이와 턱수염을 기른 거대한 덩치의 남편과 살았다. 어머니가 나를 데리고 그곳에 가면 그 집 남편이 무뚝뚝하게 즉시 트레일러를 나가 마당을 건너 그의 창고 중 한 곳으로 가거나 트럭에 올라타 몰고 나갔다. 마당엔 오래된 자동차들과 녹슨 기계류, 강철 드럼통들이 무력하게 흙바닥 위에 가득 널려 있었다.

어머니가 어떻게 데니즈와 친구가 되었는지는 나도 모른다. 데니즈는 숱이 많은 검은 머리를 일자 단발로 자르고, 건조하고 단조로운 목소리로 허공에 대고 말을 했다. 나는 내가 거기 그녀의 집에서 아픈 아기가 기어 다니는 모습을 바라보는 게 뭔가 잘못을 저지르는 느낌이었다. 나는 데니즈를 쳐다보는 것을 좋아하지 않았고 한 번도 말도 걸지 않았지만, 그녀와 어머니는 몇 시간처럼 느껴지는 긴 시간 동안 함께 편안하게 이야기를 나누었다. 때로 데니즈는 자리에서 일어나 차를 끓이거나 가족 저녁 식사를 위해 당근 껍질을 벗기면서 자기 앞 공간을 쳐다보며 말을 했고 눈꺼풀을 부드럽게 깜박였다. 나는 내가 데니즈를 몰래 엿보고 있다는 자각이 싫었는데, 실제로 그런 느낌이었다.

그 작은 트레일러가 주위의 돌덩어리들과 녹슨 것들과 함께 흙 속에 주차된 광경에는 뭔가 을씨년스러운 것이 있었고, 데니즈가 그 집의 황량함을 볼 수 없는 것이 나로서는 슬펐다. 동시에 나는 그녀가 나의 침묵하는 존재를 의식하고 있음을 알았고, 지금 생각하니 어린 나는 그녀가 눈이 멀었음에도 내가, 심지어 어머니도 알지 못했던 내 주변의 물건들을 식별한다는 게 두려웠던 것 같다.

데니즈는 어머니가 방문했다고 해서 우리 집에 오는 일은 절대 없었다. 그녀의 집에는 감금의 분위기가 있었다. 남편이 트레일러로 돌아오면 우리는 그곳을 나오곤 했다.

한번은 누군가—한 이웃—가 어머니에게 데니즈를 만나러 가

다니 좋은 일 한다고 말하는 것을 들었다. 나는 어머니가 데니즈를 돌보기 위해서, 사람들이 아이들에 대해 그러듯 '보살피기' 위해서 그곳에 가는 것이란 생각을 한 번도 해본 적이 없었다. 그냥 그들이 친구라고 생각했다.

내가 나이가 더 들고 난 후 남자 친구가 약간 비웃듯 말했었다. "너희 어머니는 **뭐야**, 일종의 전도사 그런 거였어?"

아니, 나는 말했다. 어머니는 그냥 친절한 사람이었어.

물론 내가 잘못 생각하는 걸 수도 있다. 데니즈와 그 남편이 어머니의 방문을 전혀 반기지 않았을 수도 있다. 어쩌면 그들은 어머니와 나—말도 없고 불안해하던 아이—의 방문을 그저 참아줬던 것일지도 모른다, 예의상 또는 다른 실질적인 필요성 때문에. 그럼에도 여전히 나는 많은 사람이 습관적인 친절이란 개념을 어떤 식으로든 의심스럽다고, 가면이나 거짓이라고 생각한다는 것에 지난 세월 동안 놀라곤 했다. 어머니는 평범치 않은 종류의 단순함, 가벼운 기이함 같은 것이 있었다. 그럼에도 여전히 나는 남자 친구에게 했던 대답이 진실이라 믿는다.

지금 막 나는 텅 빈 성당으로 혼자 내려가 잠시 앉았다.

다시 방으로 돌아온 나는 내가 저녁기도를 기다리고 있음을 깨닫고는 기분이 이상하다. 아마도 감옥에 있으면 이럴 것 같다. 정해진 일과를 기대하는 것이다, 그것이 시간이 흘렀음을 알려주니까. 그리고 진정된 느낌이 사라진 지금 나는 너무나 깨어 있어 잠깐 책을 읽지만 그래도 잠이 들지는 않는다. 나는 계속 이메일을 확인하며 정신을 다른 곳으로 돌리려 애쓰지만 어떤 이메일에도 답을 못 한다.

나는 같은 느낌을 또 기대하며 저녁기도에 가고, 지금은 방문객 좌석 제일 앞에 편안히 앉았다. 그런데 놀랍게도 시작하기 10분 전인데 수녀 몇 사람이 이미 제자리에 있고, 오르간 연주자가 상당히 크게 그리고 비교적 경쾌하게 연주를 시작한다. 갑자기 모든 사람이 어떤 보이지 않는 힘에 의해 활기를 얻은 것만 같다. 분주하다. 황금빛 주교장(主敎杖)과 행렬용 십자가를 들고 바삐 오가고, 향과 많은 초에 불을 붙인 후 향로와 촛대에서 있던 것들을 빼내고 새로 꽂고 또 제자리에 놓았다. 그때 갑자기, 보통은 소리 없이 정숙하게 두셋씩 들어오곤 했는데, **행렬**을 지어 온다. 한 수녀가 장대에 달린 십자가를 들고 앞장서고, 그 뒤를 흰색 긴 초를 앞에 든 수녀 두 사람이, 그 뒤에는 자욱하게 연기를 날리며 향을 든 젊은 수련수녀가, 그러고 나서 나머지 수녀들이 둘씩 짝을 지어 들어온다. 그렇게 모두 줄지어, 피어오르는 향과 촛불과 음악과 함께 들어오는 그들을 보니 놀라울 정도로 검박하고 강렬하며 아름답다. 짝을 이룬 두 사람씩 중앙으로 와 동시에 고개 숙여 인사하고, 그런 후 서로를 향해 또 인사한 다음 헤어져 각자의 자리로 간다—저번 날 떠날 때와 순서만 다른, 똑같은 모습이다.

노래가 오늘 저녁엔 이 지상의 것이 아니다.

어느 순간 매일 노래를 불러온 독창자 두 사람—힘차고 맑은 목소리의 보나벤처 수녀와 젊은 수련수녀—이 성당의 뒤편으로 가더니 오르간 앞에 서서 화음을 맞춰 이중창을 한다. 수련수녀는 숫기 없는 십대 소년처럼 걷는다. 나는 성당 안에서 매번 그녀를 지켜보았는데, 늘 두 발을 벌리고 단단히 힘을 주고 서며 어깨는 약간 구부리고 두 손은 그 큼직한 조끼 안에 집어넣거나 조끼를 안 입을 때면 수녀복 앞으로 찔러 넣는다. 그녀의 섬세하고, 높은 곳에 도달하는 듯한, 소망하는 목소리는 신체적 거동과는 반대이다. 그들 둘은 때로 군데군데 망치기도 하는데 그들이 노래 부르며 서로에게 미소 짓는 모습에서 그것을 알 수 있다. 그럼에도 노랫소리는 날아오른다.

시몬 수녀가 우리 방문객들에게 처음 시작 때 성수를 뿌리더니 끝날 때도 다시 뿌린다. 우리는 성당 가운데에 모여 마돈나와 아이 그림에 찬양하라는 안내를 받고, 수녀들은 라틴어로 노래한다. 우리 외부자들은 어색하게 고개를 끄덕인다. 그러고 나서 우리는 마지막 성수 뿌림을 받기 위해 둘씩 짝지어 줄을 선다. 나는 전동 휠체어에 앉은 나이 든 수녀 옆이다. 그녀는 온전한 마음처럼 느껴지는 태도로 내게 미소를 짓고, 나는 그것을 오로지⋯⋯ 사랑이라 생각할 수밖에 없다.

그러고 나서 나는 다시 숙소로 돌아가 또 오랫동안 마룻바닥에 누워 있는다.

바닥, 그때 의사는 그렇게 표현했었다.

이곳으로 오는 길, 높은 돌투성이 평원의 표면을 운전하면서 나는 그 황량한 풍경이 아름답다는 생각이 들었다. 내 차는 때때로 바람에 휘감겼고, 나는 차가 텅 빈 도로를 따라 제대로 똑바로 갈 수 있도록 운전대를 꽉 잡아야 했다. 이 대지의 광활하고 드넓은 구조가 부드럽게 하나의 평면에서 또 하나의 평면으로 바뀌고, 그럴 때의 경사면은 견갑골처럼 거의 평평하다. 이 평원들은 고운 표피에 창백한 풀이 우거졌음에도 거의 바닥을 드러내고 있는데, 그래서 내가 지금껏 외면하며 오지 않다가 이제야 돌아온 것일까 생각해본다.

나는 짐을 싸기 시작했다. 아침에 일어나자마자 차에 이 짐을 실을 것이고, 그러고 나서 짧은 산책을 하며 허리 근육을 풀어준 다음 오랜 시간 운전해 집으로 돌아갈 것이다. 몇 번 쉬어도 5시 즈음이면 도착할 것이다. 어쩌면 초밥 식당에서 저녁을 먹을 것이다.

다섯째 날

　차에 타기 전에 오솔길을 걸어 올라 수풀로 들어가니 길가에서 땅을 파고 있는 금조 한 마리가 보인다. 나는 오래오래 서서 그 새를 바라본다. 내 존재가 전혀 방해되지 않는 듯한 모습이다.

es
2부

오늘 아침 새하얗게 내린 봄 서리. 풀밭을 건너며 선명한 발자국으로 길을 낸다, 잔디밭 하얀 바탕에 짙은 초록으로. 그러자 어린 시절이, 한 사람의 존재를 그렇게 뚜렷하고 확연하게 자국을 낼 수 있다는 데서 비밀스럽게 느꼈던 힘의 감각이 떠올랐다. **내가 존재한다**. 한 발자국 무게를 실을 때마다 그 아래에서 고운 얼음층이 깨지던 그 은밀하고 즐거운 소리.

우리는 가정부 어니타를 내보내야 했다. 돈이 충분치 못하다. 나는 각자 자기 방은 청소하면서 손님방은 함께 하지 않는 게 우스운 것 같다고 늘 생각했다. 그래도 몇몇은 이것이 불만이다, 이제는 손님도 없는데도. 어니타는 전혀 속상해하는 것처럼 보이지 않아 그것은 다행이다. 우리는 작별 인사로 아침에 자그마하게 티타임을 마련하고, 둘러서서 시몬이 어니타에게 선물로 성 안토니오 메달과 카드를 주는 것을 지켜보았다. 카드에는 우리가 각자 쓴 감사 인사와 미래를 축복하는 메시지가 담겼다. 어니타는 상자를 먼저 열어보고 말했다. "오, 와." 심드렁한 말투였고, 그러고 나서 카드를 카드 봉투에, 메달은 자기 가방에 쑤셔 넣었다. 그녀는 마을의 고급 호텔 스파에 새 일자리를 구했는데, 우리보다 임금이 적은데도 기뻐하는 듯 보인다.

내가 이곳을 처음 방문했을 때 그녀를 만났고 벌써 4년이 넘었지만, 나는 여전히 그녀의 삶에 대해서는 거의 아무것도 모른다. 이건 좋은 걸까, 나쁜 걸까? 아마 둘 다 아닐 것이다. 그녀는 신경 쓰지 않을 거라 생각한다. 그녀 역시 우리 삶의 방식을 그다지 궁금해하지 않는다고도. 내가 손님용 주차장 대신 수녀 주차장에 차를 대던 그날에도 혹은 그해 내내 그녀는 알아차리지 못했던 것 같다.

어니타에게 우리는 이질적인 종족으로 남아 있다고 생각한다. 왜 아니겠는가? 우리는 의도적으로 그렇게 해왔다. 우리 자신을 평범한 삶에 이질적으로 만들었다.

하얀 것들, 이 (나의) 방에 있는. 크림색 페인트로 두껍게 칠한 오래된 벽 난방기. 정사각형 도자기 세면대, 둥근 크롬 수도꼭지(추운 아침이면 돌리기가 힘들다. 잘못 디자인되어 제대로 쥐기 어렵다). 세면대 위, 외모에 신경 쓰지 않도록 문 안쪽에 거울을 달아놓은 하얀 멜라민 욕실 수납장. 전기 콘센트, 전선. 때 묻은 수술이 달린 캔버스 롤러 블라인드. 속옷 말릴 플라스틱 부챗살 모양 빨래걸이와 빨래집게들, 이건 지금 침대 머리맡 놋쇠 조명 기구에 걸어놓음. 무슨 이유인지 곰돌이 그림이 인쇄된 종이 티슈 박스. 세면대 가장자리에 놓인 진통제 알약 한 판. 침대 옆에 놓인, 바닥 페인트가 살짝 벗겨진 목재 스탠드. 책은 읽은 적이 없지만 작가 토머스 하디의 초상과 서명이 검은 잉크로 인쇄된 커다란 커피 머그. 어디서 얻은 건지 기억나지 않지만 분명 내가 이곳에 가져온 머그인 것은 맞다. 창가에 놓인 작고 가느다란 도자기 (빈) 꽃병. 와플 조직의 면 이불, 침대가 정돈되어 이불이 각지게 매트리스 밑에 넣어져 있을 때면 어머니와 간호사들의 활기차고 실용적인 친절함이 떠올라 편안함을 느낀다.

이런 목록은 삶—침실, 관계, 지적 생활, 영혼—이 텅 비었다는 생각에 빠지게 되는 날에 실제로는 내가 얼마나 많이 가졌는지를 보여준다.

지난번 내가 차를 몰고 이곳에 오던 길에—내가 '아주 영원히' 왔다고 말할 수 있을지도 모르겠지만 그때는 이렇게 될 줄 몰랐다—또 부모님 묘지에 들렀다. 매번 그곳에 갈 필요성을 느끼지는 않았으나, 그날은 어머니 묘비 옆에 또 웅크리고 앉아 그 흉물스러운 가짜 꽃의 말라가는 플라스틱 줄기를 뽑았는데, 작은 철망에 꽉 끼어 있어 비틀어 빼는 일이 놀라울 정도로 힘이 들었다. 무덤마다 묘비 옆에 금속 컵이 설치되어 있어 물을 채우고 생화를 꽂을 수 있었지만 내 시야가 닿는 한 생화가 꽂힌 곳은 없었다. 평소보다 더 그 플라스틱이 불쾌했는데 어머니의 직업(플로리스트) 때문이었다. 어머니는 '천박하다'는 단어를 입에 담은 적이 없지만 나는 어린 시절 내내 플라스틱 꽃이야말로 그렇다는 것을 알았다. 그것들을 뽑은 후 철망 위에 작은 세라믹 골지 화분을 올려놓았다. 여기 놓으려고 가져온 것으로, 작은 청회색 덩굴 다육식물 두 그루를 심은 것이다. 단단함 때문에 선택한 것인데 이것이 번식하고 화분 밖으로 자라준다면, 그러다 묘비를 뒤덮어준다면 좋을 것 같다. 만일 화분 밖으로 뻗어나가다 땅에 뿌리를 내리면 관리자가 베어낼 것이다. 그런데 아마도 그 전에 비가 안 와서 혹은 너무 많이 와서 죽거나, 떠돌이 고양이가 쳐서 떨어지거나, 그도 아니면 식물을 갖고 싶은 누군가가 화분을 비우고 가져가버릴지도 모른다.

    나는 플라스틱 줄기와 가짜 꽃잎 조각을 묘지 게이트 옆, 바퀴 달린 커다란 녹색 쓰레기통 안에 던지고는 그곳을 떠나 이곳으로 차를 몰아 쿠바, 마이액, 쿨링던, 마이알라, 마프라, 이런 이름들이 쓰인 표지판들을 지나 이곳으로, 다시 내 육신으로 돌아왔다.

나는 생쥐들이 닭장 안으로 들어갔었다고 생각한다. 오늘 아침 어린 병아리 한 마리가 서리에 죽은 것을 발견했다. 어쩌다 길을 잃고 나와, 다른 병아리들처럼 어미 아래 숨지 못했던 것이다. 나는 그 죽은 병아리를, 얼음처럼 차갑고 탁구공처럼 가벼운 그것을 집어 들어 주머니에 넣고 닭장이 있는 마당에서 나왔다. 퇴비장 뒤편에 작은 구멍을 팠다. 삽날을 단단한 땅으로 밀어 넣었을 때 내게 떠오른 것은 수녀들(아일랜드인, 미국인, 캐나다인, 그리고 호주인 또한 왜 아니겠는가?)이 **사생아**라 부르는 아기들을 묻었던 공동묘지들이었다. 나는 그 끔찍한 사진―펄럭이는 길고 흰 수녀복, 삽을 누르는 검은 부츠, 구멍―을 갖고 있었다. 나의 구멍을 파고는 쭈그리고 앉아 주머니에서 꺼낸 그 솜털이 보송한 작은 몸을 그 구멍 안으로 굴려 보냈다. 구멍을 다시 채우고 흙을 꼭꼭 눌렀다. 그리고 병아리에게 짧게 축복의 말을 했다. 기도는 아니었다. 그냥 내가 하고 싶은 몇 마디. 어쩌면 그것이 기도였는지도 모르겠다.

나는 그 작은 병아리를 퇴비에 넣을 수도 있었지만 그건 예의가 아닌 것 같았다. 게다가 거기엔 쥐도 있었다. 음식 쓰레기통을 비우러 갈 때마다 쥐 움직이는 소리가 들렸다. 보통은 여름날 뱀의 등장을 두려워하지만 오늘만큼은 내가 뱀이 와주길 바라고 있음을 깨닫는다. 쥐 소리를 들으면 몸이 떨린다. 쥐가 숨어 있다는 사실 때문이라고 생각한다. 가까이 가자 소리가 멈춘다. 내가 쥐를 느끼는 것보다 쥐들이 나를 더 예민하게 지각하고 있다.

작은 병아리의 무덤을 검은 부츠로 단단히 밟고 있노라니 그 아기들과 그 불쌍한 여자들, 가톨릭교회의 야만성에 대한 생각이 또다시 물밀듯 밀려들었다.

그럼에도 나는 여기 있다. 어렵게 씨름하며, 씨름하며.

성당 안에 들어가면 밖을 보는 게 불가능하다는 것을 깨닫게 된다. 투명한 유리창이 없다. 스테인드글라스를 통해 빛이 흘러 들어 바닥에 채색된 마름모들을 남긴다. 열십자로 나뉜 그 길고 좁다란 유리 틈새로 생각보다 더 많은 빛이 투영되어 들어오지만 바깥의 모든 것이 보이진 않고, 노란색, 빨간색, 인디고 사이에 놓인 무채색 물빛 다이아몬드 꼴을 통해 보이는 흐릿한 일렁임뿐이다. 성당 저 너머 세상을 보는 길은 오로지 문을 통과할 때뿐이다. 들어가거나 나오거나. 나는 이 이야기를 어제 접시 물기를 닦으며 시몬에게 했다. 그녀는 측은하다는 표정으로 나를 쳐다봤다. 그건 좀 서툰 은유인데요, 그녀가 말했다. 내가 하고자 했던 말은 그곳에, 네 개의 두꺼운 돌벽 안에 있으면 평화로우며 색색의 빛 속에서 나 자신에게 휴식할 기회를 줄 수 있다는 것이었다. 하지만 나는 고개를 이미 돌린 시몬에게 굳이 그런 이야기를 하지 않았고, 어쨌든 그녀가 무슨 생각을 하든 내가 왜 신경을 쓰나? 이곳에 사는 것의 가장 큰 장점은 결국 침묵이니까. 설명할 필요도, 끝없이 대화할 필요도 없으니까.

 더 신경을 써야 하는 것은, 오늘 오후엔, 돈이다. 처음 왔을 때 나는 깜짝 놀랐다. 성당에서 나오는 것이 아무것도 없어서, 로마에서 수백만 달러로 무엇을 하는지는 몰라도 여기에는 일전 한 푼 오지 않는 것 같다. 우리는 돈 때문에 회의를 한다. 어떻게 구하고 어떻게 쓸지. 어떻게 하면 아무것도 낭비하지 않을 수 있을지. 게스트하우스도 닫았는데 닫기 전에는 늘 상점에서 무엇을 팔지, 어떤 품목이 잘 팔리는지, 소박한 초와 꿀은 잘 팔리지만 시시*의 아름다운 카드는 왜 그만큼 안 팔리는지, 그 이유를 누가 아는지? (내가 그 이유를 말해줄 수도 있었는데.) 아주 초기에 나는 음식 문제를, 봉지 따위에 든 그 허접한 쓰레기 이야기를 꺼냈다. 대량으로 구입해 온전한 재료로 만들어야 한다고. 시몬이 정말 안도하며 나를 보더니 말했다. "오, **잘됐다.** 당신이 이 일을 맡아줄래요?" 그래서 나는 요리를 시작했고, 몇 가지 채소를 기르면서 주머니쥐와 토끼와의 끝없는 경쟁을 하며 닭장을 돌봤다. 처음에

---

* 세실리아의 애칭.

는 내가 만든 식사의 대부분, 콩 요리나 야채 타진 스튜 같은 것들은 수녀들에게 호평받지 못했다. 나는, 조심하면서 선을 넘지 않도록 하라는 말을 들었다. 예전에 먹던 것 중에 가장 좋아했던 게 무엇이냐고 내가 물었을 때 주로 음식을 담당했던 카멜이 나를 데리고 식료품 저장실로 갔다. "우리는, 지금 우리가 먹는 음식을 먹고 싶어요." 그녀는 그렇게 말하고는 그 큼직한 사각 박스 같은 가슴을 감싸 안듯 앞으로 팔짱을 끼며 억울한 미소를 지었다. 저장실에는 단지와 병, 상자들이 있었다. 크림 카르보나라, 참치 베이크, 세 가지 치즈 맥앤치즈 등. 나중에 내가 가지를 썰거나 병아리콩을 물에 불리고 있을 때 그녀가 주방 안으로 지나갈 때면 그녀는 이렇게 말하곤 했다. "아, 그것 참 건강해 보이네요." 근처에 다른 사람이라도 있으면 끌어들였다. "조지핀, 봐요, 저거 건강해 보이지 않아요?" 나는 양념을 줄이고 일주일에 두 번씩은 꼭 감자를 곁들였고, 그러자 서서히 휴전 상태가 되었다. 심지어 지난주에 시몬은 말레이시아식 카레가 "아주 좋았다"고 했다! (감자를 넣었다.)

오늘 오후엔 적은 돈을 벌기 위해 가축 위탁 사육을 좀 더 할지 이야기했다. 만일 우리가 그렇게 해야 한다면, 이번에는 제발 양을 키울 순 없을까요, 지난번처럼 소가 아니라? 내가 간청했다. 송아지들과 떨어진 어미 소들의 소리는 참고 듣기 어려웠다. 매일 밤낮으로 신음하며 울었다, 울타리 이편에선 새끼들이, 저편에선 어미들이. 나는 침대에 누워 아치형 창문을 쳐다보며, 트럭이 도착해서 모두 싣고 가달라고 기도했다. 나는 이 기도가 오로지 나를 위한 것임을 알고 있었다. 소와 송아지를 위해 기도하는 것은 소용이 없었다. 그들은 이미 죽었으니까.

절대 안 돼요, 난 견딜 수 없을 거예요. 나는 그렇게 말했다, 소에 대해, 오늘 오후에. 시몬은 나를 보며 눈썹을 치켜올렸다. 그러고 나서 첫날 나를 보았을 때 순종의 문제가 이곳에서의 내 성패를 판가름할 것임을 알았다고 말했다.

그에 대한 결론이 아직 나지 않았음은 굳이 덧붙일 필요가 없다.

예전에 내가 고등학교 다닐 때, 어떤 남학생의 어머니가 비 오는 밤에 고속도로에서 죽었다. 소들을 도로 밖으로 이동시키다가 그랬다. 그녀는 차를 타고 모퉁이를 돌다가 도로 한가운데에서 수소 두 마리와 맞닥뜨렸고 급히 브레이크를 밟아 간신히 충돌을 피했다. 그녀는 비상등을 켜고 차에서 내렸고, 다른 사람들이 그런 일을 당하는 걸 방지하려 그 소들을 도로 밖으로, 가장자리로 몰았다. 그런데 다른 방향에서 차 한 대가 오다가 젖은 도로에서 빠른 속도로 미끄러졌고, 어둠 속에서 운전자가 그녀를 발견했을 때는 이미 너무 늦었다. 그 남학생이 —불과 며칠 후— 다시 학교에 나왔을 때 그를 마주하는 것이 어려웠고, 우리는 멀리서 그를 바라보았다. 그는 평소처럼 움직이고 이야기했으나 이제 그에겐 뭔가 중요한 것이 있었고, 우리는 어떻게 처신해야 할지 몰랐다. 친구들과 나는 풋볼 운동장에 누워 그가 친구들과 이야기하는 것을 지켜보았는데 그에겐 특별한 품위와 힘이 있었다. 그동안 숨겨져 있어 우리가 보지 못했지만 이젠 그 안에 존재한다는 것을 깨닫게 되었다. 내가 아는 한 어느 누구도, 그때도 나중에도 그의 어머니에 대한 언급을 하지 않았다. 나는 그에게 감탄했다. 학교에서의 그의 모습에서, 늘 들던 책가방을 들고 다니고 늘 앉던 자리에 앉는 그에게서. 나중에 깨달았는데, 그가 그때 학교 밖에서, 우리와 먼 곳에서 살아야만 했던 엄숙하고 비밀스러운 생활에는 내가 거의 신성하다고까지 생각했던 뭔가가 있었다. 그는 여름 내내 크리켓을 했는데, 그는 흰 복장으로 그 긴 다리와 강인한 팔을 쓰며 운동장을 거리낌 없이 뛰어다녔다. 그는 훌륭한 크리켓 선수였다.

우리 학교에는 그 아이 말고도 어머니 없는, 아버지 없는 아이들이 여럿 있었다, 당연히. 그러나 사고로 어머니가 죽은 그 아이와는 달리 다른 아이들은 이미 그런 상태였기에 나는 그들의 슬픔을 상상해보지 않았다. 은밀하게 그 아이들도 관찰해보았지만 내 태도는 좀 더 냉정했다. 사고라는 급변하는 영화 같은 비극이 결여되었기에 다른 아이들이 수치심도 없이 이런 망가진 방식으로 사는 모습에는 도덕적으로 역겨운 뭔가가, 지저분하거나 가난에 찌든 뭔가가 있는 것으로 보였다. 그때 나는 학교를 졸업한 지

몇 달 만에 우리 아버지도 세상을 떠날 것임은, 이제 내 차례가 되어 한편에서 또 다른 편으로, 관찰하는 처지에서 관찰당하는 처지로 바뀔 것임은 알지 못했다.

잡지에서 한 여자가 어린 시절 수용소에서 쓴 일기에 관해 이야기한다. "75년 전 내가 썼던 일기에서 요즘 가장 놀랍게 느끼는 것은 내가 빠뜨리고 쓰지 않은 부분들이다."

이것은 나 말고는 아무도 읽지 않을 일기이다. 그런데도 내가 쓰지 않은 것들이 있다고 나는 생각한다.

시몬이 채소밭에 있는 우리에게 왔다. "할 말이 있어요." 그녀가 말했고, 나는 몸을 일으키고 쇠스랑의 강철 갈퀴를 땅에 박은 다음 반질반질한 나무 손잡이 끝에 턱을 내려놓았다. 그 쇠스랑은 이곳에 있은 지 아주 오래되었다. 얼마나 많은 수녀가 그것을 손에 잡았을까? 나는 시몬이, 도착 예정인 정원용 뿌리 덮개에 대해 얘기하려고 온 줄 알았다. 가끔 우리에게 기부하는, 언덕 너머 묘목장에서 리처드 기튼스가 뿌리 덮개를 받아 오기로 되어 있었다.

그러나 시몬은 뿌리 덮개 이야기를 하려는 것이 아니었다. "앉아요, 보나벤처." 그녀가 말했고, 나는 보나벤처의 예전 협심증을 염려해서 그러는 것이라고, 우리에게 누군가의 죽음을 알리러 온 것이라고 생각했다.

보나벤처도 그렇게 생각했는지, 겁에 질려 입을 벌리며 갑자기 화단 가장자리 손질한 소나무 위에 주저앉았고, 쓰러지지 않으려 앞으로 몸을 숙이며 그 튼실하고 커다란 두 발로 땅을 디뎠다.

죽음은 아니었다. 시몬이 말했다. "이건 아주……." 그러고는 입을 다물었다. 그녀는 두려운 표정으로 보나벤처를 바라보았고, 그 순간 두 사람 사이에는 어떤 이해가 이루어졌으나, 나로서는 알 수 없었다. 두 사람은 반평생 서로 알고 지낸 사이였다.

"그녀를 발견했어요." 시몬이 말했다.

잠시 시간이 정지한 듯 보나벤처는 뚫어질 듯 시몬을 쳐다보았고, 시몬이 고개를 세게 두 번 젓자 보나벤처가 크게 숨을 들이마시더니 흐느껴 울기 시작했다. 어떤 오랜 개인적 고통이 저 깊은 곳에서부터 흘러나온 것이었다. 이제 시몬 역시 울고 있었다. 시몬은 가느다란 팔로, 화단에 웅크린 채 두 손에 큰 얼굴을 묻고 구슬피 우는 친구를 감싸 안았다.

나는 쇠스랑과 함께 선 채 아무것도 할 수 없어 그저 두 여자를 지켜보며 오랫동안 묻혀 있던 끔찍한 슬픔이 심장에서, 창자에서 터져 나오는 소리를 듣고 있을 수밖에 없었다.

나는 지켜보며 서 있었다. 그것이 내가 할 수 있는 전부였다.

마침내 시몬이 눈물을 닦고는 손에 뭉쳐 쥔 손수건을 보나벤처의 손에 밀어 넣었고, 몸을 일으키며 보나벤처도 함께 잡아 일으켜주었다. 그리고 두 사람은 잔디밭을 건너가더니 트럭에 올라탔다. 그들은 나를 뒤돌아보는 일 없이 그대로 트럭을 몰고 오솔길을 따라 떠났다.

　나는 퇴비를 삽으로 떠서 펼치고, 또 삽으로 떠서 펼치며 흙을 준비시켰고, 그러면서 무슨 상황인지 생각이 정리되길 기다렸다. 주의를 기울이려 노력했다, 아주 부드럽고 아주 조용히, 이것이 나로서는 기도에 가장 근접한 일이므로.

　퇴비를 주는 일은 다른 어머니들은 하지 않는데 우리 어머니는 하는 일이었다. 내가 어릴 때 우리 마을에서는 자기 집 뒷마당에 채소와 뼈를 일부러 썩게 내버려두는 건 점잖은 사람이 하는 행동이 아니었다. 내 친구들 농장에는 부지 한쪽 모퉁이에 쓰레기 비우는 곳이 있어 가정 쓰레기가 담긴 봉투를 부서진 의자나 접시, 트랜지스터라디오 혹은 기계 부품 등과 함께 버렸지만 그건 다른 이야기였다. 바로 우리 집 뒷마당에 있던 어머니의 퇴비는 당시에는 원시적이고 더러운, 짐승이나 할 행동으로 여겨졌다. 오래된 음식을 모아서 땅에 묻다니! 어머니는 마가린이나 아이스크림 통 같은, 버릴 플라스틱 용기에 음식 남은 것을 모았다가 정원 뒤편 흙과 달걀 껍데기, 대황잎이 쌓인 두엄 더미에 내용물을 쏟았다. 그러고 나서 지저분해진 플라스틱 용기를 가지고 들어와 씻어 다시 사용했다. 때로 퇴비 더미는 쉰 냄새가 나기도 했지만 대개는 습한 곰팡이 같은 냄새였다. 그 더미에서 스스로 기어 나오는 것들도 있었다. 지렁이 같은 벌레, 작은 날파리 떼 그리고 잔

걸음으로 기어다니는, 생전 처음 보는 것들도 있었다. 뱀이 있었는지는 기억나지 않으나 어쩌면 있었을지도 모른다. 학교 친구들이 집에 놀러 오면 나는 우리 집 부엌 싱크대 위에 놓인 지저분한 플라스틱 용기가 창피해서 친구들이 보지 못하길 바랐다.

오늘 저녁 식사 후 시몬과 보나벤처는 우리를 자리에 앉히고 이야기를 들려주었다.

제니퍼 털리, 그러니까 제니 수녀는 1983년, 보나벤처와 같은 해에 이 공동체에 합류하여 장엄 서원을 했다. 그러나 제니는 6년 후 이곳을 떠났는데, 하느님이 그녀에게 가난한 사람과 함께 일하라고 말씀하셨기 때문이라고 그녀가 말했다고 한다. 사람들의 조언을 따르지 않고 그녀는 앤드리아 배리라는 다른 수녀와 함께 방콕으로 가서 학대받은 여성을 위한 쉼터를 세웠다. 두 사람은 환영받지 못했다. 서구 윤리를 아시아 문화에 강요한다는 비난을 받았고, 그들의 계획은 위험했다. 소수의 두려움 없는 태국 여성을 제외하고는 성당도, 다른 모든 이들도 그들의 일에 반대했다. 그럼에도 그들은 그곳에 머물렀고, 그들이 세운 '매 맞는 여성'을 위한 쉼터는 늘 만원이었다.

1998년 2월, 앤드리아 수녀는 유방암 치료를 위해 호주로 돌아올 수밖에 없었지만 제니 수녀는 방콕에 남았다. 어느 날 미국 가톨릭 사제인 데이비드 스트랭이 쉼터의 게이트로 왔다. 제니는 스트랭의 가정부로 일했던 태국 여성을 받아들였었다. 그녀는 스트랭이 자신을 반복적으로 폭행했다고 주장하며 그의 사제관에서 도망쳐 나왔었다. 제니 수녀는 쉼터에 있는 여성들에게 문을 잠그고 건물 안에 있으라고 말한 후 밖으로 나와 게이트를 잠근 다음 길에서 신부와 이야기했다. 그녀가 게이트도, 쉼터 건물도 열어줄 수 없다고 거부하자 스트랭은 그녀에게 고함을 지르기 시작했고, 그러다 그녀의 두 손목을 잡았다. 위층 창문에서 지켜봤던 여성들에 따르면 그가 제니를 끌고 갔다고 한다. 그 후 제니 수녀는 어디에서도 볼 수 없었다. 며칠 후 스트랭은 사제관에서 목을 맨 채 발견되었다. 제니 수녀의 실종에 대한 제대로 된 경찰 수사도 없었고 신문도 없었다. 성당은 이 문제가 시선을 끌지 않고 빨리 가라앉도록 방치했다. 제니는 사라진 당시 마흔한 살이었다.

보나벤처와 시몬은 거실의 파란색 낡은 벨벳 안락의자에 앉아 우리에게 이 모든 이야기를 들려주었다. 그녀는 내가 사랑하는 친구였어요, 보나벤처가 말했다. 두 여자는 한동안 이야기를 이어갔고, 제니와 함께 이 생활을 시작했을 때를 미소를 머금으며 추억했고, 실종 대목에 이르러서는 눈물을 글썽이기도 했다. 처음에는 그들도 희망을 버리지 않았다고 우리에게 말했다. 호주 뉴스 매체에서 잠시 몇 번 보도가 나가기도 했다. 그들은 기도를 하고 또 했고 방콕에서도 제니 수녀를 찾고 또 찾았지만 그녀는 발견되지 않았다.

그녀가 사망한 것이 분명하고 데이비드 스트랭이 그녀를 살해했다는 것을 기정사실로 받아들이게 되자, 그녀가 여성들을 돌보고 보호한 일을 기리며 성인으로 추대하자는 이야기가 나왔다. 그녀가 호주의 두 번째 성인으로 지명되기를 원한 제니의 오빠와 언니가 적극적으로 나섰다. 그러나 바티칸에 예비 서류 제출 이상의 진전은 없었다. 어쨌든 방콕의 그 지역민 중에는 제니를 성녀라고 부르는 사람도 있었고 여성 쉼터 구내에 기념물도 만들어졌다. 제니의 오빠는 8년 전 세상을 떠났고 언니 일레인은 요양원에 있으며 알츠하이머로 매우 쇠약한 상태이다. 그보다 더 넓은 세상에서 제니 수녀는 이미 잊힌 존재였다, 시몬은 그렇게 말했다. 지금까지는.

지난해 방콕에 큰비가 내려 데이비드 스트랭이 살며 일했던 곳 근처 지역에 홍수가 났다고 그녀가 말했다. 오래된 사제관 구역의 커다란 나무 한 그루가 뿌리가 버텨내지 못한 나머지 쓰러졌다. 나무가 홍수에 떠내려가기 시작했는데, 그때 누군가 물에 뜬 나무의 뿌리에서 인간의 정강이뼈처럼 보이는 긴 뼈 하나와 갈비뼈 부분을 보았다. 그 후 몇 달에 걸쳐 제니 수녀의 것인 뼈 거의 대부분이 발견되었고, 체인에 달린 금십자가와 신발, 옷 그리고 마침내 DNA를 통해 신원이 확인되었다. 이제 제니가 집으로, "우리에게로" 오는 중이라고, 보나벤처가 낮은 목소리로 말하며 뭉친 휴지에 대고 눈물을 흘렸다.

그녀가 한 말의 의미는 서서히 분명해졌는데, 제니 수녀의 유해가 이곳으로, 수녀원으로 이송되어 이곳에 묻힐 예정이라는 것이었다. 우리는 처음에는 잘 이해가 되지 않았고, 그래서 대놓고 물어본 이는 카멜이었다. "그게 허용이 되는가요? 누군가를 묻는 게, 우리 땅에?" 그러자 보나벤처가 울음을 멈추고 자리에서 일어나 딱 잘라 말했다, 허용이 되든 안 되든 상관하지 않는다고, 이미 진행되고 있다고.

그녀 역시 이 일이 금지될까 봐 두려워하고 있는 것이 분명했다.

그녀가 떠나고 난 후 우리는 그대로 앉아 방 안의 침묵에 귀를 기울였다, 히터 온도조절기의 째깍거림, 옆방 부엌에서 들려오는, 냉장고의 웅웅거림, 보나벤처가 리놀륨이 깔린 복도를 지나 다른 공간들을 걸어가는 무거운 발소리에. 그때 시몬이 우리가 기도를 해야 한다고 했는데, 왜냐하면 이제 우리 마음속에서 그 많은 다른 문제들이 떠오르고 있었기 때문이다. 국경 폐쇄와 봉쇄, 여행 제한 등등이 너무나 엄격하게 다시 시행되고 있었다. 그러나 우리 중 누구도 이것을 시몬에게 말하고 싶지는 않았다. 그녀는 아주 지쳐 보였다. 거실에서 우리는 모두 무릎을 꿇고 기도했고, 나도 무릎을 꿇고서는 쓰러진 나무의 검은 뿌리에 휘감긴 진흙투성이 뼈의 광경을 회피하려 눈을 감았다.

옛 동료 데브에게서 그림엽서 한 장이 도착한다. 마티스가 죽기 얼마 전, 방스의 성당 안에 디자인한, 높고 좁다란 창문들 사진이다. 데브는 시드니의 갤러리가 그 성당을 층고가 높은 거대한 흰색 공간에 그대로 재현해놓았으며 스테인드글라스의 채색된 해초 컷아웃들이 바닥에서 천장까지 이어져 있다고 썼다. **나는 아주 오래도록 그곳에 앉아 내가 찾아가볼 수 있는 이런 성당이 하나 있었으면 하고 바라고 있지.** 그녀는 그렇게 쓰며 마티스의 말을 인용한다.

예술이라 부를 가치가 있는 모든 예술은 종교적이다. 선이나 색으로 창작을 했다고 해도 그것이 종교적이지 않으면 존재하는 것이 아니다. 종교적이 아니라면 그저 다큐멘터리 예술이나 일화적인 예술에 불과하며…… 그것은 더 이상 예술이 아니다.

나는 시몬에게 내가 이 전시회를 가도 좋은지 물어보는 상상을 잠깐 해보고는 곧 늘 그렇듯 그 생각을 떨구어내어 내 모든 긴급한 눈앞의 욕망 아래 저편 바다에 떨어뜨리고는 잊어버린다. 나는 데브에게서 다시 소식을 들어 감동한다. 데브는 내가 답장을 하지 않을 것임을 알고 있기 때문이다. 마지막으로 내가 그녀와 연락한 지 4년이 넘었고, 그것도 페이스북에서였다.

나는 사라질 거야, 어머니는 그렇게 말하곤 했는데 그건 정원으로 들어간다는 뜻이었다. 정원은 어머니의 개인적 영토였다, 당시 부엌이나 '가정'이 여성의 영역이었던 방식으로. 어머니는 살림이나 요리는 별로 좋아하지 않았고—그래도 둘 다 많이 했다, 필수였으니까—그러고 나서는 최대한 많은 시간을 바깥에서 보냈다. 내가 나이가 들자, 혼자 있고 싶다는 욕망을 합리화할 수 있다는 것도 매력적이지 않았을까 하는 생각이 들었다. 어머니는 혼자 일하는 것을 선호했다. 때로 예외적으로 무거운 것을 들거나 어떤 구조적인 장치에 도움이 필요할 때는, 그러니까 과일나무를 지탱할 목재 틀을 만든다거나 담쟁이가 타고 올라갈 철사를 연결하기 위해 벽돌 벽에 금속 고리를 박을 일이 있을 때는 아버지를 불렀다. 나도 때로 어머니를 '도우러' 따라 나가기도 했지만 어머니가 시킨 잡초 뽑는 일에 금방 지루해지곤 했다. 어머니의 정원은 누군가와 공유할 이유가 있거나 공유하고 싶은 공간이 아니었다. 어두워지기 시작한 후에야 어머니는 안으로 들어왔다. 더러워진 오래된 보라색 스웨터와 두루뭉술한 낡은 바지 차림으로 시커메지고 세로줄이 간 손톱을 세탁실 수도꼭지 아래에서 문질러 닦고는 손을 커다란 니베아 크림 통 안에 넣었다. 어머니 손에서는 크림과 흙과 땀 냄새가 났다. 그 기름지고 시큼한 냄새에서, 학교에서 우리가 '오줌싸개'라고 부르던 민들레*가 떠올랐다. 그것이 늘 어머니의 냄새였다, 라고 나는 생각한다. 어머니에게서는 정원 냄새가 났다, 더 이상 바깥으로 나갈 수 없게 되었을 때도.

무신론자인 사람이 일도 집도 남편도 다 버리고 떠나 속세와 격리된 종교 공동체로 들어간다는 말을 페이스북에 공표하지는 않는다. 아니, 공표할 수도 있고 어쩌면 나의 선택보다 더 나은 방법일지도 모르겠으나, 나는 누구에게도 어떤 말도 하지 않기로 했었다. 사람들이 상처받았다. 큰 상처를 받았다. 한동안 꾸준히 흐르는 강물처럼 오던 편지에서 그들은 나의 사라짐이 그들에게 얼마나 큰 상처와 손상을 입혔는지, 여전히 얼마나 많은 파문을 일으키고 있는지 알렸다. 알렉스의 편지들은 그렇게 분노로 가득하지는 않았지만 해결해야 할 법적인 문제에 관한, 참을 수 없을 정도로 격식을 갖춘 글들에서 행간에 담긴 상처를 엿볼 수 있었

---

*   민들레에 이뇨제 성분이 있어 오줌과 연결 짓는 별명이 많다.

다. 그리고 그는 그의 프로젝트를, 기니의 맹그로브, 생물 다양성 자금 조달 등 '실제로 변화를 가져오기'를 자세히 설명하며 그의 신념, 그의 헌신, 나의 포기를 강조했다. 그가 상처 입은 것이 확연한 것은 또한, 내가 그러지 말라고 부탁했음에도 수녀원 주소를 다른 이들에게 자유로이 주었다는 사실에서도 알 수 있었다.

데브는 특히 혼란스러워했고, 그러고는 격노했다. 그녀는 다른 할 말도 많지만, 내가 참 뻔뻔하다고 생각한다고 했다. 나중에, 분은 좀 가라앉았지만 고통이 표면에 더 표출되고 악화된 편지에서 이렇게 썼다. 파괴적인 것은 떠났다는 사실만이 아니라 그것의 전염성이라고, 센터를 지키는 모든 사람을 바보로 만들며 그녀와 센터의 모든 이에게 보여준 모욕이었다고 했다. 특히 젊은 친구들, 우리가 **빚을 지고 있는** 그들에게 그랬다고 그녀는 말했다. 그들 몇몇도 편지를 썼는데, 데브보다 더 큰 분노를 담고 있었다. 그렇게 하라고 데브가 부추겼으리라 생각한다.

한참 후에 그녀는 또 편지를 보냈는데, 그저 좌절하고 슬퍼하는 내용이었다. 그녀에게 본질적으로 가장 큰 상처가 된 것은 내가 비밀리에, 그녀에게 나의 '계획'을 말하지 않고 떠났다는 것이었다. 그러나 설명한다는 것이 불가능해 보였고 아직도 불가능한데, 왜냐하면 나는 어떤 것도 계획하지 않았기 때문이다. 나는 마지막으로 이곳에 돌아왔고, 그러고 나서 그냥…… 집으로 돌아가지 않았다.

어느 정도 시간이 지난 후로는 편지들을 열어보지 않았고, 시몬에게 이젠 내게 편지를 전달하지 말라고 부탁했다. 나는 시몬이 이 짐을 짊어지길 원하지 않는다는 것을 알았다. 이 생활을 선택한 사람은 그런 끔찍한 고통을 사람에게 주지 않아야 하는 법이다. 그건 잔인한 일이다.

나도 그 정도는 알았다. 이곳에 있는 사람은 모두 이곳으로 오면서 누군가에게 상처를 주었다.

오늘 세탁실에서 생쥐 한 마리를 보았다. 세탁기 아래에서 휙 튀어나와 내 앞을 바로 가로질러 빗자루 수납장 뒤 틈새로 들어가자, 나는 이런 제기랄, 기겁했다. 생쥐는 세탁실 지리를 잘 알았다. 조그만 회색 것이, 귀엽고 뾰족한 작은 얼굴이었다. 하지만 보고 싶지는 않았다.

나는 나중에 이 이야기를 다른 수녀들에게 했다. 내가 "이런 제기랄"이라고 하자 덜로레스의 눈이 못마땅하다는 듯 휘둥그레졌고 얼른 시몬에게 시선을 던졌다. 나는 그녀에게 놀리는 표정을 짓는 것을 멈추어야 했다. 그녀는 내게 **너무나** 어려 보였지만 사실 거의 스물아홉은 되었을 것이다. 여전히 그녀는 내가 처음 보았을 때 그대로 그 똑같은 검고 풍성한 조끼를 수녀복 위에 입고 돌아다닌다. 그녀의 애착 담요 같은 것인데, 나는 그 생각을 하면 그녀에게 측은한 마음이 들어 못된 감정을 자제한다. 그녀는 어머니를 그리워하고, 그녀의 어머니는 눈물 젖은 편지와 케손시티에 있는 형제자매의 사진을 보낸다.

시몬의 그 끔찍한 등긁개가, 그녀가 소파 팔걸이에 놓아둔 채로 있는 것이 보였다. 시몬은 보통 그 등긁개를 주머니에 넣고 가지고 다니는데(수녀복의 주머니가 매우 넉넉한 크기라는 것을 나는 알게 되었) 가끔 오늘처럼 탁자나 의자 위에 두기도 한다. 그녀가 그것을 사용하는 걸 처음 봤을 때 나는 소리 내어 웃고 말았다. 그것은 너무나 사적이기도 했고 약간 음란하기도 했는데 마치 그녀가 공공장소에서 겨드랑이에 데오도란트를 바르고 있는 것만 같아서였다. 이제는 그녀가 신발 끈 묶는 걸 보는 것처럼 일상이 되었다. 그녀는 주머니에서 등긁개를 꺼내 그 작은 막대기를 딱 소리를 내며 최대 길이로 뽑은 다음 옷 칼라 뒤로 집어넣고는 팔꿈치를 허공에 흔들며 여기저기 긁어댄다. 어떤 때는 사람에게 이야기하면서도 그러는데, 등을 긁으며 머리를 옆으로 기울이고 만족과 쾌감에 눈을 살짝 가늘게 뜬다. 때로 개에게서 볼 수 있는 바로 그 표정이다. 그러면서도 그녀는 계속 이야기를 이어가며 상대에게 시선을 고정하는데, 감기지는 않은, 약간 찌푸린 눈이다.

등긁개의 은색 끝부분은 흉물스럽고 가느다란 작은 **손** 모양이다.

　빨랫줄에서 침대 시트를 걷으며 저 아래 방목장을 보니 펠리컨 한 마리가 둑에 미끄러지듯 내려와 앉았다. 물과 불과 몇 센티미터 간격을 두고 수면 위를 오래오래 유영하던 펠리컨은 두 다리를 뻗으며 몸을 뒤로 기울이고는 그 거대하고 우아한 두 날개로 공기를 저었다.

　빨랫줄에서 나는, 카멜이 바구니에 잔뜩 쌓인 말린 시트를 가지고 들어가려고 허리를 숙이는 것도 바라보았다. 그녀는 작은 꼬마 아이를 안아 들려는 것처럼 두 팔을 아래를 향해 크게 벌리고 있었다.

유해가, 제니 수녀의 뼈가 언제 도착할지 어떻게 올지 아무도 모른다. 국경은 여전히 봉쇄되어 '필수적인 여행'도 제한 중이다. 예외로 허가를 받는 것은 불가능하고, 어쨌든 항공편 자체가 거의 없다. 우선순위는 귀국하는 호주인에게 주어졌다. 살아 있는 사람에게, 죽은 사람이 아니라.

벌써 며칠째 기도하는 보나벤처를 볼 때마다 그 순하고 불쌍한 얼굴이 눈물로 젖어 있었다.

나는 시몬이 윗사람들에게…… 맞는 표현인지 모르겠지만 인기가 없다는 사실 때문에 이 유해 이송이 얼마나 더 복잡해질지 가늠할 수 없다. 언젠가 한 방문객이, 이곳을 운영함에 있어 시몬이 충분히 엄격하지 못하다고 '신고'한 일이 있었다. 시몬은 그것에 대해 얘기한 일이 없었지만 그 일이 있은 직후 조지핀이 내게 말해주었다. 조지핀은 그 불평 이메일과 거기에 적힌 이름들을 직접 보았다고 했다. 나를 도와 감자 껍질을 벗기던 그녀는 이 이야기를 하면서 문제가 된 시몬의 해이함에는 나를 여기서 살도록 허락한 것도 포함되었다는 암시를 주었다. 나는 아직도 그것이 사실인지 아닌지 모르지만 조지핀이 그런 인상을 전달하며 조금은 즐기고 있다는 생각이 들었다. 우리는 나란히 서서 감자의 흙을 긁어내고 있었는데, 내가 우리 사이의 침묵이 길어지도록 내버려두자 그녀는 그것이 불편한 듯했다. 처음 조지핀을 만났을 때는 상당히 무섭다는 인상을 받았다. 키와 얼굴, 긴 코, 성당 미사 시간에 자신감 넘치는 유연한 몸놀림 때문이었던 것 같다. 그러나 나중에 그녀가 매우 수줍음을 타는 사람임을 알게 되었다. 그녀는 무엇이든 직접적인 질문을 하면 얼굴이 붉게 물들었다.

그날 싱크대에서 결국 나는 시몬이 그 불평에 어떻게 반응했는지 물었다. 그녀는 얼굴이 더 빨개지면서 시몬이 그냥 어이없다는 듯 눈을 굴렸고 프랑스어로 뭔가 일축하는 말을 했다고 했다. 그리고 나서 더러운 물에서 손을 꺼내고는 앞치마로 서둘러 닦으며 가봐야 한다고 말했다. 내가 더 질문하는 것을 원하지 않는 것 같았지만, 사실 나는 더 물어볼 생각이 없었다.

그날로부터 한 2주 동안 시몬이 근심하는 표정으로 돌아다니고 이메일을 많이 썼던 것은 사실이다.

어젯밤 자기 전에 밖으로 나가 진입로에 서서 차가운 검은 하늘의 별들을 쳐다보았다. 도시에서 그리 오랜 세월을 산 후 이곳의 끝 간 데 없이 펼쳐진 밤하늘을 보노라면 맹렬하게 반짝이는 현기증이 내게 쏟아져 내린다.

돌아오며 자갈길을 따라 걷는데 기숙사 옆면 침실 창문들 안의 불빛이 부드럽다. 내 발소리가 들렸고, 주머니쥐가 나무 위 높은 곳에서 휙 움직이는 소리도 들렸다. 이곳에서 이런 생활을 하는 것이 감사하다, 이제는.

다른 언어에는 내가 이곳으로 오게 만든 것을 표현하는 어휘가 있을지도 모르겠다. 당시 나만의 어떤 절망을 묘사할 단어가. 그러나 내가 느꼈던 것과 내 몸이 알았던 것을 표현할 어떤 단어도 들어본 적이 없다. 그때 내게는 욕구가, 동물적인 욕구가, 내가 한 번도 가본 적이 없는 장소, 그럼에도 여전히 부정할 길 없이 너무나 명백한 나의 집인 그런 곳을 찾고 싶은 욕구가 있었다.

오늘 아침 일찍, 별과 주머니쥐를 몽상하고 난 후, 나는 뭔가가, 아마도 바로 그 주머니쥐가 텃밭 비닐 터널뿐 아니라(놀랄 일도 아닌 것이 부식되기 시작한 상태였다) 내가 새로 밖으로 옮겨 심은 모종 상추 위의 병충해 방지용 덮개 대부분을 뚫고 들어가 뽑리까지 거의 다 뜯어 먹은 것을 발견했다. 나는 나무들을 향해 욕설을 퍼붓다가 문득 깨달았다. 주머니쥐가 아니라 **생쥐**라는 것을.

어린 상추 세 포기만 남았다. 나는 일을 시작했고, 종 모양의 덮개를 뽑아냈다. 그것은 리처드 기튼스가 닭장 철망과 오래된 문손잡이를 이용해 만드는 방법을 가르쳐주었던 것이다. 나는 철사를 두 겹으로 한 다음 채소 둘레에 철망을 묻을 홈을 더 깊게 팠다. 건조한 아침 공기 속에 흙 내음을 맡으며 나의 작은 초록 성지 앞에 무릎을 꿇은 채 머리 위에서 앵무새가 맴돌면서 내는 새된 소리를 들으며 일했다. 새 덮개 주변으로 짚을 쌓아 올리며 덮개를 비틀어 홈에 더 깊이 넣고 주변의 흙을 눌렀다. 내 신발 뒤꿈치로 핀을 다져진 흙 안으로 깊이 박아 넣었다. 이 모든 것이 헛수고가 될 가능성이 큰 것을 알면서도.

구내에 아침기도를 알리는 종이 울려 퍼졌다.

어머니는 두 손을 모아 정원의 흙을 한가득 담아 내밀고는 감탄하며 나를 불러 그 물기 머금은 검은 흙덩이의 냄새를 맡고 느껴보라고, 거기서 꿈틀거리며 나오는 분홍색 벌레를 보라고 말하곤 했다. 어떤 때 어머니는 식물보다 흙 그 자체를 더 사랑하는 듯 보였다.

점심 식사가 끝날 무렵 나는 한밤중에 들은 소리에 대해 물어보려 입을 열었다. 자정이 한참 넘은 시각에 피아노가 울리는 소리를 들은 사람이 또 없는지, 아니면 내가 꿈을 꾼 것인지? 그러나 내가 이 질문을 던지기 전에 시몬이, 내 생각엔 놀랄 정도로 편안한 목소리로, 제니 수녀의 유해가 2주 안에 이곳에 도착할 것이라 말했다. **하느님의 뜻**이라고.

우리는 모두 식탁 저쪽에 앉은 시몬을 쳐다보았다. 그녀는 이 소식을 뭔가 평범한 것으로, 마치 꽃 당번이나 닭장 지붕 수리(또 한다) 이야기를 하듯, 만들려는 것 같았다. 그녀는 가벼운 어조로 지난 몇 주 동안 외교가와 영향력 있는 사람들 사이에서 "심리"가 진행되었고 "진전이 있었다"라고 말했다. 일단 유해가 여기 도착하고 지역 당국의 허가가 나오면 제니 수녀는 이곳 수녀원에 안

장되어 제대로 쉴 수 있을 것이라 했다. 이 마지막 부분에서 시몬은 특히 사무적이었고, 이것이 실제로 의미하는 바를, 그러니까 무덤을 파야 하고(누가, 어디에?) 유해를 무덤 안으로 내려야 한다는(우리가?) 사실을 빨리 지나가고 싶어 하는 것 같았다. 나는 보나벤처를 바라보았는데 그녀는 조용히 호흡하고 있을 뿐 표정에서는 아무것도 드러나지 않았다.

이 모든 일을 진행하려면 "행정적" 절차들이 아직 상당히 남았으나 유해를 고국으로 데리고 오는 방법을 발견했는데, 그것은 귀국하는 호주인 한 사람이 동행하는 것이라고 시몬이 말했다. 그리고 나서 시몬은 말을 멈추고 다시 식사를 하기 시작했고, 나는 그녀가 오늘은 이 일에 관해 더는 언급하지 않을 것임을 알았다.

나는 이제 익숙해졌다, 기다림에. 불완전하게 서서히 이해하게 되는 과정에, 때로는 결국 답을 얻지 못하는 질문들에.

처음에 나는 충격을 받았었다, 조금 짜증도 났었고, 솔직히 말하자면. 이곳 여자들은 정말이지 말이 느려 한참이나 뜸을 들인 후에야 어떤 질문이나 언급에 답을 하곤 했다. 가식적으로 보였다. 그러나 곧 내가 젊었을 때 친구들과 했던 국토 횡단 여행이 떠올랐다. 차를 몰고 동부 해안에서 서부 해안으로, 그리고 다시 동부로, 널러버 평원을 두 번이나 건넜고, 그 여정 내내 매일 밤 캠핑을 했었다. 한 달이 걸렸는데, 그 한 달 동안 우리는 동작이 점점 더 느려졌다. 처음에 우리는 긴 거리를 운전하고 어둑해져서야 텐트를 세우고, 다음 날 아주 일찍 일어나 짐을 꾸리고 다시 이동했다. 하지만 여행이 끝날 무렵, 하루에 서너 시간만 운전했고 모든 일에 점점 오랜 시간이 걸렸다. 짐을 꾸리는 것도 점점 늦은 오전이 되었다. 마침내 우리가 시내로 들어왔을 때 우리는 모든 것의 속도에, 사람들이 엄청나게 큰 소리로 말하는 것에 깜짝 놀랐다. 저녁 식사 주문을 받으러 온 웨이터들도 고함을 치는 듯 보였다.

알렉스도 함께 여행한 일행이었다. 우리는 젊었고, 친구 차를 돌아가면서 운전하거나 뒷자리에 편히 앉곤 했고, 때로는 흘러나오는 음악을 따라 노래를 부르기도 했지만, 날이 갈수록 몇 시간이고 그저 꿈꾸듯 흘러가는 하늘을 바라보곤 했다. 모든 것이 복잡할 것 없이 자유로웠고, 그 사막을 가로지르던 차에 타고 있던 시간처럼 자유롭다고 느꼈던 적은 그 후로 다시 없었던 것 같다. 유일한 예외가 이곳이다. 한두 번, 여기서 나는 그렇게 느꼈다.

두 번째로 밤에 피아노 소리가 들리자 이젠 아름답지 않고 불편했다. 이번엔 다른 이들도 그 소리를, 처음 몇 개의 음이 우리 꿈속으로 파고들었을 때 들었다. 그때 나는 우리 모두 깨어 있다는 것을, 이 고요하고 어두운 밤에 들려오는 불협화음에 리듬도 없는 꿍꽝거림에 귀를 기울이고 있음을 알았다. 누군가 술에 취해서 혹은 아파서 건반 위로 쓰러지는 것처럼 잘못된, 위협적인 소리였다. 시몬이 방문을 여는 소리가 들렸고, 슬리퍼가 메마른 마룻장을 스치며 복도를 따라 걸어가는 소리, 기숙사 쪽 복도 끝에서 왼쪽으로 돈 후 주방과 식당을 지나 거실로 들어가는 소리가 들렸다. 나는 이제 완전히 잠에서 깼지만 침대에서 일어나 나갈 생각은 없었다. 그대로 누워 신경을 곤두세우고 귀 기울였지만 들리는 소리라고는 피아노 건반 뚜껑이 끽 열리는 소리 그리고 쾅, 다시 닫히는 소리, 전등이 켜지고 꺼지는 소리, 시몬이 다시 방으로 돌아가 문을 닫는 소리뿐이었다.

이른 아침 멀리서 나는 연기 냄새. 리처드 기튼스가 연기가 맞다고 확인해주었다. 이번 계절 첫 번개와 들판 화재가 마을 저편에서 일어났다. 빨리 끄기는 했으나 여전히 잔불이 남았다고 한다. 여름이네, 그가 말했다.

유해는 대략 8일 후에 도착할 예정이라고 들었는데, 일단 오면 우리가 그 뼈를, 아니 **그녀**, 제니 수녀를 푸른 거실에 두고 밤낮으로 곁을 지킬 것이다. 그 방은 '성모의 응접실'이란 명칭이 있지만 농담 삼아 '좋은 방'이라 부른다. 이렇게 부르는 이유는 카멜의 어머니가 애들레이드 교외에 있는 그들 집의 앞쪽 거실을 그렇게 부르기 때문인데, 가족은 절대 들어가지 못하고 손님이 올 때만 사용한다고 한다.

우리가 유해 곁을 지키는 것은 지역 의회의 매장 절차 완료 시점까지이며 그러고 나서는 적절한 장례를 치른 후 나중에 결정될, 축성된 장소에 제니 수녀를 봉안할 것이라고 시몬이 설명했다.

우리를, 아니 적어도 나를 온통 휘감는 불안한 느낌이 있었는데, 그것은 밤에 피아노 소리를 들었을 때와 비슷했다. 유령같이 느껴지는 위협과 불길함. 나는 부끄러움에 그 느낌을 떨쳐버렸다. 사실 고인의 뼈를 이 지상에서 집과 같은 적절한 곳에 누이는 것보다 더 인간적이고 더 자연스럽고 친절한 일이 또 어디 있겠는가? 그럼에도 나는 여전히 그 불길함을 느꼈다.

시몬은 우리에게 이 이야기를 다 한 다음 찻잔을 들어 한 모금 마시고는 유해를 이곳으로 이송해 오는 귀국 호주인은 헬렌 패리 수녀라고 말했다. 그리고 또 차를 후루룩 마셨다.

생쥐 **두 마리**가 오늘 아침 실내에서 보였다, 거실에서. 시시도 뭔가 실룩거리는 것을, 재빨리 지나가는 흐릿한 것을, 고무줄 같은 긴 꼬리를 가진 것을 피아노와 책꽂이 사이에서 보았고, 그녀가 소리를 지르는 바로 그 순간 두 번째 것이 나타나 첫 번째 것을 빠르게 뒤따라갔다고 했다! 그런 직후 곧장 복도로 나온 그녀가 오들오들 떨며 마치 쥐의 흔적을 털어내려는 것처럼 길고 창백한 손가락으로 몸을 거듭 쓸어내리고 있는 모습이 보였다. 물론 쥐들이 그녀에게 닿을 만큼 가까이 가지는 않았지만, 나는 쥐를 보기만 한 것으로도 충분히 그렇게 경악하여 더럽혀진 느낌을 받는 것을 이해할 수 있었다. 특히나 시시라면 더욱이. 내가 왜 그녀라면 더 심한 반응을 보였을 거라 생각하는지 정확한 이유는 모르겠으나 그 섬세함과 창백한 피부, 떠내려가는 듯 움직이는 동작 때문일 것이다(나는 그녀의 이름 때문에 그렇게 느끼는 단계는 지났다고 생각한다, 처음엔 **너무** 우스꽝스럽다고 생각했지만, 그런데 어쩌면 이름도 그 이유의 일부일지도 모르겠다*). 다른 사람들, 심지어 조지핀도 내게는 더 강인해 보인다. 그리고 시몬은 무엇보다 실용주의자이다. 내가 그녀를 그렇게 좋아하는 이유이기도 하다.

그 후 어떻게 해야 할지 문제를 논의했다. 쥐를 죽이는 도덕적인 문제. 쥐들이 무슨 피해를 끼치고 있는가, 그냥 이리저리 돌아다닐 뿐, 빵 조각을 먹었다고? 예전에 이곳 수녀들은 쥐 문제에는 운이 좋았었는데, 이곳이 늘 너무 추워서 해충들은 때로 나라 저편 다른 어딘가로 이동했고 소수의 생쥐만 여기저기 남아 그다지 해를 끼치지는 않았다. 수녀들은 더 신경 써서 식료품을 저장 창고에 보관했고, 닭을 더 자주 마당에 풀어놓아 쥐들을 쫓게 했고, 그러면 자연이 알아서 처리했다. 그러나 그런 사치는 이제 더 남아 있지 않아 보인다. 봄은 그 어느 때보다 더워졌고, 어디나 평소보다 더 건조해졌기에, 북부 지방의 쥐 떼가 옛날보다 훨씬 더 남쪽으로, 동쪽으로 퍼지기 시작했다. 우리는 여기서 고양이를 기른 적이 없었는데, 야생동물 때문이었다. 그런데 이제 쥐 떼가 몰

---

* 시시(Sissy)라는 이름은 '계집애 같은, 나약한'이란 뜻으로 놀려 부르는 별명이기도 하다.

려오는 중이라고, 우리도 준비하는 편이 좋겠다고 리처드 기튼스가 말한다.

우리가 모여 서서 마음의 준비를 하자 시몬이 피아노 뚜껑을 열었다. 쥐는 없었지만 **서식지**가 있었다. 펠트가 찢어진 해머가 많았고, 그 펠트 조각들로 만든 커다랗고 부드러운 둥지 하나가 있었다. 또 베개 솜과 깃털로 보이는 것들이 가운데를 차지하고 있었고, 해머와 줄 위로 작은 무더기 모양으로 퍼져 있었다. 냄새가 지독했다, 당연히. 이 피아노를 누군가 쳐본 지는 아주 오래되었다. 조지핀은 성당 안의 오르간에서 직접 연습하는 편을 선호했다. 우리는 피아노를 둘러싸고 서서 안을 들여다보고는 냄새에 금세 뒤로 물러섰다. 시몬이 뚜껑을 닫고, 리처드 기튼스가 옳았다고, 이제 우리의 임무는 쥐를 '통제'하는 것인데, 그것은 가능한 한 많이 죽인다는 뜻이라고 선언했다. 우리는 속죄할 길을 찾을 것이라고도 했다.

나중에 리처드가 미끼가 가득 담긴 양동이 하나, 회색 쥐덫들, 끔찍하게 생긴 노란 끈끈이 몇 박스를 가지고 도착했고, 보나벤처는 오래된 공구 창고의 어둠 속에서 먼지투성이 종이 상자에 든 여섯 개의 쥐덫을 가지고 나왔다. 하지만 우리는 아직 미끼를 놓거나 쥐덫을 설치하지는 않았다. 우리는 이 일에 대해 기도를 올렸다. 아니, 그들은 기도를 했고, 나는…… 쥐와 쥐 떼가 의미하는 것에 대해 곰곰이 생각에 잠겼다. 우리가 아무것도 하지 않으면 어떻게 될까? 우리가 잃어도 괜찮은 것은 무엇이며, 반드시 보호해야 할 것은 무엇인가?

아무도 리처드 기튼스에게 유해가 온다는 것과 여기서 그 유해로 해야 할 일을 전하지 않았다. 우리끼리도 그 이야기를 하지 않고 있다. 보나벤처의 표현처럼 **요란 떨 것 없다**. 제니의 실종 당시, 뉴스 보도가 없었던 것이 명백하다. 나는 이 사건이 기억에 없다. 이제 와서 관심 가질 사람이 있을 것 같지도 않다. 하지만 시의회 사람들은요? 내가 물었다. 분명히 가십거리만 흘러나올 것이다. 시몬은 혹시 그렇게 되면 자기가 알아서 하겠다고, **우리야말로** 누구에게도 아무 말도 해서는 안 된다고 말했다. 그 누구는 리처드를 뜻했다, 지금으로선 우리의 유일한 방문객이니까.

시몬의 진짜 이유는 우리가 서로 이 일을 이야기하면 불안이 더 커지기 때문이라고 생각한다. 이곳은 피난과 한결같음의 장소이다. 흔들리는 곳이 아니라.

리처드 기튼스는 설치류 죽이는 일에 망설이는 걸 보고는 참지 못했다. 저녁기도 후 시몬의 눈을 똑바로 보며 말했다. "상황이 얼마나 나빠질지 상상도 못 할 겁니다."

나는 쥐가 무섭다. 그렇게 조그맣고 무방비로 보이는 생물인데도 베란다에서 단 한 마리라도 보이면, 겁도 없이 그 작고 통통한 몸을 구부린 채 우물거리고 쿵쿵거리는 것을 보게 되면 내 심장이 무서움에 화들짝 놀라곤 한다.

헬렌 패리에 대해 말하자면……. 내게는 이것이 유해의 도착보다 더 큰 충격이다.

나는 운전을 하며 시내로 들어가면서 평소처럼 상반되는 감정을 느낀다. 이곳 밖으로 나가는 일에 불안해하거나 **또는** 즐거워하지 않으려 노력하지만, 매번 어리석게도 나는 두 감정을 다 느낀다. 다른 사람들은 "병원 예약이나 중요한 사무"가 아니면 다른 일로는 나가는 일이 없다. 일반적인 업무는 모두 내게 넘겨진다.

내가 나가기 전 조지핀이 성당으로 가서 그 흉물스러운 끈끈이 덫들을 오르간을 둘러싸듯 줄줄이 놓는 일을 맡았다. 보나벤처는 미끼 양동이를 들었다. 시몬이 나를 보더니 말했다. "당신은 주방에 가보는 게 좋겠어요." 고마웠다. 식품 저장 창고 선반에는 진짜로 쥐똥이 여기저기 점점이 있었지만 놀랍게도 커다란 밀가루 포대 하나만 뜯겨 있었다. 지금 나는 플라스틱 통에 보관 중인 쌀, 콩, 향신료, 기타 마른 식품을 옮겨 담을 금속과 유리 용기를 사러 시내에 나간다. 시몬이 나를 불렀다. "플라스틱 뚜껑도 안 돼요. 그것도 갉아 파먹을 거예요."

언젠가 나는 불교 여승이 주방 도구 상점에서 값비싼 푸드프로세서를 갈망하듯 바라보는 모습을 보았다. 나는 그녀를 보면서 우쭐한 마음으로 생각했었다. **딱한 사람이군**. 그런데 지금 차 안에 앉은 나는 오래된 유리병을 사러 자선 중고품 가게에 들어가기 전 느리게 숨을 쉬며 곤두선 신경을 달래려 애쓰고 있다. 이곳에 살러 돌아온 이후로 리처드 기튼스를 제외하고는 내 젊은 시절 사람들 그 누구도 나를 알아보지 못했고, 심지어 리처드도 내가 그날 도로에서 말해주기 전까지는 나를 기억하지 못했다. 그런데도 어쨌든 누가 날 알아보면 어쩌나 하는 이상한 불안이 나를 따라다닌다. 나는 지금 마스크를 하고 있어서(우리에겐 새로운 경험이지만 전국 다른 곳에서는 지긋지긋할 정도로 사용하고 있다) 익명성의 안도감은 있다.

나는 유리병 몇 상자가 차 뒷좌석에서 부딪히는 소리를 들으며 시내를 빠져나온다.

내가 어릴 때 아주 잠시 우리 마을에는 집집마다 돌아다니며 개인 레슨을 하는 피아노 선생님이 있었다. 그는 상당히 인기가 있었는데, 시드니에서 왔고 매력적이며 콘서버토리움에서 음악을 가르쳤기 때문이었다. 나는 콘서버토리움이 무엇인지 몰랐지만 그 이름을 이야기할 때면 사람들이 대단한 존경을 내보였다. 그런데 몇 달이 지나면서 여러 가지 사건들이 퍼즐처럼 한 조각씩 맞추어지고 있었다. 한 집에서는 열두 살짜리 소년에게 더러운 농담을 했다. 또 다른 집에서는 여학생의 어머니에게 레슨 하는 동안 얼마든지 마음 놓고 쇼핑을 가라고 강력하게 권했다. 그리고 또 한 집에서 그 선생은 자세를 바로잡아준다며, 피아노 의자에 앉은 한 소년의 뒤에 섰는데, 소년은 뒤편에서 무언가를 느꼈다. 아이는 이에 대해 부모에게 말하지 않았지만 다음 레슨 시간에 어두워질 때까지 집에 들어오지 않았고, 아이의 어머니는 당황하며 어찌 됐든 선생에게 레슨비를 지불했다.

우리 어머니는 세월이 지난 후 내게 마을에서 경찰을 부르지는 않았다고, 하지만 일단 소문이 돌자 부모들이 그 선생에게 빨리 마을을 떠나는 게 현명할 거라고 말했다고 했다. 그리고 그는 떠났다.

차 안에서 이 기억이 떠올랐는데, 어린 시절 이후 처음이었다. 어제 열린 피아노 뚜껑과 드러난 온갖 오물, 마침내 퍼져나간 그 악취 때문일 것이다.

그 피아노 선생이 어디로 갔는지는 아무도 몰랐다. 부모 중 누구도 당국에 이야기할 생각을 하지 않았고 선생에 대한 어떤 경고도 뒤따르지 않았다.

내 삶의 여러 단계를 생각할 때면 일련의 방들이 내 뒤에 죽 늘어선 것만 같다. 방마다 앞선 방에서 이어진 문이 그대로 열려 있고, 그 방 다음에는 또 다른 방이, 또 다른 방과 방이 계속된다. 그 방들은 텅 빈 것도 아니고 그다지 어둡지도 않지만, 불분명한 형태의 그림자들이 있어 어둑하고, 나는 그것들을 별로 생각하고 싶지 않다. '헬렌 패리'라는 이름이 들리면 나는 가장 멀리 있는, 가장 깊은 그림자 속에 있는 그 방들을 생각한다.

성 우르술라 가톨릭 고등학교는 여전히 거기 있다. 성당 맞은편 언덕 위에 오래된 화강암 건물 하나. 예나 지금이나 화려한 학교는 아니다. 우리는 모자도 쓰지 않았고 재킷도 입지 않았으며, 기숙학교도 아니었다. 내가 처음 성인이 되어 시드니로 이사했을 때 어디서 교육받았는지 물어보는 사람들은 기숙학교를 기대하는 듯했으나 그곳은 그냥 평범한 시골 학교였다. 실력 있는 교사도 몇 사람 있었지만, 나머지는 열정이라곤 없이 그저 터덜터덜 진도를 나갔다. 누가 그들을 탓하겠는가?

성 우르술라 학교에서 오가던 누가 누군지도 모를 수녀들이 몇 명 있었는데, 내가 분명히 기억하는 사람은 단 하나, 메리언 수녀로, 코가 뾰족한 중년이었는데 당연히 종교를 가르쳤고 뭔가 다른 것도 가르쳤다. 지리였나? 하지만 나는 메리언 수녀에게 배운 적은 없다. 내가 그녀에게 배울 나이가 되었을 때는 그녀가 이미 수녀원을 떠나 성직을 박탈당한 신부와 결혼한 뒤였다.

메리언 수녀에 대해 기억나는 것은 언젠가 십대 아이들이 하는, 사람 놀리는 게임을 하다가 급우에게 쫓겨 내가 그 아이의 필통을 2층 창문 밖으로 떨어뜨렸을 때(마음먹고 힘껏 던진 건 아니었던 것 같다) 메리언 수녀 입에서 흘러나온 비명 소리다. 의도적으로 메리언 수녀를 맞힌 것이 아니라 그냥 그렇게 된 것이다. 정말 이상한 것은 그녀가 아랫배에 맞았다고 주장하는 것이었다. 그렇지만 그건 분명 불가능했다. 콘크리트 바닥에 누워 있기라도 했다는 말인가? 나는 그걸 따지지는 않았는데, 메리언 수녀가 교실 창문을 올려다보며 자신의 "모성 기회"를 망칠 뻔했다고 분노해서 소리 질렀기 때문이다. 뭐라고요?! 우리 학생들은 웃음을 터뜨리고 웃어댔다. 우선 그녀가 나이가 너무 많았고, 아니 저 여자는 **자기가 수녀라는 걸** 몰라? 서로 마주 보며 야유를 보냈다.

메리언 수녀에 대한 나의 이 기억은 순수하고 선명했으나 확실히 어처구니없었다. 떨어진 필통에 자신의 **자궁**이 위험해진다고 불평하는 수녀라니! 우리가 즐거워했던 다른 이유는 자신과 섹스하고 싶은 사람이 있을 거라고 믿는 그녀의 터무니없는 생각이었다. 그런데 그녀가 떠났고, 우리는 메리언 수녀에 대한 판단을 수정해야 했다. 지금 그 생각을 하니 나는 그녀가 실제로 몇 살이었는지 궁금하다.

이때는 학교에서 선생님들의 이상한 분노가 표출되던 시기였다. 우리가 행동거지가 나쁜 학생들이긴 했고, 그건 사실이다. 스페인어 선생님은 이런 무리의 아이들을 훈육하는 법을 배우지 못한 좀 멍한 여자였고, 그러다 한번은 그녀가 한 지시가 공평하지 않다고 한 학생이 불평하자 교실에서 폭발하고 말았다. 그녀는 버럭 소리를 질렀다. "**인생은 원래 불공평한 거야!**" 우리는 놀라 그녀를 쳐다보았다. "**아이들도 죽을 수 있어, 겨우 두 살**인데!" 그녀는 울부짖었고, 그러다 흐느껴 울기 시작했다.

테이셰이라 선생님에게는 자녀가 없다고 우리는 알고 있었다. 그녀는 그저 늙고 지루하고 이상한, 자기 직업에 전혀 어울리지 않는 그런 여자였다. 그래서 우리가 그녀에게 그토록 잔인했던 걸까? 교실은 조용해졌고, 우리 모두 그녀가 우는 동안 당황해서 얼어붙어 있었다. 마침내 그녀가 괴로움에 숨을 헐떡이며 교실에서 나가자 우리는 숨 막혔던 히스테리를 쏟아내며 깔깔거렸다. 아무도 테이셰이라 선생님에게 미안한 감정을 느끼지 않았다. 우리는 그저 경멸했을 뿐이다. 그녀는 정말이지 다른 종류의 직업을 찾아봐야 했다. 그럼에도 그녀는 다음 주, 마치 아무 일도 없었던 것처럼 학교로 돌아왔다. 나는 직원 중에 그녀의 폭발을 안 사람이 있기는 한 건지 궁금했다. 어쨌든 그녀를 도운 사람은 없었을 거라 생각한다. 그녀는 더 나은 교사가 되지 못했으나, 그럼에도 불구하고 오래오래 학교에 남아 있었다.

호건 선생님, 성 우르술라의 교장이었던 그는 상당히 젊은 남자였고 대개는 몸에 비해 너무 큰, 닳아빠진 갈색 가죽 재킷을 입었다. 붉은 턱수염을 짧게 깎은 그는 아름다운 아내가 다발성경화증을 앓고 있어 어딘가 비극적인 분위기가 났다. 학교에서 그는 삼촌 같은 모습으로 자주 미소를 지으며 단정한 하얀 이를 드러내곤 했다. 어느 날 아침, 조회 시간에 우리가 옅은 겨울 햇빛 아래 떨면서 선 채 하품을 하고 있을 때 그가 작은 마이크에 대고 존중하는 태도로 이렇게 말했다. "여러분, 아무것도 걱정하지 마세요. 그리고 **모든 것**에 대해 기도하세요."

나는 그것이 그때껏 들은 말 중 가장 바보 같다고 생각했다.

지금 차를 몰고 시내에 다녀오면서 언덕 위 그 학교를 지나가다 보니 그 모든 이가 기억난다. 교장과 그의 절망적인 조언, 메리언 수녀와 그녀의 상처 입은 자궁, 히스테리를 부리던 불쌍한 테이셰이라 선생님. 나는 그들 누구에게도 단 한 줌의 존경도 품은 적이 없었다. 그런데 지금 여기서 나의 사춘기 잔인함을 떠올리며 미안함을 느낀다.

나는 그날 반복적인 리듬으로 아무 생각 없이 부지런히 일하는 즐거움 속에서 오후를 보냈다. 상표 스티커를 긁어서 떼고, 유리병과 뚜껑을 씻고, 쥐똥을 비로 쓸어내고, 선반 구석구석 물로 씻어내고, 식품 저장 창고의 먼지와 다른 불길한 얼룩과 자국을 문질러 닦았다. 오븐으로 유리병을 소독하고 식히고, 봉지와 포대를 뜯어 밀가루, 렌틸콩, 쿠스쿠스, 향신료, 씨앗, 견과, 말린 과일로 병을 채웠다. 마스킹 테이프와 사인펜으로 새 이름표도 만들었다. 몇 시간 후 뒤로 물러서서 내 깔끔한 선반들을, 가득 채워져 여러 줄로 늘어선 빛나는 유리병들을 감탄하며 바라보았다.

내 옛 생활의 지인들에게는 설명하기 불가능할 것이다, 왜, 어떻게 이것이—이것이 무엇이든. 노역?—나를 평화로움으로 충만하게 하는지.

청소 광풍이 계속 진행 중이다. 모두가 열심히 모든 공간에서 청소기를 돌리고 먼지를 털고 닦고 있지만 그중에서 좋은 방을 특별히 신경 쓰고 있다. 이번 주에 사흘, 어쩌면 나흘 후에 유해가 오기 때문이다. 거의 매주 업데이트된 소식이 전해졌고, 늦어진다는 얘기가 있다가 또 다른 도착 날짜가 발표되곤 했다. 유해에 대해 엄숙함을 가장하고 있지만 그 뒤에서는 수녀들 사이의 부산스럽고 흥분된 느낌이 계속 새어 나왔다. 나는 이 노처녀 같은 야단법석과 치장에 나 자신이, 더 나아가 우리 모두가 모욕당한 기분이다. 그러면서도 나 또한 나머지 사람들과 마찬가지로 형편없는 사람이다. 나 역시 다가오는 변화의 전율을 환영하고 있으니까. 나는 젖은 걸레로 좋은 방의 창틀, 벽난로 선반을 닦고, 청소기를 요란하게 돌리고, 다른 이들과 똑같이 분주하게 돌아다닌다.

유해와 제니 수녀의 신성한 활동을 알게 된 후 나는 마리아 고레티가, 열한 살 때 흉기에 찔려 죽고 성녀가 된 소녀의 이야기가 떠올랐다. 내가 초등학교에 다니던 열 살 때 앨로이시어스 수녀의 수업에서 들은 후로 나는 마리아 고레티를 좋아하게 되었다.

마리아는 죄짓는 것을 거부하여 흉기에 찔렸다고 우리는 배웠다.

앨로이시어스 수녀의 이야기에는 숫자가 많이 등장했다. 14번 마리아가 찔렸고, 25센티미터 길이의 송곳이었으며, 범인인 남자는 가족의 친척이라는 말이 있으나 실제로는 아니라고 했다. 송곳은 길고 날카로운 연장으로 구멍을 만드는 데 사용한다고도 배웠다.

그 폭력이 있던 날 마리아는 햇빛을 받으며 문턱에 앉아 사촌도 아닌 알레산드로의 셔츠를 수선하고 있었다. 마리아는 가난한 이탈리아인이었다. 나는 햇빛 속에 빛나던 그녀의 길고 탐스러운 머리카락과 부드러운 올리브색 피부를 보았다. 이 알레산드로라는 자가 그녀를 집 안으로 부르는 소리도 들었다.

알레산드로가 마리아 고레티를 죽인 것은 그녀가 지옥에 떨어질 큰 죄를 짓는 일을 거부했기 때문이라고 앨로이시어스 수녀는 말했다. 이 거부가 중요했지만 그보다 더 중요한 것은 마리아가 병원에서 죽어가면서도 **살인자를 용서했다**는 사실인 듯했다.

나는 지금 어쩌면 앨로이시어스 수녀가 우리에게 이 이야기를 들려주던 때의 분위기를 상상하고 있는지도 모른다. 그 목소리에 기이한 마조히즘 욕망이 있었다고 지어내고 있는지도 모른다. 그런데 만일 이것이 내 상상이라면, 그녀는 도대체 무슨 생각을 하며 우리에게 이런 이야기를 전부 했던 걸까? 왜 그렇게 불필요하게 자세히 묘사했을까? 그리고 왜 나는 그렇게 마리아에게 매혹됐던 걸까? 내게 처음 든 생각은 열 살짜리 내가 마리아를 사랑했던 것은 그녀가 평범하기 때문이라는 것이다. 그녀는 예수와 교감한 것도 아니고 성모마리아의 모습을 본 것도 아니다. 그녀는 그냥 자신의 일을, 우리와 마찬가지로 어린 소녀의 일을 했을 뿐이다. 그런데 그녀 이야기에는 또한 앨로이시어스 수녀의 말 행간에서 엿보이던 끔찍한 호화로움이 있었다. 마리아는 욕망의 대상이었다. 한 남자가 그녀를 원했다. 그녀는 저항했고, 방 안에서 달아나며 탁자로 밀어붙이기도 했으나 종말을 맞았다. 그리고 그 용감함 때문에, 저항 때문에 찬양받았다. 나는 내가 그 용서 부분을 무시했다고 생각한다. 나를 사로잡은 것은 추격과 폭력, 그 드라마였다.

앨로이시어스 수녀는 메마른 흰 피부에 엄청나게 나이가 많았다. 늙은 남자처럼 거칠고 쉰 목소리에 남자처럼 큼지막하고 넙데데한 손으로 아이들 종아리를 때리곤 했다…… 대체 왜? 말을 했다고. 웃었다고. 뙤약볕에 조회를 서다가 뭔가 잘못했다고. 운동장 놀이터의 분홍색 자갈은 앨로이시어스 수녀의 늙은 피부만큼이나 메마르고 창백했다. 해가 너무 눈부셔 눈에서 눈물이 흐를 정도였는데도 우리는 모자도 쓰지 않았는데, 당시는 그 호주의 여름에도 교모가 없어 우리는 그냥 눈을 찌푸릴 수밖에 없었다. 교복은 회색과 흰색 면 원피스로, 시어서커 체크무늬 사이로 빨간 줄이 있었고, 플라스틱 흰 버클이 달린 작은 천 벨트를 착용했는데 늘 미끄러져서 삐딱해졌다. 흰색 피터 팬 칼라. 흰 양말, 검은 신발, 매를 맞던 갈색 맨다리. 이제 이 모든 것을, 교복의 순수함, 어린이들의 맨정강이 같은 것을 떠올리자니 그 수녀 선생이 마리아 고레티 이야기를 한 것이 더 악질로 느껴진다.

그때 앨로이시어스 수녀는 내가 나중에 알게 된 것을 언급하지 않았던 것 같다. 그러니까 알레산드로가 마리아를 열네 번 찌르기 전에 처음에는 마리아의 목을 조르려고 했다는 것을. 그 전에도 이미 두 번이나 마리아 고레티를 강간하려 했지만 그녀는 혼이 날까 두려워 아무에게도 말하지 않았다는 것 또한 수녀는 말하지 않았다. 알레산드로가 스무 살이었다는 것도. 그리고 수녀는 어떤 식으로든 분명하게, 물론 직접 말로 한 건 아니지만, 알레산드로가 결국 마음대로 할 수 없었기 때문에 마리아 고레티 성녀가 처녀로 세상을 떠났다는 것을 표현했던 것 같다.

알레산드로는 감옥에 갔다. 감옥에서 그는 꿈을 꾸었는데, 마리아가 그에게 백합을 주었고, 그 백합에 그는 두 손을 데었다. 그는 스물일곱 살에 감옥에서 풀려난 후 마리아의 어머니를 찾아갔고, **그녀**는 딸을 죽인 그를 용서했다고, 두 사람은 다음 날 미사에 가서 함께 영성체를 받았다고 한다.

이즈음 알레산드로는 마리아 고레티를 사랑하고 있었다. 그는 그녀를 **나의 작은 성녀**라고 불렀다.

그는 평수사가 되었고 한 수도원에서 받아줘서 정원에서 평생 일하다가 여든일곱의 나이에 평화롭게 자연사했다. 그것이 1970년으로, 앨로이시어스 수녀가 우리에게 마리아 고레티 성녀의 이야기를 해주기 불과 몇 년 전이었다.

나는 나이가 들면서 왜 순교는 '살해'라고 부르지 않는지 혼란스러웠다. 그리고 그 열 살 때 생전 처음으로 용서와 속죄의 본질에 대해, 그 두 가지가 생겨날 수 있는 조건에 대해 혼란스러워졌다.

이 생활을 하면 더 선명한 꿈을 꾸게 된다는 확신이 든다. 어젯밤 꿈엔 캥거루 가족이 조용히 찰랑이는 열대 바다에 엉덩이까지 몸을 담근 채, 떠다니는 커다란 쓰레기 섬 가장자리에 얼굴을 들이밀고 먹어대고 있었다.

쥐는 꾸준히 숫자가 늘고 있었다. 우리는 이제 하루에 대여섯 마리씩 덫에 걸린 쥐를 잡았지만 주변 시야에서는 더 많은 쥐가 돌아다니는 것을 볼 수 있었다. 쥐는 가구들 사이 마루를 쏜살같이 건너가거나 걸레받이 판자를 따라 휙 움직이곤 했다.

나는 좋은 방에 땅콩버터를 바른 덫을 두 개 놓았는데 치즈보다 더 낫다는 말을 들어서였다.

이젠 주방에서, 덫을 만들어 냉장고 옆 틈새에 놓으면 15분이면 덫에 걸리는 소리가 들렸다. 우리는 순번을 정해 덫을 비웠는데 막대기('망치'라고 불린다는 것을 알게 되었다, 끔찍한 이유 때문인 것이 분명하다)를 올리고 그 축 늘어진 작은 사체를 닭장이나 저 멀리 정원 울타리 뒤편으로 던졌다.

우리는 '청소 도구 세트'를 만들어 복도와 베란다를 따라 죽 놓

앉다. 일회용 라텍스 장갑 상자, 스프레이 소독제 병, 종이 타월과 걸레 다발이 담긴 양동이였다.

좋은 방의 덫에는 아직 아무것도 걸리지 않았다. 덫은, 그 작은 회색 플라스틱 보초병들은 문 양쪽에 놓인 채 방문객을 기다리고 있다. 날이 가면서 땅콩버터가 굳어가고 있다.

어릴 때 친구 한 아이의 아버지가 시내에 홀든 자동차 대리점을 소유하고 있었다. '소유'라는 단어는 과장일지도 모른다. 지금 생각하니 아마도 그냥 매니저였던 것 같다. 그의 이름이 그곳과 연관되어 등장한 적이 없었고, 시내의 다른 자동차 대리점들과 결부하는 지위를 즐기는 것 같지도 않았다. 다른 자동차 대리점의 커다란 간판들은 포드를 팔던 **빅 톰슨 & 아들들** 또는 **레이 비벌리 도요타** 등 대놓고 가부장적이었다.

내 친구는 아버지와 함께 자동차 전시장 뒤편의 아주 작은 집에서 살았다. 그 집은 사실 일종의 컨테이너 하우스여서 조그만 침실 두 개가 있는, 환기도 잘 안 되는 박스에 불과했고, 낮은 흰 타일 천장에 보통은 화장실에서나 볼 법한 작은 알루미늄 미닫이 창문들이 있었다. 내가 그 창문을 눈여겨본 것은 특히 우리 어머니 때문이었는데, 어머니는 별로 속물적인 사람이 아니었음에도 알루미늄 창문을 혐오했다. 이유를 설명한 적은 없지만 그 창문이 교육받지 못한 혹은 가난한 사람과 연관 지어지기 때문이라 생각했다. 나는 어머니에게 그 창문에 대해 말하지 않았고, 주말이면 친구 아버지가 속옷 차림으로 텔레비전을 보면서, 냉동실에 넣어두는 유리 맥주 조끼로 맥주를 마신다는 말도 하지 않았다. 우리 아버지는 마분지 통에 달린 꼭지를 누르면 나오는 값싼 레드와인을 마셨고, 나는 아버지가 팬티와 러닝 바람인 모습은 샤워하러 오갈 때 외에는 본 적이 없다. 친구 아버지의 살집 많은 허벅지와 드러내놓은 털북숭이 배를 보는 것이 좋진 않았지만 딱히 위협적이지는 않았다. 오히려 그는 딸이 거기 있는지 없는지조차도 제대로 모르는 눈치였다. 그 친구는 지나칠 정도로 조용한 아이였다. 그는 내가 거기 있을 때 그 아이에게도 내게도 말을 건 적이 없었다.

친구와 나는 대개 영업이 끝난 시간에 자동차 전시장에서 놀았다. 양말만 신고 리놀륨 바닥을 미끄럼 치며 다니거나, 차 안에서 문과 트렁크를 모두 활짝 열고 뒤로 젖힌 좌석에 누워 조용히 이야기를 나누거나 웃곤 했는데, 그럴 때면 깨끗한 새 차 냄새가 났고, 차는 활짝 날개를 벌린 곤충처럼 광택이 흘렀다.

그 숨 막히는 컨테이너 집에서 내 친구는 새장 안에 신문지를 깔고 애완용 생쥐를 길렀다. 그 생쥐들은 작고, 흰색이거나 연한 회색이었으며, 얼굴은 뾰족하고 눈은 분홍색이었다. 그 아이는 작은 새장 문을 밀고 오므린 손을 넣어 작고 부드러운 몸을 단단히 잡아 밖으로 꺼냈고, 꿈틀거리던 그것은 가만히 있었다. 그 아이는 쥐를 너무 세게 쥐고 있을 때가 있어 나는 그것이 죽었다는 생각까지 하곤 했다. 그 아이는 내게 잡아보고 싶냐고 물었지만 난 한 번도 그러지 않았다. 그러면 다시 주먹을 문 안으로 넣어 쥐를 놓아주고, 쥐는 손아귀에서 몸부림치며 빠져나가 새장 가장 먼 구석으로 달아났다.

곧 그 쥐들은 새끼를 낳았고—길고, 털도 없는 끔찍한 애벌레 같았다—곧 그 새끼들이 또 새끼들을 낳았다. 그 집은 쥐 냄새가 났고, 그 후로 나는 어딜 가든 곧 그 아주 희미한 한 줌의 냄새도 알아차리게 되었다.

새끼가 너무 많이, 그것도 아주 빨리 늘어나자 친구는 새장을 자동차 대리점 도로 건너 관목이 우거진 공터로 가지고 나가 문을 열었다. 우리는 쥐들이 쏟아져 나와 버썩 마른 풀들 속으로 흩어지는 것을 지켜봤다. 순식간에 쥐들이 사라졌다. 새와 고양이가 쥐를 잡을 것이라고 친구 아버지가 말했다. 아무도 속상해하지 않는 듯했다. 애완동물로서의 쥐의 매력은 무엇이었을까? 친구는 흔히 텔레비전에서 보듯이 쥐가 팔 위로 오르락내리락하게 하거나 옷깃 안에 들어가게 하거나 그러지는 않았다. 쥐에게 이름을 붙인 적도 없었고. 쥐를 그다지 좋아한 것 같지도 않았다. 그저 새장 안에 넣어두었다가 그렇게 한꺼번에 다 풀어준 것이다.

다음에 그 아이는 기니피그 한 마리를 길렀는데, 나는 그것이 거의 쥐만큼이나 불쾌했다. 그 아이가 조그만 발톱이 달린, 그 벌

벌 떠는 연약한 몸을 내 무릎에 툭 내려놓았을 때 나는 집어 드는 것조차 싫었는데, 그래도 친구는 이번에는 그것을 철망 우리에 넣어 최소한 집 밖에서 살도록 해주었다. 친구는 풀을 한 움큼 기니피그에게 넣어준 후 우리의 무거운 뚜껑이 철컥 내리 닫히게 했다.

    쥐들이 그 집에서 사라지고 한참 후에도 집 안에는 냄새가 남아 있었고, 나는 늘 그 냄새를 속옷 차림의 친구 아버지와 그의 조용한 딸, 입에 올리지 않는 이혼의 불행과 연관 짓곤 했다.

덜로레스가 계속 재채기를 하고 긁어대는 바람에 미칠 지경이다. 나는 짜증 내지 말자고 혼자 되뇌었다. 꽃가루 알레르기가 그녀 잘못은 아니니까! 그러나 그녀의 재채기는 너무나 **극적**이었다. 마당 건너서도, 벽을 통해서도 계속, 계속 들렸고, 그녀가 지나가는 길에는 구겨진 휴지 조각들이 줄줄 떨어지고 빨개진 눈에서는 눈물이 흐른다. 그런데 내가 참을 수 없는 건 온몸으로 보이는 경기(驚氣)였다. 극적으로 멈춰 서기, 처량한 눈길로 주변 사람 쳐다보기, 그러다 갑자기 초고속으로 이어지는 재채기 소리, 그러고는 작게 끙끙 앓으며 휴지로 얼굴 문지르기. 항히스타민 알약을 꾹 눌러 빼는 딱딱 소리가 계속 그녀를 따라다닌다.

때로 나는 이곳이 나를 환장하게 만든다고 생각한다. 나는 나의 옹졸함이 역겨워져, 별것 아닌 거로나마 덜로레스에게 특별히 더 친절하게 행동하는 것을 나 자신에게 내리는 벌로 삼았다. 그녀의 그 빌어먹을 조끼를 바닥에서 백만 번도 더 주워 든다.

진짜로 나는 그녀에게 이야기하고 싶다, 넌 너무 젊다고. 여길 떠나 나가라고, 네 어머니와 언니들이 있는 집으로 돌아가라고. 그들의 결혼식에도 가고, 그들의 아기들을 품에 안으라고. **삶을 살라고.**

고등학교 때 어머니한테 전기 주전자 코드로 매를 맞던 여자아이가 있었다. 우리가 그걸 어떻게 알았는지는 모르겠다. 그 아이는 전혀 친구가 없는, 왕따였기 때문이다. 누구에게 그런 속내를 털어놓는 게 가능했을까?

그 아이와 그 아이 어머니는—아버지는 없었다—시내의 임대 아파트에 살았는데, 공터 사이에 있는 흉측한 빨간 벽돌 건물이었다. 근처에 주택이라고는 없었고, 찻길을 따라 더 내려가면 주유소 하나와 루터 교회(루터가 누구인지 무엇인지? 우리는 알아내지 못했다)가 있을 뿐이었다. 그 건물 주변에는 공기를 맑게 해줄 나무나 관목 숲조차 없었고, 더위나 추위를 피할 곳도, 행인의 시선을 가려줄 것도 없었다. 시멘트 차량 진입로와 색이 바랜 자동차 두어 대도 있었지만 그 아이의 어머니는 차가 없었다. 그녀는 학교 버스를 타는 것이 목격된 유일한 학부모였는데, 그것은 모멸스러운 광경이었다. 시장 가방을 들고 버스 계단을 오르는 그 아이 어머니를 보는 것은 발가벗은 누군가를 보는 것만 같았다. 그리고 이 어머니, 화가 난 무서운 여자가 때로 딸을 방치하고 멀리 간다는, 딸이 어떤 때는 혼자서 몇 주씩이고 지내도록 내버려둔다는 말이 있었다.

이 아이가 왕따라는 걸 알게 된 정확한 순간은 기억나지 않는다. 그냥 늘 그 아이가 별로라는 걸 알고 있었다. 시끄럽고 막무가내인 아이, 모두에게 혐오감을 주었다. 나는 그 아이가 왜 그냥 입 닥치고, 눈에 띄지 않게 죽어 지내지 않는지 이해가 가지 않았다. 그 아이는 끊임없이 선생님들에게 벌을 받았고 학우들에게 조롱을 받았는데도 전혀 굴복하지 못하는 듯 보였다. 징계도, 조롱과 모욕도 개의치 않는 듯한 그 아이의 태도에는 뭔가 위협적인 면이 있었고, 우리가 입 밖에 낸 적은 없지만 그러한 힘이 우리 모두를 두려움에 떨게 했으며, 그래서 우리가 그녀를 미워했다고 나는 생각한다.

이따금, 아주 자주는 아니었고, 그녀가 기본적인 생존 법칙도 뻔히 이해 못하는 것이 측은하기도 했다. 예를 들면 그녀는 운동장에서 무리 지어 있는 여학생에게로 다가와 질문을 하거나, 더 심한 경우는 어떤 아이의 운동화나 가방, 재킷에 의견을 내보이기도 했다. 최악은 칭찬을 할 때였는데, 왜냐하면 이 아이의 찬사는 모욕이어서 칭찬받은 아이는 몇 달이고 놀림의 대상이 되기 때문이었다. **난 네 머리 스타일이 좋아, 리앤.** 우리는 바보같이 콧소리를 내며 그 아이 말을 흉내 냈고, 리앤은 진저리를 치며 제발 그만하라고 우리에게 빌곤 했다.

이 아이는 옅은 금발 머리를 삐뚜름하게 땋고 다녔다. 우리는 머리도 더럽고 이빨도 지저분하고 삐뚤어진 아이로 낙인을 찍었다. 내 이도 삐뚤어졌고 나 역시 다른 결점도 많았으나, 그 아이와 달리 나는 할 수 있는 한 그런 것들을 감추는 방법을 배웠고, 감추지 못한 경우엔 최소한 내 커다란 코와 숱이 없는 머리, 납작한 가슴, 허리 없는 몸매를 부끄러워하는 예의는 갖추고 있었다. 나는 교복을 가능한 한 무난하게, 몸에 붙지도 않고 짧지도 않게 입어 눈에 띄지 않도록 하면서도, 불쌍한 줄리 가워처럼 펑퍼짐하고 벙벙하게 입지는 않았다. 줄리는 무해하지만 짜증스러운 아이였는데, 교복이 무슨 연초록 기다란 텐트처럼 부풀어 있었다. 우리 대부분은(심지어 줄리 가워도), 솔직히 말해서, 교내 사회적 서열에서 우리 위치를 알았고 그 위치에 머물렀다.

그런데 이 아이는 시끄러운 것도 모자라, 교복을 아주 꽉 끼게 아주 짧게 입고 다녔고, 가슴은 너무 일찍 풍만해졌다. 누군가는 그 아이가 열한 살 때 첫 생리를 한 것으로 안다고 주장하며, 그 아이의 전반적인 상스러움을 잘 말해주는 사실이라고, 역겹다고 말했다. 그 아이가 입은 짧은 오버스커트는 성(性)보다는 빈곤처럼 보였지만, 그런 면 또한 있었다. 짐승 같음과 맹렬함이.

때때로 운동장 건너편에서 다른 여학생(또는 남학생, 그 아이는 남학생들이 있을 때 가식적으로 수줍은 척하는 걸 못했고, 그것 또한 감점이었다)에게 다가가 말을 거는 것을 바라보면서 우리 친구 무리는 어떻게 하면 그 아이를 매력적으로 보이게 만들 수 있을지 얘기하곤 했다. 그 대화는 일종의 자선 행위였다, 그런 순간에는 우리가 우쭐할 수 있었으니까. 그 아이는 일단 몸매가 좋았는데—그걸 지가 모르겠냐, 우린 못마땅해서 눈알을 굴렸다—갈색 다리는 길고 허리는 탄탄했으며 두 팔은 잔근육이 잡혀 있었다. 심지어 얼굴도 코가 작고 낮으며 입술이 풍만해서 조금만 노력을 기울이면 괜찮게 보일 수 있었다. 잘 씻고 머리카락도 제대로 빗고 덥수룩한 앞머리도 기르고(혹시 그 멍청한 어머니가 애 머리를 자르는 건 아닐까?) 거슬리는 콧소리를 바꾸고 목청도 좀 낮추기만 해도. 다행히 그 아이가 다리 제모는 하는 것 같았다. 그러나 여드름이 문제였는데도 그 아이는 전혀 관심이 없었다. 이건 민감한 주제였는데, 우리 그룹 중 한 명인 엘리너가 얼굴과 가슴이 심각한 여드름으로 울긋불긋해서 힘들어하고 있었기 때문이다. 그래도 엘리너는 자신을 들들 볶으며 몇 시간씩 여드름에 신경 쓰고 있었다. 수도 없이 살구색 여드름 연고와 그 끔찍한 냄새의 항생 소독약을 발랐으며, 씻지 않은 손으로는 **절대** 피부를 만지지 않았다. 반면 그 아이는, 우리가 딱 봐도 알겠는 것이, 여드름을 건드리고 짜고 그러다 곪게 했다. 단 한 번이라도 청결해 보인 적이 없었다. 그것은 두말할 필요도 없이 십대 소녀들에겐 가장 크나큰 죄악이었다.

이런 대화를 나눌 때면 우리는 그 아이가 외모를 개선해서 지금 급우들 사이에서 받는 상처를 피할 수 있는 여러 방법을 함께 경건하게 제안하고는 했다. 그러다 한숨을 쉬곤 했는데, 그 아이는 더 멋있게 보이거나 무리에 어울리거나 호감을 받고 **싶어 하지** 않았기 때문이었다. 어떤 사람들은 그냥 도움을 싫어하기도 하지 않나. 그래서 이런 생각을 하며 우리는 마음 놓고 다시 원점으로 돌아가 그 아이를 미워했다. 정말로 못된 짓, 신체적으로나 성적으로나 모욕을 주는 행동 대부분은 남학생들이 했는데, 우리 여학생들은 그들이 그럴 때 웃음을 터뜨리곤 했고, 다른 곳에서는 우리에게 걸맞은 야만성을 다정하게 내밀었다(**어머, 너 머리에 새 젤을 바른 거니**, 우리는 악의 없는 어조로 물어보곤 했다, **아니면 그냥 원래 타고난 기름기니?**).

매주 목요일엔 남학생은 목공이나 금속 세공을 했고, 다른 여학생들은 가정 경제 수업을, 우리 몇몇은 우리가 좋아하는 버드 선생님과 재봉 수업을 받았다. 우리는 버드 선생님에게 잘 보이고 싶었는데, 그녀는 정식 교사도, 가톨릭도 아니었기 때문이다. 그녀는 우아하고 차분하고 풍자적이고 똑똑했으며, 우리를 거의 어른으로 대접하며 말했다. 바보 같은 학칙, 그러니까 넥타이 착용, 가방에 배지 금지 등에 대해서는 한숨을 쉬고 머리를 설레설레 저었고, 그러고 나선 한쪽 눈썹을 치키며 우리에게 자기를 좀 도와달라고, 안 그러면 이 멍청한 규정을 강제하지 않았다는 이유로 곤란해진다고 부탁하곤 했다. 우리는 버드 선생님이 부탁하는 건 뭐든지 기꺼이 하곤 했다. 그녀는 너무나 **착했다**. 그녀는 우리가 재봉틀 실수를 하면 고쳐주었고, 투박한 결과물도 진짜 감탄하는 듯한 모습으로 칭찬해주었다.

하루는 버드 선생님이 뭔가 일이 있어 교실을 비웠고, 그녀가 없는 동안 그날 우리 수업에 들어와 있던, 내가 말한 그 아이에게 무슨 일이 일어났다.

그 일이 있은 후 나중에 들어보니 그 일이 어떻게 시작됐던 건지 아무도 모르는 것 같았다. 어쨌든 버드 선생님이 교실에서 나간 지 얼마 되지 않아 심한 말다툼이 일어났는데, 그 아이가 중심이었다. 나도 다른 모든 아이와 함께 그 언쟁에 뛰어들었고, 그 아이를 둘러싸고 소리를 질러대는 무리 사이로 나름 애를 써서 몇 번 밀치거나 주먹을 날렸다. 내가 손을 다시 거둬들였을 때 누군가—그러니까 그 아이가!—손을 물었는지, 내 손에 **피가 흐르고** 있었다. 나는 그 손을 의기양양하게 들어 올렸다.

그때 버드 선생님이 교실 문을 열었다. 그녀의 비명에 우리는 모두 동작을 멈췄다. 그리고 우리가 물러서자 그 아이가 교복이 찢어지고 땋은 갈래머리 하나가 풀어 헤쳐진 몰골로 드러났다.

그 아이는 울지 않았다. 선생님은 그 아이의 코를 손으로 닦아주었는데, 아이는 구석에 몰린 짐승처럼 헐떡이며 땀을 흘리고 있었다. 짐승, 그것이 그 순간의 그 아이였다. 버드 선생님은 경악하며 믿을 수 없다는 얼굴로 우리를 쳐다봤는데 우리로서는 그것이 견디기 어려웠다. 선생님은 분노로 말을 잃고 선 채 천천히 교실 안을 둘러보며 하나하나 우리와 눈을 맞추었는데 그 눈에서 우리는 지독한 상처를 보았다. 그러고 나서 낮고 무시무시한 목소리로 선생님은 이렇게 끔찍한 야만성의 표출은 생전 처음 본다고, 다시는 보지 않을 수 있길 바란다고 말했다. 그리고 이제 수업은 끝이라고 말했다. 우리는 재봉질 하던 것을 정리하고 그 자리에서 기다렸다, **침묵 속에서**.

선생님은 교실을 가로질러 그 아이에게 갔다. "나랑 가자, 헬렌." 선생님이 부드럽게 말했고—그 순간 선생님의 유일한 친절이 헬렌 패리를 위한 것이라니!—두 사람은 함께 교실을 나갔다. 헬렌은 교복 치마를 잡아 내리고 얼굴을 닦았는데 우리 못지않게 충격적인 모양이었다.

우리는 그 숨 막히는 교실에서 아무 말 없이 기다렸고, 팔짱을 낀 채 분개하여 붉어진 얼굴로 누가 먼저 시작했는지 비난의 눈초리를 던지며 둘러보았다. 당연히 헬렌이지, 누가 그랬겠어? 버드 선생님이 돌아왔을 때는 호건 교장 선생님과 함께였다. 헬렌은 **학교 서무과장**이 **차로 집에** 데려다준 것 같았다. 버드 선생님은 줄지어 선 우리 앞에서 역겨움과 슬픔이 가득한 얼굴로 우리를 평가하듯 바라보았다. "호건 선생님께 설명을 드려라." 그녀가 침울하고 엄숙하게 말했다. "난 듣고 싶지 않구나." 그리고 그녀는 가방을 들고 우리 학교를 떠났다.

호건 선생님은 버드 선생님이 문을 닫기를 기다렸고, 그녀의 발걸음이 멀어지고 아래층 계단 끝에 있는 문이 닫히는 소리까지 들은 후, 그러고 나서 당연히 헬렌 패리가 아닌 우리 편을 들었다. 헬렌에게 사과하라는 지시는 끝내 나오지 않았고, 우리가, 나아가 학교가 헬렌의 용서를 구한다는 개념은 아예 우리에게 떠오르지도 않았다. 벌 받은 사람은 없었다. 그저 다시는 그 아이가 그런 식으로 우리를 도발하게 만들지 말라는 말만 들었을 뿐이다. 다음 수업 시간을 알리는 종소리가 들리자 나는 호건 선생님에게 내 손을 보여주었는데 물린 자국 주변이 부어오르기 시작한 상태였다. 패혈증이다, 선생님은 놀라지도 않고 그렇게 말하고는 소독 연고를 바르라고 행정실로 보냈다.

버드 선생님은 3주 동안 학교에 오지 않았고, 선생님이—예전보다 무뚝뚝하고 애정이 덜한 모습으로—돌아올 무렵엔 헬렌 패리는 이미 학교를 아주 떠난 후였다.

시시가 오늘 점심시간에 딱히 누구에게라고 할 것 없이 이렇게 선언했다. "하느님은 기도에 **응답**하십니다." 그녀가 말했다. "어쩌면 늘 우리가 원하는 방식으로는 아닐지 몰라도 하느님은 응답하시고 귀 기울여 들으십니다." 그녀는 마치 찬사나 최소한 동의라도 바라는 듯 식탁을 둘러보았지만 아무도 어떤 말도 하지 않았다. 그녀는 계속 말을 이었다. "불치병 같은 것에서 치유되지는 못하더라도 더 큰 평화를 얻을지도 모르기 때문입니다."

나는 침묵을 지키며 먹었고, 침묵이 주는 보호가 고마웠다. 내가 시시에게 무언가 말을 한다면 그건 논쟁이 될 뿐일 테니까. 그러면서도 그녀에게 연민을 느꼈는데, 그녀가 헬렌 패리가 도착할 때를 대비해 예행연습을 하고 있다는 생각이 들었기 때문이다. 그녀는 자신을—어쩌면 우리 모두를?—헬렌의 경멸적인 평가로부터 옹호하고 있는 것이다. 그리고 어쩌면 그녀가 옳은지도 모른다, 기도는 우리가 원하는 것이 아니라 우리에게 필요한 것으로 응답해주신다는 것.

나는 그런 생각에 잠긴 채 시시가 다른 이의 믿음을 통제하고 다른 이의 잘못을 지적하고자 하는 욕구, 동시에 자신이 수정해준 것에 다른 이가 고마워하길 바라는 욕구에 대해 곱씹어보았다. 우리 모두 그렇듯 그러는 그녀도 지적받아 고치는 것은 좋아하지 않는다.

영화배우 데이비드 걸필릴이 죽었을 때 그의 사망 후 한동안 그의 성을 사용하는 것은 그의 원주민 문화에 대한 대단히 큰 무례였다. 놀랍게도 미디어도 대부분 이 관습을 존중하는 듯했고, 시몬도 우리 주간 기도에서 데이비드를 언급했을 때 이 규칙을 따랐다. 그러나 시시는 저항을 보였다. 여러 날 그녀는 다 알면서도 짜증스럽다는 듯이 묻고 다녔다. "그런데 대체 데이비드 **누구**?" 나는 그녀를 무시했지만, 그럼에도 몇 번은 솟구치며 뿜어 나올 것 같은 화를 참으려 밖으로 나오곤 했었다. 어느 정도 시간이 흐른 후 시몬이 그냥 날카롭게 말했다. "**시시, 포기해요.**"

그즈음 시몬이 어느 날 저녁 우리에게, 드물게도, 텔레비전을 보게 했는데, 그 배우에 관한 다큐멘터리를 보여주고 싶었기 때문이다. 내가 기억하는 것은 그 남자의 엄청난 권위와 대단한 자존감이었다. "나는 연기를 할 필요가 없습니다." 그가 말했다. "나는 그냥 거기 서 있을 뿐이고, 카메라가 나를 보는 것이지요." 영국 왕실 리셉션에 참석했을 때는 이렇게 표현했다. "잉글랜드 여왕이 나를 만났을 때였죠." 이런 발언에는 자화자찬 같은 것은 전혀 없었다. 그는 그저 자연스러운 진실을 언급할 뿐이었다. 그는 자신의 암에 대해, 의학으로 고칠 수 없는 폐의 구멍들에 대해 온화하게 말했다. 걸필릴이 카메라 렌즈를 응시했을 때, 텔레비전 스크린을 통해서 거실에 앉아 있던 우리 모두의 마음속을 똑바로 바라봤을 때, 나는 시시의 손가락이 이미 묵주를 돌리고 있던 것을 기억한다. 그는 평온하게 이렇게 말했다. "여러분은 나를 위해 기도할 수도 있을 겁니다만 기도대로 되지 않을 겁니다." 거의 측은하게 여기는 미소를 지으며 그는 그 불행한 사실을 지적했다. "그렇게 되는 게 아닙니다."

끝나고 나서 우리가 찻잔을 치울 때 시시가 도저히 참지 못하고 마지막 말을 내뱉던 것이 기억난다. "저 사람 담배 피우죠, 그렇죠?"

그 이후로 시시와 부딪힌 때가 많이 있었지만, 그때가 내가 이곳에서 혐오감을 느낀 첫 순간이었다. 혐오감이 들다니, 물론 그런 감정은 여기서나 저 바깥세상에서나 있을 수 있다는 것을—불가피하다는 것을?—알았음에도 나는 마음이 아팠다. 곧 지나가길 빌었다. 그리고 그 후 가능한 한 시시와 마주칠 일을 만들지 말아야겠다고 결심했다.

그런데 오늘 나는 그녀를 보며 측은하다고 느꼈다. 헬렌 패리와 그 불쌍하게 죽은 제니 수녀―이들 순종하지 않는 자들―의 도착이 다가오면서 시시가 그 경건한 짧은 연설을 하게 됐다는 것을 알았다. 어느 누구도 한마디도 하지 않았지만, 이곳은 이미 자기 인식으로 몸을 떨며 우리가 아닌 다른 사람으로 서서히 변해야 한다는 사실을 두려워하고 있었다.

우리가 침묵 속에서 이런 생각에 잠겨 있을 때 까마귀 한 마리가 밖에서 울었다. **까악, 까악, 까아악.**

시몬은 오늘 매우 까칠하다. 그녀는 하루 대부분 사무실에 틀어박혀 있는데, 유해 매장 절차를 진행하는 것이 분명했다. 시의회의 '개발 허가' 없이는 어떤 사적인 매장도 허락되지 않는다. 묘지의 지역 상수도 근접 여부, 묘지 부지의 크기, '가축 등'의 피해 방지 울타리, 부지 매매 시 법적 접근과 통행권 등에 관한 법률이 존재한다. 제안된 부지에 대한 시의회 환경보건 조사관의 검사도 필수였다. 그러나 시의회에는 환경보건 조사관이 없는 것 같았고, 지금은 일반 직원이 재택 중이며 아무도 전화 응대를 하지 않았다. 정확한 매장 위치가 표시된 지도가 제공될 예정이다. 사망신고서 사본도 제출해야 하는데, 유해 전달이 임박했음에도 아직 준비되어 있지 않아 어떻게든 태국 당국에서 받아내야 하는 상황이다. 실종 후 살해되고 발굴된 수녀에게도 어떤 특별 대우도, 예외도 없었다. 그 수녀의 친구들은 그저 그녀의 뼈를 쉴 수 있도록 하고 싶을 뿐이고, 그저 그녀의 묘지를 방문하고 주변 정원을 가꾸고 그녀 곁에 무릎 꿇고 앉아 그녀 육신을 덮은 풀을 쓰다듬고 싶을 뿐인데 말이다.

우리 어머니는 가톨릭이 모태 신앙이었지만 어떤…… 비전통적인 믿음에도 마음이 열려 있었다. 우리가 아는 대부분 사람과는 달리 어머니는 신비로운 것에 이끌렸던 것 같다. 어머니의 이상한 친구 한 사람이 수맥 찾는 일과 연관이 있었는데, 언젠가 어머니가 나를 데리고 그 친구와 함께 이 고대의 기술이 행해지는 것을 보러 간 일이 있었다. 그 친구와 함께 우리는 막대기를 든 남자의 뒤에서 일정 거리를 두고 방목장을 따라 돌았다. 남자는 실망스러울 정도로 평범해 보였다. 그는 마법사라기보다는 아버지와 함께 일하던 엔지니어들 같은 옷차림(테일러드 반바지와 잘 다린 반소매 셔츠를 입었고, 작업용 부츠와 카키색 양말만 사무실 직원과 달랐다)이었다. 나는 TV 드라마 〈캣위즐〉에 나오는 마법사를 기대했으나, 보이스카우트 리더처럼 생긴 남자는 막대기를 들고 찡그린 얼굴로 메마른 방목장을 걸어 다녔다. 고속도로에서 트럭 소리가 들판을 건너와 우리 위로 떠다녔고 메뚜기가 소리 높여 울어댔다. 우리가 지켜보는 것을 그가 성가셔한다는 생각이 들었고, 결국 그는 물을 발견하지 못했다. 그러나 그는 당황하지 않았다. 여기에 발견될 물이 없다는 것을 증명했다는 것이다.

또 언젠가는, 내가 열한 살 정도였을 때 나는 오랫동안 내 장딴지 근육의 알 수 없는 통증을 불평했었다. 나는 그것을 "빡빡한 다리"라고 불렀는데, 우리 가족 주치의를 비롯해 다른 이들은 모두 성장통이라며 별것 아니라고 여겼지만, 어머니는 "다른 종류의 의사"라고 부르는 사람에게 나를 데리고 갔다. 그는 마을 도서관 옆, 초록색 유리벽돌로 된 대기실이 달린 작은 건물 안 구강외과의 옆방에서 일했다. 그는 나를 의자에 앉히고 주변을 돌며 내 몸 근처의 공기를 두 손바닥으로 빠르게 비볐었는데, 지금 생각하니 일종의 기(氣) 치료사였던 것 같다. 나는 그 남자가 마음에 들지 않았다. 그는 나를 보이지 않는 사람 취급하면서 마치 내가 자기 말을 들을 수 없는 것처럼, 내가 언어를 이해 못하는 개나 무슨 짐승인 것처럼 내 이야기를 어머니에게 했다. 한번은 내가 비닐 의자에 앉아 있었고 그 남자는 나를 내려다보며 서 있었다. 어머니가 창밖을 내다보더니 핸드백을 어깨에 메며 잠깐 나갔다 오겠노라, 가게에 가서 우유를 사 오겠노라 말했다. 창밖으로 가게가 보였고 어머니가 가게에 다녀오는 모습을 처음부터 끝까지 다 볼 수 있는 상황이었지만 나는 이 방에 그 남자와 둘이 있는 것이 싫었다. 실제로 그 말을 할 수는 없었을 터인데, 어머니는 내 얼굴을 보더니 다시 자리에 앉으며 핸드백 줄을 내려 무릎에 올렸다.

"사실 중요한 건 아니야." 어머니는 잡지를 한 권 들며 말했다.

남자는 내 표정을 보았고, 내 의자 둘레를 걸으며 어머니에게 말했다. "아, 좀 울보구나, 그렇죠?"

어머니는 잠시 남자의 눈을 쳐다보더니 아주 냉정한 목소리로 말했다. "전혀 아닌데요."

치료는 20분 정도 걸렸다. 나는 당황해서 신경을 곤두세운 채 의자에 앉아 있었고, 그동안 어머니는 잡지를 읽는 척했지만 실제로는 남자가 옆으로 움직이며 두 손으로 내 상체, 어깨, 머리 주변의 공기를 두드리는 동안 그를 유심히 지켜보고 있었다. 대부분 그는 내 뒤편에 있었고, 나는 내 시선을 어머니가 앉은 의자 다리에 고정하고 있었다. 다 끝나자 나는 그 끈적거리는 비닐 의자에서 몸을 뗄 수 있었고, 어머니는 돈을 지불했다. 남자는 몇 번 더 치료가 필요하다고 말했고, 어머니는 다시 연락해서 예약을 잡겠다고 말했지만 우리는 가지 않았다. 그리고 그날 이후 그것에 대해 이야기를 나누지도 않았다.

어머니는 나를 믿었고, 나도 어머니를 믿었다.

내 장딴지의 통증은 생겼다가 없어졌다가 했고, 결국은 그 통증에 대해 잊어버린 걸 보면 내 십대 시절 어느 시점에 가라앉았던 것 같다.

내가 자라 이십대 그리고 삼십대가 되고 다른 어머니들에 대해 알게 되면서, 상처와 불신, 선망과 지배가 겹겹이 쌓이는 과정에서 생긴 복잡한 문제들, 수많은 내 친구들이 부모에 대해 품고 있는 혼란스러운 감정 등을 목격하면서, 나는 그렇게 단순하고 강력한 신뢰가 얼마나 보기 드문 것인지 이해하기 시작했다. 어머니가 살아 있을 때 이런 말을 어머니에게 할 수 있었다면 얼마나 좋았을까, 나는 또 생각하지만 실제로 기회가 있었대도 그렇게 말했을 것 같지는 않다. 어머니에게는 조용하면서도 강력한 이해 불가의 분위기가 있었고, 지금 생각하니 그런 것을 말하는 일은 부적절하다고 느꼈을 것 같다.

나는 내가 아버지가 아닌 어머니 생각에 이렇게 몰두하는 것이 잘못이라는 생각을 가끔 한다. 그러나 동시에 내가 왜 그런지 이유도 알고 있다. 아버지와 나는 서로를 **잘 알았다**, 절대적으로. 설사 아버지가 더 오래 살았더라도 내가 어릴 때 이미 온전하게 아버지를 알았기에 그 이상의 무엇은 없으리라 확신한다. 이 사실이 왜 그런 차이를 만드는지는 모르겠지만 실제로는 그렇다.

또 지연. 그리고 더 많은 쥐.

말로 표현하지는 않지만, 이곳의 팽팽해지기 시작한 긴장을 헬렌 패리 탓으로 돌리고 비난하는 분위기가 나타나고 있었다. 유해도 그렇고 심지어 쥐에 대해서도. 그 여자는 어딜 가든 문제를 일으키는 것으로 알려진 사람이니까. 내가 그 오래전 숲에서 지내던 시절 보았던 모든 것, 그 후 몇십 년 넘게 미디어에서 보았던 그녀를 떠올리면 헬렌 패리는 차갑고 자기 검열이 없으며 엄청나게 강력한 힘을 가졌다는 인상으로 다가온다. 그녀는 위압적인 시선과, 도전을 받을 때 기이하게 교태를 부리는 태도로 유명하다. 무언가 무자비하고 성적인 것이 그녀로부터 발산된다. 그녀가 수녀가 아니었던 또 다른 시기에는 **남자 사냥꾼**으로 불렸다. 그런데 에로틱한 유혹이 꼭 남성에게만 향하는 것도 아니었다.

보나벤처는 그녀를 "그 유명인 수녀"라고 부르며 그녀가 오는 것을 전혀 반기지 않고 있다. 우리는 그녀의 방을 청소하고 침대를 준비할 예정이다. 내게는 이것이 합당하게 보이지만 보나벤처는 그렇지 않은 듯 골이 나서 쿵쾅거리며 다닌다. (헬렌 패리가 제니의 유해와 동행해서 이곳으로 오는 것에 대한 질투의 한 형태라고 느껴진다.) "그녀는 **내 친구**였어요." 보나벤처는 제니 수녀에 대해 자주 말했는데, 너무나도 강조하고 있어 나는 그 말 뒤에 무언가 있다는 생각이 든다, 실종이나 사망과는 무관한 어떤 상처 같은 것이.

처음에, 그 급진적인 환경보호주의자 수녀가 산림 캠프에 도착했을 때, 내 흐린 청소년 시절 죄책감에 짙게 물든 이름이 누군가의 입에서 나오는 것을 듣고 나는 충격을 받았다. 그리고 진짜로 그녀라는 것을 눈으로 확인했을 때—도대체 어떻게 **헬렌 패리**가 **수녀**가 되었지?—나는 사람들 속에 숨으려 애썼다. 나는 슬리핑백 안에 누워 잠 못 이루며 고등학교 시절을 떠올리고는 부끄러움으로 몸이 굳었다. 그녀는 물론 나란 존재를 인식조차 하지 못했지만, 며칠이 지나자 나는 머지않아 분명히 나를 알아보고 힐난할 거라는 초조함을 견딜 수 없었다. 그래서 그녀에게 가서 잠시 이야기를 할 수 있는지 물었다.

그녀가 무리에서 걸어 나와 맞은편에 서자 속이 울렁거렸다. 그녀가 나를 쳐다볼 때 얼굴에서 알아보는 표정이 떠오르길 기다렸지만 그런 기색이 전혀 없었다. 내가 내 이름을 말했다. 여전히 모르는 것 같았다. 헬렌 패리는 가슴 아래로 팔짱을 낀 채 나를 보며 눈을 깜박였고, 그래서 나는 우리가 같은 고등학교에 다녔고, 당시 그녀가 학교에서 받은 대접에 대해 사과하고 싶다고 이야기했다.

그녀는 얼굴을 찌푸렸다. 혼란스러운 듯했다.

나는 이야기를 할 때 내 얼굴이 뜨거워지는 것을 느낄 수 있었다. "예전에 재봉 수업이 있었는데……." 그리고 전전긍긍하며 그녀가 반응하길 기다렸다.

여전히 얼떨떨한 표정이었다, 마치 내가 다른 사람 이야기를 하는 것처럼, 마치 왜 낯선 사람이 자신은 전혀 모르는 사람에 대한 옛 범죄를 이렇게 속내를 털어놓듯 하는지 이해하지 못하는 것처럼.

나는 몹시 당황했다. 그녀가 잊었을 리가 없었다. 나는 말을 이었다. 우리가 했던 짓을 나는 지금까지도 부끄러워하고 있다, 내가 그런 짓을 함께 했다는 것에 진심으로 미안하다. 이렇게 이야기하는 나를 지켜보는 갈색 눈동자에서는 아무것도 읽을 수 없었는데, 그러다 문득 기억이 떠올랐음을 알아차릴 수 있었다. 그날의 잔혹함이 그녀 눈 뒤편에서 펼쳐지고 있었다.

"아, 그거." 그녀는 그렇게 말하고는 기이하고 아이러니한 미소를 숲우듬지를 향해 지었다. 그녀의 시선이 내게로 돌아왔을 때,

거기서 나는 비웃고 있는 씁쓸한 연민을 보았다. 나로서는 충격이었다. 우리는 숲속에서 우리 사이에 놓인 침묵 속에 그렇게 서 있었다. 그러고 나서 내가 본 것을 너무나도 선명하게 기억한다. 헬렌 패리의 얼굴에 한순간 나타났던 완전한 고뇌를. 그리고 그 고통의 원인이 나도, 그날 우리 재봉 수업에서 일어났던 일도 아니라는 것을, 다른 무엇, 더 커다란 무엇이 이유임을 알 수 있었다. 그녀는 멈춘 채 이제 나를 굳은 시선으로 보고 있었다. "알겠어, 그게 왜 큰…… 사건이었는지…… 네게는." 연민 어린 미소가 다시 돌아왔고, 그리고 다시 굳어졌다. "하지만 내게는, 그날 일은 아무것도 아니야."

그리고 그녀는 내게서 걸음을 돌려 다시 캠프로 돌아갔다.

그래서 나는 그날 이후 그저 멀리서 그녀를 지켜봐왔다. 오래전 그 벌목 시위 이후 수십 년 동안 그녀는 타카인*의 나무 텐트에서 잠을 잤고, 시셰퍼드 해양보호협회에서 불법 고래잡이를 영상으로 기록했다. 그녀는 보우소나루, 두테르테 같은 독재자와 맞서다 감옥에 갔다. 인도에서는 성매매 종사자 인권을 위해, 홍콩에서는 민주주의를 위해 시위에 참가했고, 지금은 방콕에서 학생들과 함께 집회를 하고 있다. 헬렌 패리가 가는 곳엔 기자들이 따라갔고, 그녀를 위해 무료 변론을 하겠다고 변호사들이 줄을 섰

---

*   호주 태즈매니아 북서부에 위치한 냉대 우림 지역.

다. 그녀는 난민 구금과 기후 위기 무대책에 대해 호주 정부와 소송 중이다. 지칠 줄 모르는 그녀는 키가 크고 가는 몸매에 상고머리에 가깝게 바싹 자른 머리를 하고, 청바지 차림으로, 크고 두꺼운 나무 십자가를 오래된 히피 구슬 목걸이에 달아 목에 걸었다. 적어도 예전에는 그랬다.

숲에서 내가 충격을 받았고 지금도 충격인 것은 헬렌 패리의 모습이 전혀 변하지 않았다는 사실이었다. 학생 시절 우리가 너무나 싫어했던 점들이 지금 그녀가 불안을 야기하는 힘을 갖게 된 특질들과 너무나 정확히 일치했다. 공간에 대한 뻔뻔한 요구. 몸에 옷을 걸치는 방식, 동물적인 육욕. 확고하고 절대적인 **싸움** 대비 자세.

나는 그 낯선 느낌을, 공기 중에 떠돌며 여전히 나를 맴도는 후회와 회한에 휩싸여 야생의 숲속에 남겨진 채 서 있던 그 느낌을 결코 잊은 적이 없다. 비난받지도, 용서받지도 못한. 솔직히 말하면 그래서 그녀에게 감탄했고, 그 거부 때문에 내 불편함이 좀 완화되었다. 실제로 용서란 무엇인지, 무엇을 의미하는지 생각하게 되었다. 그날 내가 그녀에게서 원했던 건 과연 무엇이었나?

그녀가 지극히 그녀 자신으로 남아 있었던 것, 아무것도 숨기지 않았던 것, 그 또한 그녀에게 감탄했던 이유였다. 그리고 그녀가 이리로, 우리의 침묵 속으로 오고 있는 지금, 그렇기에 나는 또한 두렵다.

보나벤처는 아침 내내 안절부절못하고 싸리비로 구석구석 찌르면서 분노에 찬 말을 중얼거렸다. 어디나 쥐똥이다, 그것도 매일 새로 싼 똥. 나는 그녀에게 헬렌 패리는 젊었을 때 온갖 지저분한 곳에서 잠을 잔 사람이라 쥐똥 같은 거 신경 쓰지 않을 것이라 말했지만, 보나벤처는 헬렌 패리가 **어떻게** 생각하든 그건 중요하지 않다고, 이건 그녀와 아무 **상관** 없다고 잘라 말했다. 그러고는 빗자루를 너무 힘차게 휘두른 나머지 벽난로 위에 놓인 작은 석고 성모상을 쳤고, 바닥에 떨어진 성모상은 산산조각이 나고 말았다. 보나벤처는 속상함이 담긴 소리를 뱉었다. 나는 내가 치우겠다고 말하며 그녀에게서 빗자루를 **뺏**었다. 제발요, 내가 말하자, 자신이 일주일 내내 비이성적으로 행동했음을 알았던 딱한 보나벤처는 상처 입고 당황한 표정을 짓더니 빗자루를 놓고는 손님 숙소를 나갔다.

  나는 빗자루 머리를 침대 아래 집어넣어 성모상 파편을 쓸어 냈는데, 몸 부분 여기저기 조금씩 깨지긴 했지만 실제로는 조각의 머리 부분만 떨어져 나간 상태였다. 나는 성모상을 다시 벽난로 선반에 올려놓았다. 이 조각상은 어린 시절 교실마다 그리고 성당 벽감에 있던 것이기에 익숙하다. 하얀 드레스에 황금빛 허리띠, 머리에서부터 흘러내리는 황금빛 테두리의 하늘빛 푸른 베일, 벌린 두 팔과 분홍빛 두 손. 분홍빛 두 맨발(조악하게 만들어져서 한 발이 다른 발보다 눈에 띄게 크고, 둘 다 신체 비율에 비해 지나치게 크다) 중 하나는 붉은 입을 크게 벌리고 갈라진 혀를 말아 내민 얼룩 뱀 머리를 밟고 있다.

  나는 내 방에 있던 비슷한 성모상을 가져와 헬렌 패리 숙소에 있던 것과 바꿨다. 내 창문턱 위에 성모의 부서진 몸과 머리를 나란히 놓고, 그러고는 잊어버렸다. 나중에 방으로 들어와 블라인드를 내리다가 옆에 있는 성모의 머리를, 그 지루하고 텅 빈 얼굴이 자신의 발치에 있는 뱀의 열린 입을 응시하고 있는 것을 보았다.

  시몬이 거실의 키 큰 유리문 달린 '서가' 앞에 선 나를 보고는 내 손에 든 책을 내려다보더니 코웃음을 쳤다. "거기 선반에 좋은 책들 있는 거 알잖아요, 그렇죠?" 나도 알았다. 도로시 리, 이디스 스타인, 조앤 치티스터, 시몬 베유, 아리엘 버거. 아렌트, 누스바

움, 히친스, 로빈슨, 머턴. 그러나 시몬은 내가 《성자 이야기》에 몰두해 있는 것을 포착했다. 어린이책이거나, 아니라면 단순한 인간들을 위해 편집한 책이리라. 환상 속의 이야기들이고 유아적이다.

성녀 브리지다를 예로 들어보자. 책에 따르면 그녀가 아기였을 때 늙은 드루이드 교도가 준 음식을 토해냈는데 그가 불결하기 때문이었다. 대신 흰 귀의 붉은 암소가 나타나 그녀에게 젖을 주었다고 한다. 나는 왜 브리지다를 나의 견진성사 성인으로 선택했던가? 그때는 구토나 암소에 대해 몰랐던 것 같고, 그저 그녀가 가난한 사람을 도왔다는 인상 정도만 있었다. 뒤늦게 급우들은 성자의 이름을 고를 때 자신의 이름과 잘 어울리는지를 우선으로 했다는 것을 알았다. (헤더 히버드는 예수의 무덤을 발견한 사람 중 하나였던 성녀 요안나를 선택했는데, 그때는 괘씸한 기만이라고 나는 생각했다.)

성자 이야기 대부분은 인물의 밝음, 박애, 위협, 시험과 그에 따른 고문과 신체장애의 이야기이다. 성녀 율리아의 경우, "남아프리카에서 고귀한 부모에게서 태어나" 그녀가 살던 도시를 점령한 야만인들에게 잡힌다. 이야기에 따르면 율리아는 결코 불평하거나 자신을 측은히 여기지 않았다고 한다. 그녀는 모든 형벌을 하느님의 뜻으로 받아들이고 "경이로운 기쁨"으로 가장 천한 의무를 수행했다. 하루는 예수를 사랑하는 율리아가 이교도 축제에 참여하지 않자 총독이 분노한다. 그는 그녀를 사려고 했지만 그녀의 주인이 거절했다. 이에 총독이 율리아가 이교도 신들을 위해 작은 희생을 한다면 자유롭게 풀어주겠다고 제안했지만, 율리아는 예수를 섬기기에 이를 거부한다. 그러자 총독은 그녀의 얼굴을 때리고 머리카락을 뽑도록 지시했다고 책에 쓰여 있다. 그리고 그녀는 십자가에 매달려 죽었다. 그녀의 축일은 5월 23일이고, 그날은 내 생일이기도 하다.

나는 보나벤처를, 그러니까 성인 보나벤투라를 찾으려 책을 넘겨보았다. 그는 "신성한 교수, 이탈리아 주교, 신학 박사"였고, 소화 장애의 수호성인으로, 어릴 때 생명을 위협하는 위장병으로 고생했다. 그의 사망 160년 후, 더 아름다운 성당으로 이장하기 위해 시신을 발굴했는데, 머리가 "전혀 부패하지 않은 상태"로 있었다. 보나벤투라 성인의 머리카락, 입술, 이, 혀가 부패의 흔적 없이 온전히 보존되어 있었다고 한다.

나는 이 글을 보나벤처에게 보여주지 않을 생각이다.

이 이야기들의 목소리와 속기 쉬운 허언들에서 예전에 자선 구호 상점에서 발견하고 재미있어 가지고 있던 오래된 책《천 개의 해몽》이 생각났다. 꿈에 자주 등장한다는 물건과 개념(예를 들면 '칼'이나 '실패')의 사전으로, 꿈을 꾼 사람에게 예지된 그것들이 각각 무엇을 의미하는지 짧은 설명이 있었다. 수많은 항목마다 어떤 의미가 있었는데, 만일 '젊은 여성'의 꿈이라면 의미가 달라졌다. 아직도 몇 개가 기억나는데, 디너파티 같은 곳에서 그 이야기들을 들려주곤 했기 때문이다. 만일 젊은 여성이 "깨끗한 물"의 올챙이 꿈을 꾸었다면 그것은 그녀가 "부유하지만 비도덕적인 남성과 연애를 한다"는 예지였다. 소금 꿈은 주변 환경과 불화가 있을 거라는 흉조였다. 그런데 젊은 여성이 꿈에서 소금을 먹으면 그것은 애인이 더 아름다운 여자를 만나 떠나고 그녀는 "깊은 슬픔에 빠진다"는 의미였다. 내가 가장 좋아하는 것은 이것이었다. "돌고래 꿈을 꾸면 새로운 지배와 통제 아래 놓이게 될 가능성이 있다. 아주 좋은 꿈은 아니다."

오늘은 쥐 열세 마리. 신기록. 우리는 이제 뭔가 다른 방식으로 죽은 쥐를 버려야 한다. 지금까지는 뒤쪽 울타리 너머로, 소나무 숲 뒤 방목장으로 던졌다. 그러나 죽은 쥐가 쌓이면서 악취가 심해지고 있다. 사체를 묻든지 처분하든지 제거해야 한다. 단지 냄새 때문이 아니라 죽은 쥐가 쌓여 있다는 단순한 그 사실이 너무나 끔찍하기 때문이다.

오븐이 고장 났다. 시몬은 전기기술자의 출장비가 걱정되어 아침기도 후 리처드 기튼스에게 이 얘기를 했는데, 그는 쥐가 원인일 것이라 말했다. 쥐가 절연재를 갉아 먹어 오븐이 과열될 것이라고. 북부에 사는 그의 누이 집 부엌에서 이런 일이 있었다고 그는 말했다.

그가 옳았다. 우리가 오븐을 앞으로 끌어내자 절연재가 끊어진 것이 보였고 버너 바로 아래 상자에 쥐 둥지가 보였다. 머리카락과 실이 엉킨 절연선에 비스킷 조각들이 흩어져 있었고 어디서 온 것인지 모를 초콜릿 포장지도 있었다. 시시가 오후 내내 무릎을 꿇고 앉아 고무장갑과 수술용 마스크를 끼고 절연선을 끌어내어 쥐똥과 다른 쓰레기를 치운 후에야 우리는 오븐을 제자리로 밀어 넣을 수 있었다.

고등학교 시절 리처드 기튼스는 졸린 눈에 주근깨, 곱슬머리의 농장 소년으로 건조하고 느린 유머 감각을 갖고 있었는데, 말도 그다지 많이 하지 않았다. 나는 언젠가 수학 시간에 그의 옆자리에 앉았고, 마침 필통을 잊고 가져오지 않았다. 나는 그에게 펜을 빌려줄 수 있는지 물었다. 그는 마지못해서 주는 척 천천히 고개를 설레설레 저으며 펜 하나를 내게 건네고는 말했다. "있잖아, 지금 **가뭄**이거든." 내가 큰 소리로 웃음을 터뜨리자 그는 얼굴을 붉히고는 교과서를 보며 내내 은밀한 미소를 멈추지 못했다.

때때로 나는 그때를 떠올린다. 그리고 몇 년 후 우리 어머니의 관이 성당에서 들려 나갈 때 그 뒤를 걷던 내가 고개를 들자 리처드 기튼스가 뒤쪽 좌석에 고개를 숙이고 앉은 모습이 보여 깜짝 놀란 기억도 있다. 장례식 후 그는 우리 집으로 오지 않았고, 그래서 내가 그를 우연히 보지 못했더라면 나는 그가 그날 참석했는지조차 몰랐을 것이다.

이곳에서 지내러 온 후, 나는 새벽기도와 아침기도 사이의 새벽 달리기에서 돌아오던 길에 성당 밖 도로에서 그의 SUV 랜드 크루저를 마주쳤다. 그는 차를 세우고 타겠냐고 물었다. 나는 조수석에 탄 후 안전띠를 매면서 내 이름을 말하고 우리가 같은 고등학교에 다녔다고 말했다. 그는 얼굴을 찌푸리며 잠시 혼란스러워하더니 곧 알아보고는 활짝 미소를 지었다. "하, 그래! 같이 다녔지!" 그가 말했다. 그러고 나서 이른 아침 햇살 속에서 창백한 도로를 따라 차를 몰았고, 우리 양쪽으로는 황금빛 평평한 들판이 펼쳐지고 있었다. 그가 말했다. "허." 여기서 나를 볼 줄은 몰랐다는 뜻이라고 생각했다. 그런데 나는 그가 이것에 대해 어떤 질문도 하지 않아 좋았다.

그날 이후 나는 리처드를 친구로 생각해왔지만 그도 그렇게 생각하는지는 알 수 없다. 그렇지만 그는 가끔 내가 닭장 일을 할 때나 정원에서 특히 무거운 걸 들 때면 도움을 주었다. 그는 이곳에 오고, 체계적으로 꼼꼼하게 일하고, 고맙다는 어떤 인사도 못 들은 체하고는 그리고 떠난다.

점잖음, 내가 그를 생각할 때 떠오르는 단어다.

철물점의 다정하고 어리숙한 얼굴의 소년이 전자 결제가 안 된다고 말했다. 그는 손에 케이블을 쥐고 내게 들어 보였다. 쥐가 갉아 먹었다. 나는 가진 현금으로 철솜 타래를 최대한 많이 샀고, 우리는 오늘 그 철솜을 마룻장과 벽 사이사이 보이는 틈새마다 다 넣어 메웠다.

이제 오븐도 쓸 수 없는 상태여서 우리는 파스타를 많이 먹고 있고, 아니면 밖으로 나가 거의 사용하지 않던 바비큐 그릴에서 요리한다. 명절이 된 이상한 기분이 든다. 카멜은 길게 자른 철솜으로 가스통의 튜브를 감싸 쥐가 갉아 먹지 못하도록 한다.

조지핀은 닭 한 마리가 쥐를 게걸스럽게 먹어치우는 것을 보고 역겨워했다. 나도 본 적이 있다, 이따금. 덩치가 큰 편인 닭 중에서 대개는 검은 것 혹은 어째서인지는 모르지만 키티라고 불리는 ISA 브라운 종자가 그랬다. 나는 키티의 부리에 매달려 꿈틀거리는 쥐를 보았다. 키티는 깃털을 잔뜩 부풀린 채 다른 닭들을 요리조리 피해 닿을 수 없는 구석으로 달려갔다. 닭은 쥐의 부드러운 몸을 단단한 흙바닥에 앞뒤로 세게 내리친 다음 다시 입에 물었고, 한 번인가 두 번 몸을 흔들어대며 꿀꺽 삼켜버려 보이는 거라고는 부리에 매달려 흔들리는 잿빛 꼬리뿐이었다. 닭은 집중하는지 시선을 고정한 채 그 몸부림치는 털 덩어리를 목구멍으로 억지로 넘기고 있었다. 그러고 나서 허공을 바라보며 숨을 쉬더니 충격인지 승리감인지 부리를 다시 열었다 닫았다.

오늘 아침 조지핀은 플라스틱 닭 사료 그릇을 싱크대에 내팽개치며 몸을 부들부들 떨었다. "**그런 건** 볼 필요가 없었어요." 그리고 무의식적으로 올라온 손을 쳐다보더니 아예 성호를 긋지도 않았다. (그녀는 언젠가 내게 그녀가 다니던 예푼 기숙학교의 늙은 수녀들이 끊임없이 성호를 긋고 속삭이던 것에 대해 말한 적이 있다. 수녀들이 미신을 믿는 농부들 같다는 생각이 들었다고 한다. 자신은 의도적인, 의식적인 것을 선호한다고. 그럼에도 그녀의 손은 하루걸러 비자발적으로 올라오곤 한다.) 대신 그녀는 손수건을 꺼내 길고 붉은 코를 닦았다.

나는 조지핀에게, 그래도 예전처럼 쥐가 병아리를 먹는 것보다는 닭이 쥐를 먹는 게 더 낫다고 말했다. 아니면 큰도마뱀이 철망에 구멍을 뚫고 마당으로 들어와 불쑥 나타나는 것보다는. 나는 큰도마뱀도 한 번 보았다. 처음엔 무슨 소리가 들려 닭들이 왜 난리인지 보러 달려간 것인데, 내가 목격한 것은 화강암 색깔의 그 선사시대 생물이 온통 휘젓고 다니면서 경이로울 정도로 빠른 속도로 닭들의 둥지 상자를 지탱하는 나무 기둥을 올라가는 장면이었다. 닭들이 소리를 질러대며 사방으로 마당을 가로질러 성당 주변으로 흩어졌고 큰도마뱀은 둥지를 부숴 열고는 갓 낳은 달걀을 모두 먹어치웠다. 그러고는 느릿느릿 여유를 부리며 내려와 닭장이 있는 마당을 훑고 다니며 혹시 놓친 달걀은 없는지 확인했다. 그리고 나서야 다시 수풀 속으로 사라졌다.

나는 울타리의 구멍을 수리했지만 큰도마뱀은 두 번이나 더 나타났고, 그래서 나는 리처드 기튼스에게 도마뱀 잡는 것을 도와달라고 부탁했다. 그는 들고양이 덫으로 그것을 잡았고, 나중에 그의 집 시냇가 근처 빽빽이 우거진 수풀에 풀어주었다고 내게 말했다.

카멜은 리처드 기튼스가 아마도 그것을 총으로 쏘아 죽였을 거라고 주장했지만 나는 그가 그러지 않았을 거라 믿는다. 그녀가 그런 말을 한 것은 나와 그의 우정을 인정하지 않기 때문이라 생각한다. 예전엔 이런저런 일에 대해 그녀가 그리고 다른 이들이 어떻게 생각하는지에 대해 신경을 썼지만 이젠 그러지 않는다.

나는 이방인의 눈으로 이곳을 다시 한번 보려고, 헬렌 패리가 어떻게 볼지 상상하려고 애썼다. 내가 예전에 여기 도착했을 때 **나는** 어떻게 생각했더라? 황량한 평원 위 페인트볼 서바이벌 경기장과 태양광 시설 사이에 낀, 돈 가치 없는 거친 세모꼴 방목장, 기튼스 농장, 그리고 한때 '승마 리조트'라 불리던 오래된 승마 학교. 그 승마 학교 간판은 세월과 함께 페인트가 부풀었으나 아직 늙고 앙상한 포니가 몇 마리 있어 돌투성이 트랙을 따라 타고 돌 수 있고 암울해 보이는 캐빈들이 여기저기 있는 것으로 안다. 그런데 설사 그 캐빈들이 새것이었어도, 이 근방에서 '리조트'라는 말을 입 밖에 낸다면 웃음거리가 될 것이다.

(어렸을 때 한 번인가 두 번 말을 타본 적이 있는데 마음에 들지 않았다. 이글거리는 태양에 하늘은 하얗게 끓어오르고 말라빠진 늙은 포니에 뻣뻣하게 앉아 있으면, 때 묻은 승마바지와 흠집 난 승마부츠 차림에 머리를 포니테일로 묶은 십대 소녀가 탁한 핑크색 손톱으로 자기 얼굴에서 파리를 쫓으며 포니 줄을 잡고 이리저리 걸었다. 말은 내 아래에서 무겁게 흔들렸고, 나는 고삐를 너무 꽉 잡아 손톱이 손바닥을 파고들었다. 소녀는 가끔 돌아보며 "괜찮니?" 하고 물었고, 그러면 나는 당황해서 굳은 채 헬멧 아래로 비장하게 고개를 끄덕였다. 끝났을 땐 모두가 안도했다. 지금 그 말타기를 생각하면 떠오르는 것은 먼지, 노예가 된 그 거대한 짐승에 대해 공포와 함께 느꼈던 서글픔, 그리고 통통 부

어 둥그렇게 부푼 공으로 변해 미친 듯이 가렵던 내 눈이다.)

이곳 도로를 통행하는 차량은 드물고, 예외적으로 주말에는 청년들을 가득 태운 미니버스들이 페인트볼 경기장으로 가는 길에 우리 쪽으로 난 갈림길을 지나간다. 어쩌다 우리 중 누군가 보이면 그들은 마치 어항의 물고기처럼 눈이 휘둥그레져 버스 창밖을 뚫어지게 쳐다보았고, 그러고 나서 잠시 후면 방목장 너머에서 야유와 함성이 흘러들었다.

우리 쪽으로 방향을 꺾기 직전에 헬렌 패리가 보게 될 것은 칙칙한 작은 미늘벽 판자로 지은 건물이다. 70년대에 산에서 트럭으로 옮겨 와 콘크리트 바닥 위에 세운 것이다. 50년대에는 스노이 수력관개소에서 일하던 노동자를 위한 임시 성공회 교회로 사용되었다. 여왕과 필립 공이 그곳에서 열린 예배에 참석한 적도 있지만, 실제로는 이십여 명의 교구민만 들어갈 수 있는 크기여서 일반 대중과 사진기자들은 쨍하게 추운 햇빛 아래에서 스피커로 설교를 들어야 했다. 1960년대에는 이 작은 건물에 지역 농부를 위한 예술과 문학 협회가 한동안 입주했었다. 거기서 무엇을 했는지는 나로서는 알 수가 없다. 지금은 이 주변 대부분이 그렇듯 방치된 상태이다.

그렇다고 보이는 것이 다는 아니다. 페인트볼 서바이벌 경기장은 제법 돈을 긁어모으고 있는 듯하다.

유해와 헬렌 패리가 이리로 오는 중이다. 오늘.

밤에 나는 가든파티 꿈을 꾸었다. 누군가 벨벳으로 안을 댄 작은 상자에 담긴 화석 수집품을 팔았다. 화석은 각각 다른 은은한 색깔이었고, 온전하고 완벽하게 형태를 이룬 미니 공룡이었다. 익룡, 티라노사우루스, 이구아노돈 그리고 다른 것들도 있었다. 내가 가격을 묻기 전에—나는 정말이지 사고 싶었다—한 아이가 그 상자를 뒤집어엎었고 그러자 그 작은 화석들이 짙은 초록 잔디밭을 쏟아졌다. 나는 아무 말 없이 무릎을 꿇고서 그 공룡들을 찾으려 절실하게 풀밭을 헤집었고 결국 찾아냈다.

그날 오후 커다란 검은 장의차가 진입로로 들어와 멈추었다.

시드니에서 온 장례지도사 세 사람이 경건하게 차에서 내리더니 밝은 햇빛 아래 검은 양복 차림으로 서 있었다. 검은 마스크가 줄지어 있는 광경에 처음에는 놀랐으나, 곧 우리는 깨달았다. 그들 역시 마스크를 쓰지 않은 우리를 보고 충격을 받았으리라 나는 생각한다.

그들은 장의차 뒷문을 열고 접이식 철제 카트를 꺼내 찰칵 다리를 편 다음 전문가다운 솜씨로 작고 평범한 갈색 나무 관을 그 위로 밀어 올렸다. 그리고 잠금장치 같은 것을 채우고는 커다란 고무바퀴가 달린 카트를 자갈밭 위인데도 놀랍도록 부드럽게 한 바퀴 돌렸고, 그러고 나서는 돌계단을 한 칸씩 올라 문턱을 넘어 현관 안으로 들어갔다. 우리가 타일이 깔린 홀에 도열하고 서서 고개를 숙이고 있는 동안 카트는 그 앞을 지나갔고, 살해된 여성의 유해는 우리의 집으로 들어와 복도를 따라 내려가 좋은 방으로 들어갔다. 좋은 방 안은 안락의자들을 모두 벽으로 밀어놓고 옹기종기 모여 있던 탁자들도 다 치운 상태였다. 받침대용 탁자 하나를 방으로 옮겨 와 흰 다마스크 천으로 덮어놓았다.

우리는 그들을 따라 방으로 들어갔고 문가에 서서 그들이 카트의 브레이크를 걸고 관의 잠금장치를 푸는 것을 지켜보았다. 그들은 관 주위를 돌며 확인하고, 쪼그리고 앉았다가 다시 일어서거나 하며 서로의 동작을 따랐다. 비행기 문 앞에서 안전 점검을 하는 항공사 승무원들이 자연스럽게 손으로 잠금과 핸들, 벨트와 버클 등을 매만지고, 춤을 추듯 위치를 바꾸고 교대하며 그들만의 암호 같은 안전 언어를 중얼거리는 그 모습이 상기되었다. 마스크를 낀 남자들은 서로 쳐다보았고, 한 사람이 낮은 목소리로 뭔가 말하자, 그들은 단 한 번의 매끄러운 동작으로 관을 들어 받침대로 옮겼다. 그들은 말없이 조정하여 제니 수녀의 관을 똑바로 놓고는 뒤로 물러났다.

보나벤처와 시몬이 탁자 끝에 서서 그들 친구의 마지막 육신을 마주했다. 그들은 우리에게 등을 돌린 채 곧고 차분하게 서 있었다. 나는 두 사람이 바다나 호수처럼 거대하게 펼쳐진 물 가장자리에 가만히 선 것만 같은 환상이 떠올랐다. 그들은 이제 그 물을 건너갈 길을 찾아야 한다. 나는 한 사람이 다른 사람의 손을 잡기를 바랐으나 그들은 그러지 않았다. 적어도 우리 앞에서는 그러지 않았고, 우리는 그들을 방에 남겨두고 나와 문을 닫았다. 그다음에 잡았을지는 알 수 없는 일이다.

우리는 장례지도사들과 복도에서 조용히 기다렸다. 그들은 잘 훈련되어 존중하는 태도로 두 손을 배 아래에서 맞잡고 두 다리로 단단히 지탱한 채 서 있었으며, 시선은 아래로 향했지만 이따금 마스크 위로 눈을 들어 우리를 바라보곤 했다. 나 역시 우리를 지켜보았다, 그들의 눈을 통해. 우리가 얼마나 이상해 보일까, 우리를 숨기거나 보호하거나 안내할 어떤 의식 절차도 없이 이렇게 침울하게 복도에 모여 있는 모습이. 방 안에서 소리가 흘러나

왔다. 낮은 말소리, 마룻장이 삐걱거리는 소리, 그러다 한동안 아무 소리도 들리지 않았다. 얼마 후 문이 열리고 시몬이 남자들에게 차를 한잔해야 한다며 그들에게 그리고 우리 모두에게 거실로 따라오라는 몸짓을 했다. 그녀와 보나벤처는 우리의 작은 행렬을 데리고 복도를 걸어갔다.

나는 그들을 따라가다가 걸음을 멈추고 좋은 방으로 들어가 혼자 유해와 함께 섰다. 관은 아주 소박해서, 칠도 되어 있지 않은 나무 표면은 만지면 건조했다. 나는 그 생물을, 커다란 아이만 한 것이 그녀의 상자 안에 죽어 누운 모습을 생각했다.

내가 왜 '생물'이라고 썼는지 모르겠다.

헬렌 패리를 싣고 온 차는 은색 아우디였고, 문들을 따라 주황색 진흙이 튄 얼룩이 길게 묻어 있었다. 나는 좋은 방 창가에서 그녀의 깡마른 형체가 운전석에서 내리는 것을 바라보았다. 그녀는 수녀복 베일을 쓰고 있지 않았다, 당연히. 그녀가 차에서 내릴 때 내가 본 것은 짙푸른 스웨트셔츠와 보이시한 스타일의 청바지였다. 기이한 선글라스, 거대하게 얼굴을 덮고 있었다. 그때 그녀가 선글라스를 벗어서 내렸고, 선글라스가 목에 걸린 줄에서 흔들리는 가운데 그녀가 몸을 돌려 내가 있는 창문을 똑바로 바라보았다. 나를.

창문의 반사 때문에 여기 어두운 방 안의 내가 그녀에게 보이지 않았을 것임을 알았지만 그럼에도 나는 가슴 속에서 심장이 곤두박질치는 것을 느꼈다. 내 몸의 반응이었다, 진짜로, 나는 심장이 두려움에 반응하는 걸 느꼈다. 하지만 동시에 나는 그녀가 나를 알아보지 못할 것도 알았다. 내가 숲속에서 그녀와 이야기했던 것은 거의 40년 전이고, 그날 그녀는 나를 지나쳐 내 이해의 경지를 뛰어넘는 뭔가 더 큰 목적 혹은 경험에 시선을 두고 있었다.

그 시절에도, 나는 그들의 상자 안에 든 유해에게 말했다, 나는 그녀에게 투명 인간이나 다름없다고.

거실에서 시몬은 장례지도사들에게 마스크를 벗어도 여기 있는 사람들은 아무도 신경 쓰지 않을 것이라 말했다. 그들은 서로 쳐다보며 주저했다. 그러다 팻이라 불린 사람이 마스크를 벗어 주머니에 넣자 다른 사람들도 뒤따랐고, 그러고 나서 조용히 숨을 들이쉬며 면도한 얼굴을 문질렀다.

시몬은 헬렌 패리와 이야기하기 위해 창가로 갔고, 두 사람 다 이야기를 나누며 진입로에 세워진 은색 차를 살펴보았다.

그 차는 장례지도사의 것이었다. 그녀는 여정을 혼자 하고 싶다고 고집하며 그들 중 누군가가 운전해주는 것을 거절했던 것으로 보인다. 그녀는 이곳으로 오던 중간에 얼마간 차를 멈추었고, 그녀가 길을 잃었을지도 모른다고 생각한 팻은 크게 당혹했었다.

팻은 헬렌에게 전화를 했으나 전화를 받지 않았다. 그는 앞서 이를 시몬에게 말했는데, 그 어조에서 헬렌 패리와 일을 하는 과정에 이것 말고도 골치 아픈 일이 많았음을 알 수 있었다.

그런데 지금 그녀가 여기 있었다, 가슴 앞에 찻잔을 들고 낮게 이야기하며. 맞아요, 그녀가 시몬에게 말했다, 운전과 그 전의 여행으로 피곤해요, 맞아요, 지금 내 방으로 가고 싶어요. 시몬은 시시를 불렀고, 그러자 헬렌 패리는 찻잔을 비우고는 창가에서 몸을 돌려 우리 모두에게 미소까지는 아니고 그냥 예의상 인사를 하는 눈길을 보내고 방 안을 한 번 훑어본 뒤 시시를 따라 나갔다.

그 시선이 나를 지나갈 때 느려지거나 멈추거나 하지 않았고, 그러자 그녀가 방을 나갈 때 내 안에서 뭔가 깊이 가라앉는 느낌이 들며 안도감이 퍼져나갔다. 그러나 그렇게 느낀 건 나만이 아니었다. 일종의 기대감, 흥분된 감정이 그녀가 나가면서 공기에서도 떠나갔고, 어떤 균형이 복원되었다.

바로 그때 쥐 한 마리가 남자들이 커피를 마시고 있는 곳 근처 벽을 따라 쏜살같이 지나갔다. 쥐는 장식장 뒤로 해서 복도로 달려 나갔다. 남자들은 못 본 듯했으나 조지핀이 보았고 나 역시 보았기에 우리 두 사람의 시선이 마주쳤다. 우리 둘 다 유해 생각을 했다는 것을 알 수 있었는데, 그 쥐가 좋은 방 방향으로 갔기 때문이다.

남자들이 여전히 앉아 내가 만든 바삭한 대추 케이크 조각을 먹고 있을 때 리처드 기튼스가 들어왔다. 모두 제각기 다른 곳을 쳐다보았고, 남자들이 갑자기 움직이기 시작했다. 벌떡 일어나 서로에게 고개를 끄덕이고 악수를 하고, 우리와 달리 리처드에게는 더 큰 목청으로, 굵은 목소리로 자신을 소개하고 인사했다. 남자들이 그렇게 요란스러운 방식으로 인사하는 것을 지켜보며 흥미롭다는 생각이 들었다. 마치 그런 행동을 취하는 것이 절대 중요하다는 듯이, 마치 여성적인 공간인 우리 거실에서 자신들의 존재감을 주장하는 것이 필요하다는 듯이. 리처드에게 차를 마시고 케이크를 먹는 모습을 보인 것이 마치 뭔가 여성적인 일을 하다 들키기라도 한 듯이. 또한 리처드가 그들을 보았다는 것 자체에 뭔가 불편함이 있다는 생각도 들었다. 우리 외에는 그 누구도 유해의 도착에 대해 알면 안 되었던 것이다.

하지만 내게는 리처드가 이 순간 그의 견실한 존재감으로 커다란 위안을 가져다준 느낌이었다.

남자들은 마스크를 다시 쓰고는 직업에 걸맞은 진실한 태도로 시몬에게 고개 숙여 인사한 뒤 복도로 나갔다. 리처드 기튼스는 말없이 표정으로 내게 질문을 던졌고—바깥의 장의차에 놀랐던 것이 분명하다—나는 괜찮다는 표정으로 재빨리 고개를 저을 수 있을 뿐이었다. 그것만으로도 충분히 전달되었는지 그는 접시에서 대추 케이크 한 조각을 들고 우리 뒤를 따라 복도에서 현관까지 나왔고, 계단에 함께 서서 케이크를 씹으며 남자 두 사람이 날

렵한 검은 차에 올라타 시동을 걸고 창문을 내리는 것을 지켜보았다. 차가 후진할 때 그들의 몸이 긴장을 풀고 편안해지는 것이 보였다. 케인이라 불리던 젊은 남자가 은색 차 운전석에 올라앉아 좌석을 뒤로 밀면서 동시에 콘솔로 손을 뻗었다. 그 작은 호송대가 자갈 깔린 도로로 내려갈 때 크리켓 해설하는 소리가 흘러나오는 것이 들렸다.

시몬이 리처드를 쳐다보고, 또 나를 보더니 지친 목소리로 말했다. "당신이 설명해주는 게 낫겠군요. 하지만 저 사람이 어디 가서 이야기하면 안 돼요." 그러고 나서 몸을 돌려 자신의 침실을 향해 복도를 내려갔다.

"방문객이 있어." 내가 리처드에게 말하며 따라오라는 몸짓을 했다.

우리는 좋은 방 안으로 들어갔고, 받침대 위에 놓인 관이 보였다. 보나벤처가 거기 관 옆에 앉아 성호를 긋고 있었다.

리처드는 소스라치게 놀란 표정이었고, 곧 그 역시 어색하게 가슴에 성호를 그렸다. 그는 관을 뚫어지게 보더니 낮게 말했다. "저 **안에** 누가 있는 건가?"

보나벤처와 내가 동시에 말했다. 나는 "수녀", 보나벤처는 "**내 친구**"라고.

리처드는 어찌해야 할지 몰랐다. 그는 보나벤처에게 안타깝다고 말했고, 나는 당황한 표정의 그를 다시 데리고 나왔다. 나는 아주 간단하게 제니 수녀에 대해 설명했다. "다른 사람에겐 얘기하면 안 돼." 내가 말했다. **아내에게도**, 라고 덧붙이지는 않았지만, 그가 그간 내게 들려줬던 이야기들을 생각해보면 이곳 우리 수녀원에서 일어나는 일들 많은 부분을 애넷에게 전하지 않는 것 같았다.

"그럼 저 다른 방문객은?" 리처드가 물었다. 그는 시시와 헬렌 패리가 차에서 여행 가방을 꺼내는 것을 보았다.

"헬렌 패리야." 나도 모르게 내 손이 그의 팔에 올려져 있었는데 십대를 함께 보낸 연대감을 느꼈기 때문이었을 것이다. 우리는 같은 학년 친구였기에 나는 그의 안에 들어 있는 학창 시절 소년을 그 시절로부터, 그때 일어났던 일상적인 난폭함으로부터 보호하고 싶었다.

그러나—믿기 어렵게도—리처드는 이렇게 물을 뿐이었다. "헬렌 패리가 누군데?"

나는 그가 기억을 떠올리길 기다렸으나 그는 그 회색 눈으로, 헬렌 패리에 대한 어떤 기억도 없는, 우리 학교에서 그녀가 어떤 취급을 받았는지 전혀 모르는 순수한 표정으로 나를 그저 쳐다보았다. 그러자 나는 낯선 외로움을 느꼈고, 갑자기 피로가 파도처럼 몰려들었다. "나중에 얘기해줄게." 내가 말하자 리처드는 안도하는 표정을 지었지만 평소와 다른 무언가가 일어나고 있음을 느꼈다는 건 알 수 있었다. 내가 그의 팔을 만진 것이 그를 놀라게 한 것 같다. 그리고 난 후 나 역시 놀랐는데, 그에게 위안을 주고

자 한 것인지, 아니면 나의 위안을 위한 것이었는지 생각지 않을 수 없었다.

그는 쥐덫을 더 가져다주려고 온 것뿐이라고 말했다. 세탁실에 한 무더기 쌓아놓았다고 했다. 버닝스 상점에도 전부 팔리고 없었지만 마침 루카스에 들어갔을 때 물건이 막 들어와 살 수 있는 만큼 모두 사 왔다고 했다. "한 번에 한 사람당 살 수 있는 개수를 제한하더군." 그가 말했다. 나는 고맙다고 인사했다. 그는 복도를 흘깃 쳐다보더니 장의차와 아우디가 있던 공간으로 나갔다. 그러고 나서 바깥으로 나가 자기 트럭에 탔다.

쥐 한 마리가 내 뒤편 걸레받이를 따라 몸을 떨며 가는 소리가 들렸지만 뒤돌아보았을 때는 이미 사라지고 없었다.

뭔가 기이한 일이, 뭔가 중대한 일이 일어났다는 감각에 잠에서 깼다. 순간 나는 죽은 수녀의 뼈가 이 건물에 있고, 헬렌 패리가 그 뼈를 가지고 왔다는 것이, 헬렌 패리가 이곳에 **있다**는 사실이 기억났다. 나는 어린아이처럼 좋은 방으로 몰래 들어가 그 관을 바라보고 싶었고, 나중에 그렇게 한다. 중간기도 때 성가를 부르는 동안 나는 다른 이들의 얼굴을 슬쩍 훔쳐보며 생각했다, **당신들도 그랬군**.

우리는 오늘 아침 헬렌 패리를 보지 못했다.

리처드는 몇 달 전 아내가 우리 성당에 가는 것을 그만두라 했다고 내게 말했다.

애넷은 내가 여기 온 이후 한두 번 그를 따라서 온 적이 있었지만 우리 중 누구에게도 말을 걸지 않았다. 몇 년 전 그녀가 온 것이 기억나는데, 우리가 노래 부르는 모습을 응시하고 있었다. 자주, 새로운 방문객들은 기도를 따라 하는 것을 염려하며 걱정스러운 태도로 책자를 넘겨보곤 한다. 아니면 눈을 많이 감으며 개인적인 고민을 생각한다. 그런데 애넷은 그저 뚫어지게 쳐다보고 또 쳐다보며 우리의 행동을 지켜보았고, 나는 그녀가 나중에 이야기해줄 생각에(누구에게? 친구나 자매가 있는 걸까?) 세세히 기억해두는 것임을 깨달았다. 나는 그녀가 이야기하는 것이 상상되었다. **그 사람들 계속 절을 하고, 앉았다가 일어났다가, 적과 형벌에 대한 이상한 노래를 계속하더라고.** 그건 예전에 내가 친구들에게 했던 이야기 그대로이다.

나는 다시 찬송으로 생각을 돌렸고 그녀에 대해서는 잊어버렸다. 하지만 미사 나중에 다시 그녀의 얼굴을 보게 됐는데 표정이 바뀌지 않고 그대로였다. 내가 포착한 것은 경외심이 깃든 역겨움이었다. 리처드가 그녀 옆에 앉았는데 평소처럼 눈을 내리깐 채 습관적인 명상의 휴식을 취하고 있었다. 대개는 가축 숫자를 세면서 방목장에서 다른 방목장으로 옮길 생각을 하는 거라 추측한다.

그러고 나서 나는 달걀을 가지러 가는 길에 성당을 지나다 애넷이 팔짱을 낀 채 '잃어버린 아이들을 위한 정원'을 살펴보는 모습을 보았다. 나는 그 작은 정원이 마음에 들지 않았다. 심지어 정원도 아니었다. 성당 남쪽에 아이비 덩굴이 있는 작은 땅 조각이어서 언제나 그늘이 졌다. 그곳 한가운데는 펼쳐진 책 모양의 색바랜 표지판이 있는데, 나비와 아기, 곰돌이 등이 그려져 있었다. 그 책 모양 표지판의 '페이지들'은 베개 모양으로 디자인되었고, 거북한 분홍색이었다. 한 베개에는 조악하게 새긴 핏빛 글자로 이렇게 쓰여 있다. **부모가 사산, 질병, 사고 또는 비극으로 잃어버린 어린아이들의 추모 공원**. 반대편 페이지에는 **우리는 그 아이들을 가슴과 기도 속에 품습니다**, 라고 쓰였다.

아이가 죽거나 실종된 부모들은 이곳에 찾아와 작은 장식품이나 상징물을 '심을 수' 있다. 왜 하필이면 이런 목적에 이 자리를 선택했을까? 수녀원 전체에서 가장 습한 곳이었다. 작은 추모 상징들은 플라스틱이나 싸구려 석고로 만든 것이고 세월이 흐르면서 플라스틱이 죄다 그렇듯 잿빛으로 색이 바랬다. 작은 인물상들은 다 다르게 생겼지만, 감상적이고 흉하다는 점에선 같았다. 난쟁이 정령과 요정, 어린 소년 소녀의 애상적인 조각상들. 성자나 성모상도 군데군데 있었다. 나는 애넷이 응시하는 모습을 지켜보며 그녀가 이 광경을 경멸한다는 생각이 들었다. 시내에 세련된 가정용품 가게를 소유하고, 아름답고 비싼 물건을 다루는 사람이니까. (나는 가게 진열창을 들여다본 적이 있는데 리넨 시트와 화려한 아프가니스탄 실크로 짠 직물이 탐났다.) 나는 우리가 창피했다. 싸구려 상징물로 가득하고 제대로 돌보지도 않아버려지다시피 한 형편없는 정원 끝자락이, 누가 봐도 죽은 아기들과 가출한 딸들과 마약중독 조현병 아들들을 가슴에 품고 있지 않은 우리가. 대신 우리는 아무 생각 없이 무심하게 하루에도 몇 번씩 그곳을 지나친다.

그런데 그때 애넷이 쪼그리고 앉더니 작은 정령 두 개 사이에서 잡초 한 포기를 뽑았다. 그녀는 잡초를 주머니에 넣고는 잠시 더 앉은 채로 있었는데, 그 악귀처럼 생긴 난쟁이들을 따라 꽂힌 흉물스러운 잿빛 막대에 인쇄된 아이들 이름을 읽는 것 같았다. 엘리자베스들과 리애넌들과 에이든들과 제시카들. 그러고 나서 일어선 애넷은 햇빛 속으로 걸어 들어가 리처드 기튼스 옆으로 갔다. 그는 트럭에 등을 기댄 채 전화기를 들여다보고 있었다.

리처드가 애넷이 한 말을 내게 얘기했을 때, 나는 그가 이곳에 오지 말았으면 하는 그녀의 이유가 무엇 같냐고 물었다. 그는 입술을 씹다가 말했다. "여기 뭔가가 있다고…… 병적인 면이 있다고 생각하더군. 당신네 모두 여기서 사는 방식에 뭔가 자연스럽지 않은 것이 있다고."

그게 몇 주 전이었는데, 그는 여전히 오고 있었다. 나는 그가 왜 오는지 한 번도 물은 적이 없고, 내가 딱히 그 이유를 아는 것 같지도 않다.

내가 직접 이야기를 들은 기억은 없지만, 내가 태어나기 전 어머니에게 겨우 이틀밖에 살지 못한 남자 아기가 있었다는 것은 늘 알고 있었다. 아기의 이름은 도미닉이었고, 아기가 태어났을 때 부모님이 홍수 때문에 서로 떨어져 있었다는 것도 알았다. 어머니는 상태가 좋지 않았고, 의사는 합병증이 생길 수도 있으니 분만예정일 전에 일찍 멜버른의 큰 병원으로 가라고 조언했다. 아기가 태어날 즈음 아버지는 홍수로 불어난 물을 건널 수 없어 어머니에게 오지 못했다. 어머니는 아들을 낳았고 이틀 후 아기는 세상을 떠났다.

대부분의 경우, 내가 이 이야기나 어머니 인생의 다른 어려운 시기에 대해 물으면 어머니는 손을 내저으며 말하곤 했다. 오, 기억이 안 나네. 그런데 대학교 때 나는 기초 페미니즘 연구에서 가족 중 여성의 삶을 주제로 글로 엮는 과제를 받은 적이 있었다. 나는 어머니에게 편지로 첫아이의 출산에 대해 물었고, 어머니가 긴 답장을 보내와 놀랐었다. 아버지가 세상을 떠나고 어느 정도 시간이 흐른 후였는데, 아마도 그래서 어머니가 이젠 그런 편지를 써도 좋다고 생각했던 것 같다. 아니면 소리 내어 말로 이야기를 할 필요가 없다는 사실 때문이거나 내 개인적인 요구가 아닌 대학 과제라는 점이 더 큰 권위를 부여했기 때문일지도 모른다. 편지에는 내가 알고 있던 부분들, 홍수며 불안한 임신 이야기가 담겨 있었다. 그리고 또 아기가 죽은 후 시간에 대해 두 가지만 기억한다고도 말했다. 아기가 죽은 후 병원에서 어머니는 여러 다른 여자들과 한 병실에 있었는데, 그 여자들은 모두 건강한 신생아에게 젖을 먹이고 있었다. 어머니는 병원 침대에 누운 채 산부인과 병동 끝에 있는 방을, 엄마 없이 아기 침대에 누워 입양을 기다리고 있는 '사생아들'이 있는 곳을 생각했다고 한다. 정말이지 절실하게 그 복도를 따라 내려가 그 방으로 가서 그 아기 중 한 아이를 안고 어머니의 침대로 데려오고 싶었다고 한다.

두 번째로 기억하는 것은 마침내 병원 퇴원 날 혼자서, 홍수가 물러가고 아버지가 데리러 올 때까지 젊은 가톨릭 여성을 위한 호스텔에 머물기 위해 병실을 나설 때 건네받은, 어머니 이름이 적힌 봉투 하나였다. 호스텔로 가는 버스 안에서 어머니가 봉투를 열었을 때 그 안에서 나온 것은 아기를 매장한 비용이 적힌 청구서였다.

어머니는 그때 심정이 어땠는지는 편지에 언급하지 않았다. 그저 어머니가 기억하는 것을 담담한 언어로 적어 내려갔다. 그러나 어머니가 단정하고 둥글게 쓴 파란 손 글씨의 그 조용한 행간에는 깊이를 알 수 없는 슬픔과 분노가 존재하는 것을 분명히 느낄 수 있었다. 그리고 이상한 것은 그로부터 몇 년 안 되는 어머니의 여생 동안 어머니와 나는 그것에 대해 한 번도 이야기 나눈 적이 없었다는 사실이다. 내가 아는 한, 어머니는 아기가 묻힌 곳을 방문한 적도 없었고, 심지어 그곳이 어디인지 알아보려 하지도 않았다.

그러나 어쩌면 내가 잘못 알고 있는지도 모른다.

어머니의 인생에는 많은 것들이 있었고, 어머니의 비밀스러운 자아는 내게 숨겨진 채로 남았으며, 이 역시 그런 것 중 하나였다.

우리가 여기서 사는 방식이 자연스럽지 않다는 애넷의 생각이 옳은지도 모른다.

그러나 생각해보면, 대부분 사람이 사는 방식에도 역시 무언가 역겨운 것이 있을 것이다.

나는 아기들이 그립다. 그렇다고 내가 어머니가 되기를 원하는 것은 아니며, 한 번도 그런 생각을 한 적은 없다. 다만 아기를 바라보는 것이, 아기의 소리를 듣는 것이 그립다. 가끔 누군가의 파티나 모임에서 아기를 품에 안고 흔들던 일이. 내가 가장 그리운 것은 버스에서 아기와 시선을 맞추는 일이다. 아기의 눈길이 내게로 와서 머물 때, 그 진지하고 단단하고 호기심 어린 눈이 유아차라는 작은 왕좌에서 나를 바라보던 때가 그립다. 그런 순간을 사랑했다. 그런 순간이 그립다, 아주 많이. 시내에 나갈 때면 아기가 있는지 찾아보지만 자주 보지는 못한다.

나는 바다도 그립다.

끔찍한 발견. 새들이 쥐약을 먹은 쥐를 먹고 있다. 죽은 까치 다섯 마리와 솔부엉이 한 마리를 발견했다. 덜로레스와 나는 아침 내내 커다란 구덩이를 파고, 방목장에 쌓여 있던 죽은 쥐를 삽으로 구덩이에 옮겼다. 우리는 라텍스 장갑과 수술용 마스크를 착용했다. 섬뜩한 작업. 냄새, 삽에서 굴러떨어지는 말랑한 사체. 나는 쌓인 쥐 무더기에 삽을 밀어 넣을 때 내가 사체를 썰게 되는 것을 보지 않도록 혹은 더 심하게 무언가 몸부림치는 것을 보지 않도록 눈을 감았다. 연장 창고 뒤편 오래된 소각로에서 그것들을 태울 수도 있었지만 너무 자주 비워내야 할 것이기에 그러지 않기로 결정했다. 하지만 진짜 이유는 우리 중 누구도 사체가 불타는 광경을 마주할 수 없었던 것이라 나는 생각한다. 완전히 타지 않은 그 작은 해골이 뿌연 재와 함께 굴러떨어질 가능성 때문이었다. 그리고 결심했다. 이제부터 쥐약은 놓지 않고 덫만 쓰기로. 우리는 리처드 기튼스에게 더 큰 구덩이를 파달라고 부탁할 것이다.

말없이 이 음침한 작업을 하는 와중에 무슨 이유에서인지 나는 우리가 학창 시절 부르던 쾌활한 찬송가 '하느님은 즐겨 내는 자를 사랑하시느니라'가 떠올랐는데, 이상하게도 내 마음속에서는 이 찬송가가 언제나 음료수 코디얼이나 어쩌면 개 사료의 광고 노래를 연상시켰다는 생각이 났다. 나는 웃음을 터뜨렸고, 그러자 덜로레스가 나를 쳐다봤다. 나는 이유를 설명하다가 결국 노래도 불렀는데, 당혹해하는 그녀 때문에 나는 더 웃고 말았다. 곧 그녀 역시 웃기 시작했고 우리는 웃음을 멈출 수 없었다. 죽은 쥐들이 우리 삽에서 비처럼 떨어져 내리고 있었고, 우리 둘은 그 끔찍한 작업을 하며 몸을 숙인 채 미친 듯이 깔깔댔다.

한번은 삽질을 하다가 고개를 드니 멀리 헬렌 패리가 배낭을 메고 행진하듯 자갈길을 걸어가는 것이 보였다. 그녀는 대부분 시간을 묘목 방목장에서 보내는데, 그곳에선 와이파이 신호가 잡히기 때문이다. 그곳 억센 풀밭에서 책상다리로 앉은 채 시몬의 오래된 원예 모자를 눈까지 내려 햇빛을 가리고선 노트북 컴퓨터와 전화기로 일을 한다. 최근의 여행 제한은 그녀의 계획된 대담과 회담의 취소를 의미했기에 그녀는 인터넷 화상 통화로 모든 걸 처리해야 했다. 우리는 이런저런 것에 대한 실행을 촉구하는 선명하고 강한 목소리가 방목장을 건너오는 것을 들을 수 있었다. 때로는 억압적이고 위압적으로 소리를 지르기도 한다.

그러나 우리에게는 거의 말을 걸지 않는다. 시시에게 무언가를 부탁할 때를 제외하고는. 연장용 전기선이나 멀티탭, 책상용 다른 의자, 작은 독서등, 특정 상표의 스프링 공책. 캐슈너트, 그리고 그녀가 더 선호하는 레이디핑거 바나나가 있는지. 특정 종류의 요거트, 왜냐하면 우리가 먹는 요거트는, 내가 만드는 것인데, 그녀 입맛에는 너무 시기 때문에. 이런 것들을 사러 내가 시내로 나가곤 한다. 그녀는 이런 요구를 의당 그럴 자격이 있는 것처럼 차분하게 말한다. "세상이 자기한테 빚이라도 진 것처럼 생각하는지." 시시는 처음엔 그녀에게 매혹되었다가 점차 흠을 잡으며 인색해져 그렇게 말했다.

나머지 사람들은 그녀와 마주할 일을 만들지 않으려 한다. 내가 헬렌 패리와 함께 학교를 다닌 일, 그녀 어머니와 임대아파트, 운동장의 조롱, 재봉 수업의 싸움에 대해서는 누구에게도 말하지 않았다. 때로는 나도 잊어버리곤 하지만 그녀가 방에서 한 손에는 수프가 담긴 플라스틱 통을, 다른 손에는 전기 연장선을 들고 혼자 걷는 모습을 보면 그녀의 집에서, 학교에서 일어난 일, 그녀가 그 시절 싸움과 생존에 대해 배운 것이 여전히 그녀 안에 존재한다는 것을 깨닫는다. 그리고 세상이 그녀에게 빚을 졌다고, 나는 그렇게 생각한다.

'찾아오는 자': 손님, 헬렌 패리 같은 방문객. 또는 초자연적인 존재, 영령, 성자 같은 것. 유해의 이송 같은 것, 쥐 떼의 출현 같은 것.

언젠가 노란 카약을 끌어내 이곳 물둑으로 갔을 때 나는 무언가를 보았다. 창백하고 투명한, 해파리 같은, 밀도는 약하지만 그런 종류의 덩어리였다. 내가 노로 물을 가르자 그것이 꿈틀거렸는데 그때서야 나는 노를 움직이지 않고 더 자세히 살펴보았다. 나는 보았다, 아니, 보았다고 생각했다, 작은 얼굴을. 그 이후 그 갈색 저수지에서 플라스틱 카약에 앉아 있을 때면 늘 그것을 찾아보곤 했다. 미세한 얼룩처럼, 물 위의 워터마크처럼 떠 있던 작은 얼굴을. 다시는 오지 않았다. 나는 그것이 그립다. 나는 그것의 출현에서 절대 두려움을 느끼지 않았었다.

일주일 전 빨랫줄 앞에 있다가 헬렌 패리를 보았다. 그녀는 저수지 한가운데서 노란 카약에 앉아 움직임 없이 떠 있었다. 나는 그녀에게 그 작은 얼굴에 대해 묻지 않았다, 당연히.

언젠가 라디오에서 뇌전증 치료 전문인 신경과 의사가 이야기하는 것을 들었다. 그는 지나가는 말로, 경험에 따르면 뇌전증 앓는 사람 중에 깊은 신앙을 가진 이가 상당히 많다고 했다. "수녀도 꽤 있죠." 그는 말했다. 그의 설명에 따르면 이 뇌전증 기운은 여러 가지 방식으로 발현된다. 평범치 않은 냄새나 맛, 머리를 물결치듯 통과하는 어떤 느낌 등 갑작스럽게 다가오는 강렬한 기쁨이나 두려움, 몸의 경련, 시각적 빛의 교란. 환각.

나는 언젠가 프로방스에서 들렀던 작은 성당이 생각났다. 마르크 샤갈이 성녀 로셀리나의 이야기를 모자이크로 묘사한 벽화와 함께 그녀의 600년 된 시신이 건조되어 유리관 안에 누워 있었다. 젊은 수녀였던 성녀 로셀리나는 한번은 하느님에 대한 흠모에 압도되어 식탁을 차리던 중에 종교적 황홀함에 빠져 기절하고 쓰러진다. 저녁 식사 시간 직전에 그 꿈에서 깨어난 로셀리나는 한 무리의 천사가 그녀의 할 일을 이미 대신 해주었음을 알게 된다. 이것이 성당에 있는 반짝이는 샤갈 작품의 주제이다. 샤갈의 어린아이 같은 날개 달린 천사들이 식탁 위와 옆을 날아다니고 있다.

수 세기에 걸친 이 모든 그림이, 이 모든 신성한 비전과 기적이, 이 모든 종교적 감정이 그저 신경 전기의 오작동이었다.

내가 서리 힐스에 살면서 여전히 멸종 위기종 센터에서 일하던 시절, 알렉스가 떠나고 그리 오래되지 않았던 시기, 하루는 늦은 밤에 집에 왔고, 그건 평소와 크게 다르지 않았다. 그런데 이날은 방에 들어가니 무더운 아침 잠에서 깨어 그대로 둔 침대 시트가 엉망으로 뭉쳐져 있었다. 베개 하나는 바닥에 있었고, 옷가지와 종이, 공책들, 아이패드가 침대 내 옆자리에 쌓여 있었다. 나는 너무 피곤했지만, 평소라면 전혀 신경 안 쓰고 기어 들어가 누웠을 그 똑같은 엉망진창이 갑자기 참을 수 없어졌다. 나는 시트를 홱 잡아당겼는데 그 동작에 모든 것이 카펫 위로 떨어졌다. 두 손으로 시트를 들어 올리자 시트가 물결치듯 하다가 천천히 다시 가라앉았는데 그러는 순간 나는 내 안에서 뭔가 다른 세상의 가능성이 열리는 것을 느꼈다. 나는 바닥에서 베개 하나를 집어 들어 다시 침대에 올리고 시트를 손으로 펴서 평평하고 아무것도 없는 넓은 공간을 만들었다. 나는 선 채로 침대를 보면서 호흡했다. 이건 지금껏 누구에게도 말하지 않은 것인데—이 얘기를 어떻게 할 수 있겠는가?—그 시트를 들고 내리고, 그 안의 공기, 시트가 정리되었을 때의 평화, 그런 것들이 내가 원하는 것을 보여주었다. 그 순간 나는 알았지만 실제로 발견하는 데는 오랜 세월이 걸렸다.

이곳에 완전히 들어오기 전 마지막으로 이메일을 사용하며 한 일은 스크롤을 내리고 클릭한 일이다. 멸종 위기종 구조 센터, 구독 취소. 자연 보호 위원회, 구독 취소. 열대우림 연맹, 구독 취소. 인권 감시, 구독 취소. 원주민 문해 재단, 구독 취소. 전국 정의로운 사회 프로젝트, 임대료 대책, 푸드뱅크, 황무지 보호 협회. 윤리 투자. 국제앰네스티, 적십자, 기후 행동, 전국 정의로운 사회 프로젝트, 원주민 법률 서비스, 밥 브라운 재단. 멸종 저항, 구독 취소. 변화하라.org, 구독 취소. 프레드 할로스 재단. 그린피스, 그린 리빙 오스트레일리아, 행동 연대, 조류 생활 오스트레일리아, 데인트리 토지 매입 프로그램, 처프트.org. 고펀드미. 헬렌 패리 법률 보호 펀드. 구독 취소.

유해가 여기 있다는 것은, 아무도 그런 말은 하지 않았지만, 뭔가 무서웠다. 좋은 방의 문은 잠겨 있고, 우리는 들어가고 나올 때면 언제나 잠금장치를 확인하게 되어 있다. 관을 만져서도 안 된다(그럼에도 문 옆 차 탁자에 손 세정제가 준비되어 있다). 거실 벽난로 선반 비밀 장소에서 열쇠를 꺼내어 좋은 방에서 제니 수녀와 함께 앉아 있는 것은 허락되었다. 기도를 하든, 생각에 잠기든.

또 입 밖에 내지 않은 두려움은 언젠가는 헬렌 패리가 방문객 숙소를 나와 이곳 우리 생활관의 공간을 차지한다는 것이었다. 그러나 지금은 전화기를 귀에 대고 방목장에 앉아 있고, 우리는 우리가 성당에 들어가고 나오고 또 들어가고 나오는 것을 그녀가 지켜보고 있음을 개의치 않으려 애쓴다.

보나벤처는 유해가 있는 방에서 긴 시간 지내며 매번 초를 밝힌다. 그녀가 그 방에 있다는 것은 밀랍과 황을 긁은 성냥의 냄새가 복도에 퍼지기 때문에 알 수 있다. 나는 그녀가 제니 수녀뿐 아니라 그녀 자신의 무언가도 애도하는 중이라고 생각한다. 어떤 비밀이, 힘겨운 과정이 진행 중이고, 나는 그녀의 외로운 고투가 안쓰럽다.

멀리서, 리처드 기튼스의 아내 애넷이 시내 슈퍼마켓 앞에서 다른 여자와 이야기하는 것을 보았다. 따뜻한 몰스킨 바지를 입은 그 긴 다리와 아주 마른 몸매를 보고 애넷인 것을 알았다. 비정상적으로 골반이 좁고 배가 납작해서 초콜릿 박스처럼 깔끔했다. 내가 지나가면서 그녀와 눈이 마주쳤고 막 손을 흔들어 인사를 하려는데, 그녀는 천천히 눈을 한 번 깜박이고는 그냥 눈길을 돌려 계속 친구와 이야기를 이어갔다. 나는 그녀가 우리 수녀원 사람에게 인사받는 게 창피할 것이란 생각이 든다. 특히나 내게서 받는 인사가.

그래도 나는 괜찮았다.

철물점에서 마지막 남은 쥐덫 다섯 개가 우리 장부로 올라갔다 (아직 신용카드 기계가 안 된다). 쥐덫이 어마어마하게, 만화에 나올 법하게 크다. 철사가 거의 내 새끼손가락만큼 굵다. 쥐덫들을 집어 드는데 몸이 떨렸다. 장부에 서명을 하니 점원 아이가 말했다. "좋은 하루 보내세요, 수녀님." 수녀원에 산다는 것을 일단 알게 된 사람들은 그렇게 말한다, 수녀복 베일을 쓰지 않아도. 그 단어를 들을 때마다 나는 곧장 초등학교 시절로 돌아가 두리번거리며 앨로이시어스 수녀님을 찾는 나 자신을 느끼게 된다.

가톨릭 학교에 다닌 사람들이 자신들이 견뎌낸 것에 대한, 생존자의 자부심을 드러내며 수녀와 수사의 폭력에 관해 이야기하는 것을 들었다. 강철 날이 박힌 자로 피아노를 치는 손등을 때렸다거나, 기독교 수사가 남자아이를 어찌나 세게 던졌는지 석고 벽에 구멍이 뚫려 옆 교실 안이 들여다보였다거나 하는 내용이었다. 그런데 우리 초등학교의 유일한 가학성애자는 하나로 묶은 곱슬머리에 미니스커트, 스웨이드 롱부츠 차림의 예쁘고 옷 잘 입는 젊은 선생이었다. 나는 그 선생이 진심으로 아이들을 미워했고, 모욕을 주고 폭력을 행사하는 것을 즐겼다고 믿는다.

거리에서 리처드 기튼스의 아내를 본 후 내가 이곳에서 살아가는 생활에 대해 자유로움과 평화를 느꼈는데, 그것은 매우 드물고 귀한 감정이었다. 그녀는 친구라고 부를 여자와 대화를 나누고 있었음에도 불평불만으로 가득한 모습이었다. 나는 구속 없는 자유로움과 은혜로운 마음으로 차를 몰고 집으로 왔고, 게이트 안으로 들어서는데, 모든 나무가, 도로의 모든 굴곡이 마치 내가 자리를 비운 동안 잘 가꾸어지기라도 한 것처럼 눈에 들어왔다. 마치 김이 잔뜩 서렸던 거울이 이제 맑아진 것처럼. 그리고 깨달았다, 내가 이곳을 '집'으로 생각한다는 것을.

몇 주 후면 크리스마스이고, 그리고 새해다. 내가 또 한 해를 온전히 여기서, 이곳에서 보냈다는 것이 불가능한 이야기처럼 느껴진다. 그럼에도 떠난다는 건 생각조차 할 수 없다.

카멜은 내가 빵에서 파란 곰팡이가 핀 몇 군데를 긁어내는 것을 보고 질색했다.

  우리는 그것 때문에 잠깐 말다툼을 했다. 나는 지구 구석구석 궁핍한 곳을 생각해서 괜찮은 부분이 많은 빵을 낭비하지 말자고 했다. 그녀는 **자신**은 그저 시몬의 천식을 생각할 뿐이라고, 곰팡이를 흡입하는 것은 천식 환자에게 매우 나쁘다고 말했다. 내가 곰팡이를 잘라내니 시몬이 흡입하는 일은 없을 것이며, 그렇다면 블루치즈도 먹지 말아야 한다고 대꾸했더니 카멜이 자리를 박차고 나가버렸다.

  이곳에서의 나날들을 뒤돌아보며 내가 했던 말과 행동을 생각해보면 기분이 매우 언짢다.

  친구가 예전에 내게 진지한 어조로, 학교 다닐 때 어떤 여자아이는 너무나 가난해서 그 아이 어머니는 오래된 빵에 물을 뿌린 후 오븐에 다시 데워 "신선하게" 만들었다고 말했다. 나는 웃음을 터뜨렸다. "그런데 우리 어머니도 그랬는데!" 친구는 굴욕감으로 얼굴을 붉혔다.

나중에 나는 우리 부모와 돈에 대해 곰곰이 생각해봤지만 우리가 가난하지는 않았다는 건 알고 있었다.

어머니는 좀 별난 살림 습관이 몇 가지 있었는데, 예를 들면 나무 마룻바닥을 쓸 때 차를 끓이고 난 찻잎을 뿌리곤 했다. 물에 젖은 찻잎이 먼지 입자를 빨아들이고 먼지가 공중에 날리는 것을 막아준다는 주장을 어디선가 봤다고 했다. 때로 어머니가 바닥을 쓸다가 다른 일에 정신이 팔려 중단하곤 했는데 그러면 하루이틀 우리 부엌과 거실 바닥은 여기저기 검게 젖은 찻잎의 작은 뭉치들이 흩어진 채로 남겨져 있었다.

어머니의 이런 습관은 내게 이상하지 않았고, 궁색하거나 인색한 이유로 인한 행동처럼 보이지도 않았다. 다른 사람이라면 버릴 것들에서 새로운 이용 방법을 발견하고 기뻐하는 모습에 가까웠다. 슈퍼마켓에서 어머니가 핸드백에서 구깃구깃한 오래된 비닐봉지를 꺼내는 것을 혹시 학교 친구들이 볼까 봐 민망하기도 했지만, 그럼에도 나는 이런 습관을 어머니 품성의 한 부분으로 받아들였다. 요즘엔 어머니의 살림 습관이 자연 보존의 시각에서 조명될 것이고, 그 시절에도 그런 관점이었을 것이라 생각한다.

그러나 어린 시절의 내게는 어머니의 이런 낯선 방식들은 그냥 어머니 그 자체였다.

카멜은 그날 밤 브레드버터 푸딩을 먹기 거부했고, 나는 전혀 반응을 보이지 않았다고 매우 확신한다.

한번은 성 우르술라 고등학교 시절, 학교에서 가정통신문을 집으로 보내 마을 외곽에 땅을 산 사악한 사이비종교에 대해 학부모에게 주의를 요한 적이 있다. 그들을 무니*라고 불렀는데, 호시, 도기** 같은 어린아이 말투여서 창피했다. 주민들에게 그 무니들을 어떤 식으로든 추방하거나 마을에 들어오지 못하도록 서명을 부탁하는 청원서도 함께 들어 있었다.

어머니와 아버지는 격노했다. 예전에 히피들이 잠깐 시내 슈퍼마켓에 나타났을 때도 그런 적이 있었다. 마을 밖 한 농장에서 다운 투 어스 페스티벌이 사흘 동안 열릴 때였다. 이 젊은 히피들은 신발도 신지 않고, 남자들은 긴 머리에 여자들은 (사람들 말에 따르면) 브라도 하지 않았다. 그들을 향한 원초적인 앙심 같은 것이 있었다. 외설스럽고 짐승 같은 의식을 한다는 소문도 있었고, 우리 부모가 **호색**이라고 묘사한 그들 젊은이의 행위와 연애에 대해 지

---

*   Moonies. 통일교 신자를 낮춰 부르는 말.
**   horsies, doggies. 단어 끝에 '이'를 붙여 발음하기 쉽고 귀여운 느낌을 준다.

대한 흥미도 보였다. "그 사람들도 **식료품**을 살 권리가 있다고, 젠장." 아버지가 전화로 누군가에게 흥분해서 말하는 것을 들었다.

그 사이비종교에 대한 통신문이 온 후 부모님은 우리 학교 교장과 면담을 잡았다. 나는 이 이야기를 부모님에게서 직접 들은 것이 아니라 학교 친구들로부터 들었다. 어쨌든 부모님이 그 통신문이 부당한 편견을 바탕으로 한다고 생각하는 것은 알고 있었다. 네리다 브로드헤드가 내게 말한 것에 따르면 부모님은 교장과 교구사제가 종교적으로 편협하며 박해를 가한다고 비난했고, 이렇게 소리를 질렀다고 한다. 자신의 일이나 잘하시죠?

세월이 흐른 후 보니, 무니에 대한 부모님의 선량한 의견은 순진한 생각이었던 것 같다. 그즈음 그들 교회는 '포식자'라는 비난을 받았고, 착취와 세뇌를 행한다는 주장도 있었다. 약자들이 그 해악을 입었다고 비판자들이 말했다. 그런데 어머니가 있었다면 아마 그 비판에 대한 반박으로 가톨릭교회를 언급했을 것임을 안다. 그리고 어머니가 옳았을 것이다.

"우리는 우리의 잘못을 의지가 아닌 관심으로 치유하려 노력해야 합니다……. 관심, 가장 높은 단계로 끌어올린 관심은 기도와 같은 것입니다. 이는 믿음과 사랑을 전제로 합니다. 아무것도 섞이지 않은 절대적으로 순수한 관심은 기도입니다. 우리의 정신이 선(善)을 향하도록 관심을 기울이면 영혼 전체가 자신도 모르게 조금씩 조금씩 선으로 이끌리지 않을 수 없습니다." 시몬 베유.

우리의 시몬은 언젠가 기도에 대한 나의 '냉소'를 책망한 적이 있었다. 기도에 대한 내 개념이 유치하다고 했다. 하느님에게로 이어지는 전화선 따위의 헛소리는 집어치워요. 그녀는 참지 못하고 화를 내며 단호하게 말했다. 이건 하느님과 상관없어요, 그녀는 이렇게 말했고, 나는 그 말이 분명 불경죄에 해당될 거라 생각했다. 기도는 자신의 습관적인 생각을 끊어내는 방법이라고 그녀는 내게 말했다. 나 자신을 타자에게 허락하는 것이라고, 자신의 편견을 깨부수는 것이라고. 이건 수다가 아니라 **힘든 노동**이에요. 그녀는 이 모든 것이 아주 자명한 듯이 말했다. 나는 그녀를 이해할 수 있기를 갈망했다. 나는 늘 이해의 가장자리에만 머물 뿐 경계를 허물고 다른 쪽으로 들어가지 못하는 느낌이다.

밤이, 잠들기 직전이 내가 거기에 가장 가깝게 다다르는 순간이다. 아침이 되고 새가 지저귀기 시작하면 믿음은 빛만큼이나 엷고 엷다.

새해.

쥐는 갈수록 최악이고, 헬렌 패리는 덫에 갇힌 짐승처럼 아직도 여기 있다. 그녀는 이제 방목장만큼이나 복도에도 오래 머무는데, 거의 늘 귀에는 이어버드가 꽂혀 있고 손에는 전화가 들려 있다. 갈수록 그녀가 자신은 진짜 현실 세계에서 '일하고' 있는데 우리는 그녀와 달리 여기서 그냥 빈둥거린다고 생각한다는 느낌이 든다. 그녀는 호주를 떠날 비행기를 알아보고 있지만 지금은 들어오는 만큼이나 나가는 것도 힘들다. 가끔 그녀의 숙소에서도 강압적인 목소리가 흘러나오는데, 맑고 더운 밤에 끊임없이 이야기를 하고, 하고, 또 한다. 그러면 나는 운동장에서의 그녀가, 사람들이 등을 돌리는데도 다가와 기다리며 그녀 이야기를 듣도록 강요하던 때가 떠오른다.

그녀는 여전히 나를 기억하지 못하고 이제 나는 그녀가 앞으로도 절대 기억하지 못할 것임을 안다.

여전히 유해 매장 허가는 오지 않았다. 여전히 시몬은 시의회에 연락하고 끝도 없이 사라지거나 다시 해야 하는 서류를 작성한다. 그러면 누군가가 휴직을 한다. 그러고 나면 완전히 새로운 규정이 생겨 다시 절차를 밟아야 하고, 더 많은 서류가 나타난다.

헬렌 페리는 이 나라를 떠날 수 없음에도 어딘가 다른 곳에 머물 계획을 세우고 있는 것 같다. 아무도 입 밖에 낼 용기는 없지만 모두 그녀가 어서 **떠나주길** 소원한다. 그러면서도 동시에 그녀가 그렇게 간절하게 우리에게서 벗어나려는 것에 상처받는 분위기도 커지고 있다.

우리는 계속해서 쥐 더미를 파서 방목장으로 옮기는 역겨운 일을 하는데, 악취가 차마 견디기 힘들 정도다. 리처드 기튼스가 이곳에 없어 우리는 그가 휴가를 끝내고 돌아와 우리를 도와주길, 더 나은 해결 방법을 찾아주길 기다려야만 하는 상황이다.

어제 시내 창고형 할인 매장에서 식료품으로 차를 가득 채우고 돌아오던 길에, 가끔 그러듯 차를 세우고 내려 길에 섰다. 벨벳처럼 풍성했으나 지금은 듬성듬성 초라하게 갈색 뼈를 드러낸 이 대지를 둘러본다. 돌과 키 작은 누런 풀, 가느다란 철사로 엮은 철망 울타리가 저 멀리까지 이어진다. 덥고 건조한 공기를 뚫는 메뚜기들. 구름이 지나가는 온통 희뿌연, 광활한 하늘.

그러고 나서는 라디오에서 어느 미국인 교수가 미국의 인종차별 역사는 아직 심판을 기다리고 있다고, 이 심판의 필요성은 결코 사라지지 않으리라고 말하는 것을 들었다. 그는 이것이 마치 신화 속 무엇인 것처럼, 어떤 영웅적인 임무 수행인 것처럼, 왕국의 안녕을 위해서 반드시 대면해야 할 일인 것처럼 말했다. 거기서 달아나면 달아날수록 더 안으로 뛰어들게 된다고.

호주의 백인 수녀와 사제들이 줄지어 선 원주민 소년 소녀들과 찍은 오래된 사진들이 떠올랐다. 수녀들은 그 힘센 손으로 작은 어깨들을 꽉 붙잡고 있었다.

그날 밤 저녁 식사 후 나는 그 미국 교수의 말을 다른 사람들에게 들려준 후 그들도 나와 같은 연상을 하길 기다렸다. 그러나 시몬은 뭔가 다른 생각에 집중하고 있어 내 말을 들은 것 같지 않고, 시시는 그냥 참아주는 표정으로 나를 바라볼 뿐이었다. 델로레스는 뜨개질을 하며 잠자코 동의하는 무표정으로 고개를 끄덕였지만 아무 말도 하지 않았고, 다른 이들은 이미 자러 가고 없었다. 나는 시몬과 델로레스가 나를 쳐다보게 하려고, 시시가 내가 한 말에 대해 실제로 생각하게 해보려고 애썼으나 그들은 그럴 생각이 없었다.

때로 나는 자리에서 일어나 식탁을 뒤집어엎고 문을 잠그고 성냥을 그어 이곳을 우리 모두와 함께 완전히 불태우고 싶다.

  헬렌 패리가 그녀의 숙소가 아니라 지금 이 자리에 있었다면, 내 말을 이해했을 거라는 배반의 생각이 들었다.

어제 부엌에 있던 카멜의 비명을 들었다. 아주 고음인 것을 보니 쥐 때문인 것이 분명했다. 조용한 곳에서 들리는 여자의 비명에는 뭔가 끔찍함이 있다. 비명 자체보다 더 고약하다. 소리는 힘을 불러 모아 불길한 전조가 되거나 과거의 무서운 일을 상기시킨다.

나는 매시간 덫을 비우는 것이 얼마나 말할 거리도 안 되는 일상이 되었는지에 충격을 받는다. 처음 수십 번은 덫을 설치하는 데 몇 분이 걸렸다, 두려움에, 내 손가락이 부러지면 어떡하나 겁에 질려 주저하면서. 매번 덫에서 딸깍 소리가 날 때마다 몸이 움찔했었다. 나는 눈은 반만 뜬 채 팔을 멀찌감치 쭉 뻗어 덫을 들고 나가 몸서리치며 멀리 울타리 밖으로 던지곤 했는데 그럴 때면 구역질이 날 정도로 불쾌감을 느꼈었다. 몇 번인가는, 가볍게

팅겨 쥐만 떨어지게 해야 하는데, 실수로 쥐덫을 통째로 던진 일도 있었다. 그런데 이제는 한꺼번에 여러 개의 쥐덫을 모아서, 종종 한 덫에 두 마리, 심지어 세 마리까지 잡힌 그 덫들을 비운 다음 손가락을 내 옷에 닦고는 곧장 다시 덫을 설치한다. 그러고 나서 손 씻는 걸 잊지 말라고 되뇌어야 한다. 절반 정도는 악취가 코를 찌르고 나서야 깜빡하고 마스크를 쓰지 않았다는 것을 깨닫지만 가지러 가기 귀찮아 구덩이 근처에 가면 그냥 숨을 참는다.

그래서 내가 식당에서 소리를 질렀다. "그냥 놔둬요, 카멜. 내가 치울게."

그런데 내가 그녀를 달래러 갔을 때 그녀는 싱크대 옆에 서서 가쁘게 숨을 몰아쉬며 두 손으로 얼굴을 감싼 채 무시무시한 광경에 눈을 가리고 있었다. 나는 무릎을 꿇고 스토브 아래에서 덫을 꺼낸 후 이유를 알 수 있었다. 죽은 쥐의 머리 일부가 난폭하게 뜯겨 나간 상태였다. 철제 빗장이 쥐의 부드러운 몸 위를 가로지르고 있었지만 머리가 있어야 할 자리엔 너덜너덜해진 시뻘건 기름기 덩어리가 있었다. 쥐가 동족을 먹은 것이다.

아무도 이런 이야기는, 쥐 떼의 이런 이야기는 하지 않는다.

쥐가 **아무거나 닥치는 대로 먹는다**는 이야기는 한다. 여기만 해도, 쥐는 식기세척기의 플라스틱 코일 파이프와 오븐 전열선, 세탁기 전기선을 먹었다. 그래서 그 기계들이 하던 일을 이제 손으로 해야 한다. 쥐 떼 창궐이 끝날 때까지는 부품 교체는 헛수고이다. 플라스틱 음식 용기도 다 버렸다. 골판지는 물론이다. 저장 창고의 합판 선반에도 이빨 자국들이 있다. 그리고 피아노에도.

하지만 어느 시점에 가면 쥐가 쥐의 사체를 먹기 시작할 거라는 이야기는 아무도 우리에게 해주지 않았다. 그리고 가장 기괴한 건 이거다. 동족 포식 사체를 발견할 때마다 먹은 부분이 항상 머리뿐이라는 것이다.

오늘 아침 잠에서 깨면서 알렉스가 떠난 후 처음 몇 달이 떠올랐다. 우리 둘 다 내 행동 때문이란 걸 알았다, 비록 둘 다 그런 식으로 이야기한 적은 없었지만. 한동안 우리는 내가 궁극적으로는 알렉스에게 갈지도 모른다는 가능성, 우리 결혼 생활의 외부 세계 사람들에게 그렇게 믿게 했던 가설, 그 여지를 남겨두었다. 그래도 알렉스는 관리해야 할 프로젝트가, 열정이 있었으나, 나는 그런 열정이 있는 척하는 것도 힘들었다.

그즈음 어느 저녁, 나는 함께 일하던 젊은 여성과 함께 술집에 앉아 있었고, 현명한 생각이 아님을 알면서도 내가 희망을 잃었다고 속내를 털어놓았다. 그녀는 잠자코 듣더니 경멸에 찬 목소리로 말했다. "끝났다는 결론을 내렸으면, 그럼 끝난 거죠." 나는 마주 앉은 그녀를 쳐다보았고, 그 아름다운 눈은 이렇게 말했다. **감히 어떻게 그래요?** 나는 그녀가 상처받은 것을 보았고, 그 상처가 얼마나 깊은 것인지도 보았다. 그녀는 갓 스물이었다. 그 후로 다시는 함께 일하는 사람과는 밖에서 만나지 않았다.

어디선가 읽었는데, 가톨릭은 절망을 용서받을 수 없는 죄악이라고 생각한단다. 그들이 옳다고 생각한다. 절망은 해롭고 피를 흘리고 전염된다. 일단 사라진 것이, 진짜 희망이나 믿음이―그런데 희망과 믿음은 같은 것일까?―훗날 돌아올 수 있기는 한 것인지, 나는 모르겠다.

처음 몇 달은 너무나 외로워, 밤에 가끔 침대에서 나와 핫팩을 전자레인지에 넣고 데운 다음 가져와 가슴에 품고 있다가 잠이 들곤 했다. 지금 생각하니 좋은 본능, 자기 보존 본능이었다. 그런데 당시의 나 자신을 생각하면 슬퍼진다.

또 다른 밤, 서리 힐스에 있던 같은 아파트에서 잠이 들기 직전 나는 그날 밤 죽음이 내게 오고 있다는 큰 확신에 차 있었다. 아픈 것도 아니었고 그것을 믿을 이유는 없었다. 그럼에도 누운 채 두려움에 떨었고, 한편으로는 일종의 경이로움을 느끼기도 했는데, 왜냐하면 우리 모두를 기다리는 어떤 다른 상태로 들어가는 입구를 흘깃 본 것만 같은 기분이었기 때문이다. 나는 그 감정을 두 번 다시 느끼지는 못했지만, 그날 밤 이후로 나는 내 이전의 믿음이, 그러니까 나는 죽음을 두려워하지 않는다는 믿음이 틀렸음을 알게 되었다.

성체성사 후 우리가 줄지어 성당을 나갈 때 헬렌 패리가 나를 지켜보고 있었다는 생각이 들었다. 하지만 따지고 보면 그녀는 우리 모두를 바라보고 있거나, 모두가 보일 것이다.

나는 열네 살 때 처음으로 일을 시작했다. 마케도니아 가족이 소유한 모텔 레스토랑에서 스키 관광객들에게 음식을 서빙하는 일이었다. 나는 일을 못하는 직원이었다. 손님들이 요구한 것을 그것도 여러 번 말했는데도 잊어버렸고, 한번은 수프 그릇을 테이블에 내려놓으면서 내 엄지를 수프에 담그기도 했다. 그 남자 손님은 웃음을 터뜨리며 말했다. "맙소사, 나 그거 못 먹는다. 네 손가락을 담갔잖니." 그러고는 내 놀란 얼굴을 쳐다보더니 말했다. "걱정하지 마라, 아가." 나는 그 테이블에서 도망쳤다.

주방에서 나이프와 포크를 한 개씩 한 개씩 씻고 있는데 그 마케도니아 가족의 어머니가 나를 옆으로 밀더니 한 손으로 설거지 브러시를 잡아채면서 다른 손으로 나이프와 포크를 한 주먹 쥐고는 뜨거운 비눗물에 집어넣었다. 그녀는 그것들을 무시무시한 속도로 문지른 후 건조대 위에 던졌다. 이렇게 하는 거다! 빨리 빨리!

그녀는 한번은 레스토랑 주방 창밖을 내다보며 이렇게 말하기도 했다. "네 어머니는 위대한…… **인도주의자야**." 그래서 나는 그녀가 어머니에 대한 일종의 보답으로 나를 고용했다는 것을 알게 되었다. 하지만 왜 그녀가 어머니에게 빚졌다고 생각했는지는 끝까지 알지 못했다.

　어머니와 아버지는 영국에서 이민 왔다. 둘 다 갓 십대가 되었을 때였고, 모든 것을 뒤로하고 견고한 호주 땅에 발을 디뎠을 때 그곳에는 새로운 것, 현재라는 순간만이 있었다. 아버지 손에 쥐인 여행 가방의 손잡이, 바람에 날려 어머니 얼굴을 때리던 머리카락, 부두의 습한 생선 비린내, 그것이 바로 **지금**이었다. 그들은 과거에 대해 거의 얘기하지 않았다. 나는 그들의 결혼 앨범을 들춰보는 것을 좋아했다, 너무 아름다웠기 때문에. 어머니의 멋진 드레스는 소매가 뾰족하게 솟고 아주 컸으며, 대담한 칼라가 가냘픈 어깨 위로 올라와 있었다. 아버지는 연미복과 조끼를 입고 있었다. 큰 참사 같은 것은 없었다는 것을, 전쟁도 빈곤도 지진도, 친가든 외가든 가족의 비극도 없었다는 것을 나는 알았다. 그들은 그냥 각자…… 배에 올라 떠났다. 그런데 왜 나는 늘 그들이 과거를 뒤로하고 떠나왔을 때, 실제로든 비유로든 죽음을 피해 온 것처럼 느껴졌을까?

시의회 직원들이 마침내 휴가에서 돌아오고, 시몬은 매일 전화에 매달려 산다. 인내심을 가지고 처음부터 다시 시작해서 절차를 밟고 규정을 확인한다. 헥타르, 네. 수원(水源)에 가까운가, 아니요. 사망신고서에 진전이 있는가, 아니요.

보나벤처는 여전히 매일 좋은 방에 들어가 관 앞에 무릎을 꿇고 있다가 나온다. 유해가 도착한 후로 최소한 초 네 개가 끝까지 다 탔다.

떠난다는 말은 무성하지만 헬렌 패리도 여전히 여기 있다. 그녀와 유해는 이제 더 깊은 방식으로 연관되어 있다. 이곳에서 그 두 존재에는 무언가 있다. 기다림과 기다림의 결렬, 그것이 우리의 작은 생태계가 자연스러운 균형으로 되돌아가는 것을 막고 있다.

그리고 헬렌은 여전히 저녁이든 어떤 식사든 우리와 함께 먹지 않는다. 그런데 지금 7시, 우리가 저녁기도를 위해 비공개 모임을 하고 있는데 헬렌이 거실로 들어가더니 텔레비전 뉴스를 본다. 건물 안에서 거리가 꽤 떨어져 있는데도 그 소리가 들려온다. 뉴스를 보고는 텔레비전을 끄고 숙소로, 전화와 컴퓨터로 돌아간다. 소리는 멈추지만 그 느낌은, 그녀가 세상의 온갖 재앙을, 미완성인 정의의 과제, 돌봄을 받지 못한 빈자들, 보호받지 못한 자연의 생물, 싸워주지 못한 권리, 이 모든 것을 우리에게 남기고 간다는 느낌은 멈추지 않는다. 그녀는 우리가 너무나 공들여 뒤에 남기고 온 모든 것을, 사과도 없이, 우리의 집으로 가지고 온다.

덜로레스가 초 만드는 일을 중단해야 한다. 그녀의 밀랍을 쥐들이 먹어치웠다. 창고 안 파라핀 덩어리들, 얇은 조각과 알갱이가 든 그 많은 봉지들, 어리석게도 그녀는 지난주까지도 확인할 생각을 못 했던 것이다. 내가 이해할 수 없는 것은 어떻게 이런 것들을, 전기선, 왁스, 리처드 기튼스 말로는 **콘크리트 기초**까지 먹는데도 쥐가 죽지 않느냐 하는 것이었다. 그들은 살아남는다, 이런 지칠 줄 모르는 맹렬한 식욕의 힘으로.

이제 리처드와 그의 가족이 해변의 휴가를 마치고 집으로 돌아와(리처드는 비가 오고 또 왔지만 모두 **쥐가 없어** 행복했다고 말한다), 그가 새로 구덩이를 파주러 온다. 구렁텅이, 그는 그렇게 불렀다. 아주 깊어야 할 거라고, 석회가 많이 필요할 거라고 그는 말한다.

거의 매일 우리는 방목장에서 또는 말라버린 화단에서 새들이 부지런히 사냥하는 것을 볼 수 있다. 참새, 매, 까치, 때까치, 갈가마귀. 새들은 일단 쥐를 발견하면 포기하는 법이 없다. 끝까지 찌르고 쪼아서 상처 입은 쥐는 뛰고 절룩거리다 털썩 쓰러진다. 마침내 새는 발톱으로 그 경련하는 것을 꽉 쥐고 껍질을 벗기고 내장을 확 잡아당겨서는 꿀꺽, 꿀꺽 삼켜버린다.

꿈에 아름다운 반려동물이 있었다. 기니피그 크기의 작고 매끈한 물개였다. 반지르르한 털, 부드러운 검은 몸의 무게가 내 무릎에 느껴졌다.

그날 저녁 11시경, 진입로로 들어오는 자동차 소리가 들렸다. 몇 분 정도 엔진이 공회전하는 소리가 들리더니 차 문이 열리고 닫혔고, 작별 인사를 하는 헬렌의 목소리와 웃음소리가 조용히 밤공기를 가르고 퍼졌다. 그리고 차는 오래된 화단을 한 바퀴 돌아 자갈길을 따라 내려갔다. 지난밤 헬렌을 데려다준 것은 리처드 기튼스였다. 어쩌면 그의 아내거나. 하지만 나는 헬렌 패리와 친구가 된 것이 애넷이라고는 생각지 않는다.

나는 다시 순종과 복종과 관심과 **일**로 돌아가기로 결심한다, 쓸데없는 생각과 가십이 아니라. 내일은, 닭장.

오늘 아침 신발을 신으면서 왼발에 완전히 무게를 싣기 직전 부드러운 덩어리를 느꼈다. 내가 소리를 지르고 비틀거리며 신발을 방 저쪽으로 걷어차자 쥐가 기어 나왔다. 시간도 없고 다른 선택의 여지도 없어 다시 그 신을 신었지만 그쪽 발가락을 웅크려 발바닥 가운데가 들린 채로 온종일 진저리를 치며 걸어 다녔다.

우리는 몇 시간 동안 새로운 방식을 궁리한다. 예를 들면 회전식 뚜껑이 있는 부엌 쓰레기통에 물을 가득 채우고 땅콩버터로 유인해서 빠져 죽게 한다. 도덕적으로 섬뜩하다, 이 임무는. 이 모든 것을 어떻게 할 건지 의논하는 우리의 토론 아래에는 짙게 부푼 공포가 있다. 능률을 따지고, 가능한 한 최소 비용을 들여 신속한 효과를 볼 수 있는 방법을 찾는다. 우리는 더 멀리 북쪽 지방의 이야기도 듣는다. 아기 기저귀에 들어간 쥐, 잘 때 쥐가 기어오르는 것을 막기 위해 베개를 얼굴에 덮고 자는 여자들. 병원 침대에서도 쥐에 물린 어린이들.

나는 갈수록 쥐가 미워졌다. 쥐 떼의 급습뿐만 아니라 쥐라는 그 생명체 자체가. 그 악취, 그 탐욕, 그 잽싼 발도. 진짜 증오였다. 그 증오가 지나가길 기다리지만 그런 일은 없을 것 같다.

밤이 되면 가장 시끄럽다, 이 세상 다른 소리는 다 가라앉으니까. 사람 사는 수녀원인데도 새소리도, 성가 연습이나 사소한 일상의 소리도 없다. 오로지 쥐 소리뿐이다, 머리 위에서 천장을 후다닥 건너가는 소리, 벽 안을 지나가는 소리, 바짝 마른 나뭇잎이 떨어지는 소리 같다.

우리는 유해가 있는 방에는 쥐덫을 놓지 않으려고 최선을 다하고 있다. 제니 수녀의 관 가까이에서 그런 폭력을 행사하는 것은 대단한 잘못이라고 우리는 느낀다. 그러나 곧 선택의 여지가 없을 것이다. 아침마다 보나벤처는 철사와 플라스틱으로 만든 쥐덫을 그 방 밖에, 문 양쪽에 하나씩 놓은 후 방으로 들어가 앉는다. 그러면 불과 몇 분 만에 복도에서 그 덫이 딸깍 튀는 소리가 들린다.

"**그럼에도 불구하고**. 이 두 단어가 내가 가장 좋아하는 말이다. 행복하든 우울하든, 모든 상황에 적용할 수 있다. 해가 뜬다? 그럼에도 불구하고 해는 질 것이다. 밤의 고뇌? 그럼에도 불구하고 이 또한 지나가리라." 엘리 위젤.

몇 년 전 알고 큰 충격을 받은 이야기, 카멜이 두 아이를 버리고 이곳으로 들어왔다고 한다. **고등학교 다닐 나이**의 두 아이. 어느 날 시시와 내가 무릎을 꿇고 앉아 두 손으로 복도 바닥을 닦고 있을 때 시시가 해준 이야기다. 시시는 그런 노동을, 걸레를 손에 들고 그렇게 엎드린 것의 상징성을 좋아했다. 그녀는 숨을 못 쉴 정도로 카멜에, 그녀가 치른 희생에 감탄했다. 하지만 나는 그녀가 이 이야기를 하는 순간 내 몸이 벌떡 일어나는 것을, 내 몸이 아이를 자발적으로 버리는 부모라는 개념 자체를 완전히 거부하는 것을 느꼈다. 경악하여 웅크리고 있는 동안, 시시는 무릎을 꿇고 앞뒤로 쉴 새 없이 움직이며 바닥을 문지르고, 문지르고, 또 문질렀다. 나는 아이들에 대해 물었다. 열여섯 살 여자아이와 열네 살 남자아이라고 했다. 잠시 나는 온몸으로 퍼져나가는 뜨거운 분노의 기운에 숨이 쉬어지지 않았.

그로부터 약 석 달 후, 두 사람이 카멜을 만나러 왔다. 야윈 몸매의 젊은 여자와 남자였다. 나는 두 사람이 진입로에서 차에서 내려 창문들을 올려다보는 것을 보았다. 얼마 후, 겨우 한 시간 정도 만에 두 사람은 다시 차에 올라 다시 멀리 사라졌다. 그날 나는 성당에서 어떤 고뇌나 슬픔의 흔적이 있는지 카멜을 면밀히 살폈지만 아무것도 보이지 않았다. 굳이 달라진 것이 있다면, 평소보다 좀 더 열심이었고, 목소리에 더 힘이 있었고 더 생생했으며, 미사 절차에 좀 더 열정적으로 관심을 기울였다. 나는 십자가를 쳐다보았고, 내가 카멜에게 느꼈던 분노가 정맥을 타고 솟구쳤다.

자기 연민, 내가 늘 다른 사람에게서 가장 경멸하는 성격이다. 시몬은 나 자신이 자기 연민이 너무 많기 때문이라고 말한다. 우리 모두 거울을 싫어하잖아요, 시몬이 말한다.

종종 지하감옥 방목장에 있는 리처드 기튼스의 양 몇 마리가 머리를 쳐들고 깜짝 놀란 모습으로 한 방향으로 달려간다. 나도 이유는 모른다. 왜 지하감옥이라 불리는지도 모른다. 이 동네에는 다른 방목장도 이름이 있다. 옛 지하감옥, 퍼시네, 톱 퍼시네, 관목 숲, 밧줄 타기, 돌마당, 묘목. 이런 이름들을 누가 언제 만들었는지도 모르지만 나는 이 이름들이 엄청나게 감동적이다.

새끼 양의 마른 등을 만지면 양말 안의 주름을 어루만지는 느낌이다. 새끼 양의 가죽은 몸보다 더 크고, 살이 찌면서 채워진다. 지난봄에 두 마리가 나무 베란다를 비틀거리며 오르락내리락했는데, 밖에서도 지낼 수 있을 만큼 자란 것을 보고 보나벤처가 거기에 작은 쉼터용 보금자리를 만들어주었다. 그랬더니 양들이 방충망 문이 끽 하며 열리는 소리가 날 때마다 세탁실로 달려왔다. 우리가 세탁실에서 분유를 물에 타서 젖병 젖꼭지를 아주 단단하게 물려주면 빨아 먹고는 밖으로 나가곤 했다. 나는 경험을 통해, 양이 입으로 젖꼭지를 비틀어 빼버려 우유가 단숨에 마룻바닥으로 쏟아지기도 하고, 아니면 분유를 박스에서 쏟기도 전에 양동이에 머리를 깊이 처박기도 한다는 것을 알았다.

보나벤처는 매 계절 방목장에서 새끼 양들을 수건에 싸서 데리고 와서 불 옆에 누이곤 했었다. 바이얼릿이라 불리던 새끼 양은 통통하고 건강하게 자랐고 냄새도 아름다웠다. 바이얼릿은 그 작고 하얀 얼굴을 사람 다리에 들이박기도 했는데, 그 다급하고 뭔가를 요구하는 접촉을 느낀다는 것은 참으로 사랑스러운 경험이었다. 그런데 하루는 바이얼릿이 사라졌다. 우리는 사방으로 찾으러 다니며 이름을 부르고 또 불렀지만 발견되지 않았다. 들개가 마당에 숨어들어 물고 간 것이라 생각했고, 우리는 각자 몰래 울며 바이얼릿을 위해 기도했다. 그런데 7개월이 지나 시몬이 무거운 표정으로 들어와 말했다. 바이얼릿을 발견했어요. 양은 닭장 근처 창고에 기대어놓은 골함석판 뒤에 들어갔다가 갇힌 것으로 보인다고 했다. 우리는 아무도 울음소리를 듣지 못했었다. 시몬이 발견한 것은 축 늘어진 털가죽과 뼈 그리고 아직 살이 군데군데 붙은 작은 해골이었다.

우리는 닭장 반대편에 깊은 구덩이를 파고 불쌍한 바이얼릿을 묻었다. 그리고 한 해가 지났을 때 땅의 그 부분은 초록 풀이 무성하게 자랐다.

작년에는 새끼 양이 오지 않았다. 이유는 모르겠지만 양 떼는 멀리 있었고, 아무도 어미 잃은 새끼를 우리에게 데려오지 않았다.

한번은 아침기도 중에 내 안에 살고 있는 일종의 어떤 존재를 느꼈다. 무언가 내 안의 공간을 차지하고 내 어깨를 따라 퍼지다가 두 팔로, 손가락 끝으로 내려갔다. 열기 같은 감각이었는데 기분 좋은 느낌은 아니었다. 1분 정도 지속됐던 것 같다. 침을 맞을 때 때때로 경험했던 그런 열감(熱感)으로, 처음엔 편안하지만 곧 강렬해지며 거의 타는 것만 같은 그런 감각이었다. 예전엔 무서웠는데 침술사는 놀라지 않았고 내가 그런 이야기를 하는 것이 어린애 같다고 생각하는 듯 보였다.

성당에서 나를 관통하는 그 열감에 두려움을 느끼며 생각했다. **이건 유령이거나, 아니면 하느님이다.** 이런 생각이 들고 나니 그 뜨뜻함이 사라졌다. 안도감과 함께 내 비겁함이 부끄러워졌다. 만일 내가 저항했다면, 내가 그 열감을, 심지어 타는 듯한 감각도 환영

했다면 어떻게 되었을까? 그때 뇌전증 기운이 생각났고, 유령의 가능성에 대한 생각은 사라졌다.

어머니 이야기 한 가지. 나는 어머니가 다른 사람의 믿음을 웃음거리로 삼는 것을 보지 못했다. 비웃는 일도, 어떤 식으로든 힐난하는 일도 없었다. 속으로는 아무리 그것이 기이하거나 어리석다고 생각해도 어머니는 믿는다는 사실 그 자체는 존중하는 사람이었다. 내가 보기에 어머니는 어떤 종류의 종교적 믿음에도 마음을 열 수 있었을 사람이었다, 진짜로. 단, 예외적으로 편견에는 단호했다. 편협한 생각이나 불공정을 보면, 누군가의 믿음이 다른 이에게 해를 끼치면 어머니는 분노했다. 학교에서, 성당에서, 그 밖의 다른 곳에서 사람들은 어머니를 싫어했다. 때로 그들은 편을 먹고 어머니를 소외시켰다.

아버지가 세상을 떠나고 몇 년 후, 어머니는 한동안 슬픔에 침잠했다가 서서히 품위 있게, 변화한 모습으로 깨어난 후, 차분한 자신감을 가지고 삶을 이어갔다. 그것은 크나큰 상실을 견뎌낸 사람들에게서 볼 수 있는 모습이었다. 어머니는 처음으로 요가 수업에 다녔다. 나는 그 시절 이미 성인이었고 도시에서 거주했지만 한동안 어머니 곁에 머물렀다. 어머니가 요가에서 지치고 불안한 상태로 집에 왔다. 내가 요가 수업이 어땠냐고 묻자 어머니는 모르겠다고, 그런데 요가가 **울고** 싶게 만들었다고 말했다.

나는 신체적 통증을 말한 것으로 생각했지만, 어머니는 통증은 없었다고, 단지 울고 싶은 아주 간절한 욕구가 있었다고 말했다. 그래서 한창 수업 중에 마룻바닥에서 몸을 일으키고, 나왔다고.

   나는 지금 내가 아는 것을 알기에는 그때 너무 어렸고, 그 순간 그냥 어머니를 보호하고 싶다는 생각뿐이었다. 마을에는, 아버지가 세상을 떠난 후 어머니가 우는 모습을 보지 못해 못마땅해하는 사람들이 있다는 것을 나는 알고 있었다. 나 역시 어머니가 우는 것을 본 적이 없다. 장례식에서도, 이전에도, 이후에도. 하지만 나는 그것이 어머니에게는 당연한 일임을 알았다. 어머니는 혼자만의 시간과 고요한 감정을 대단히 중요하게 여겼고, 어머니의 비통함은 그저 눈물로 흘려 내보내기엔 너무나 컸다. 어느 날 학교 친구의 어머니가 백화점에서 나를 멈춰 세우더니 어머니가 아직도 울지 않았는지 물었다. 나는 그때만 해도 남의 일에 신경 끄라고 말할 자신감이 없어 모호하게 잘 모르겠다고, 어쨌든 내가 있을 땐 운 적이 없다고 말했다. 못마땅함이, 일종의 악의가 그 여자의 얼굴을 스쳤다. 여자는 나를 향해 턱을 치켜들고 선언하듯 말했다. "곧 무너질 거야." 여자의 목소리에는 그런 기운이 가득해 나는 뒤돌아 그 자리를 벗어나야 했고, 가능한 한 다시는 그 여자와 말을 하지 않았다.

   어머니가 그렇게 괴로워하며 요가 수업에서 돌아왔을 때 나는 그런 일이 일어나게 만든 그 요가 선생을 비난하며 어머니에게 그런 수업은 다시 갈 필요가 없다고 말했다. 어머니는 안도하는 듯 보였지만, 그날 온종일 불안한 상태가 지속되었다.

많은 시간이 지난 후 나는 사람이 흉추가 활성화되면 그런 강렬한 감정 표현이 일어난다는 것을 알게 되었다. 자율신경계와의 관계 때문인데, 우리 의식이 위험을 인식하기도 전에 신경계가 그 위험을 알리고, 우리는 땀이 송송 나거나 그 자리에서 얼어붙거나 도망치고 싶은 마음이 생긴다는 것이다. 이 이야기를 해준 친구는 실력 좋은 물리치료사였다. 환자들이 갑자기 제어가 되지 않게 흐느끼거나 가끔은 미친 듯이 웃어대거나 하는 경우가 있는데, 환자의 흉추 부분을 치료할 때였다고 한다. 내 친구(어쨌든 과학자인데)는 흉추와, 흉추의 위치가 심장과 가깝다는 상관관계까지 연결하지는 않았다. 그러나 그녀는 환자들이 그때껏 표현하지 못했던 슬픔이나 기쁨의 접합선을 열어 보인 후 아주 커다란 안도감을 느꼈다고, 뭔가 평화 같은 것이 그들 안에 자리 잡았다고 털어놓더라 했다.

어머니는 요가 수업에 돌아가지 않았다. 그때 내가 뭘 알았겠는가? 아무것도 몰랐다. 내가 지금 아는 것은 어머니가 그날 자신에 대한 새로운 이해의 정점에 이르렀을 수도 있었으리란 사실이다. 그것은 어머니가 원하기도 했고 동시에 두려워하기도 했던 것인데, 내가 그 발견의 기회를 빼앗은 셈이다. 다시 한번 나는 어머니가 살아 있었을 때 내가 좀 더 현명한 딸이었으면 좋았을 텐데, 아쉬워한다.

수도원에 들어가기 위해서는 하느님을 믿어야 하는가?
아무도 내게 묻지 않았다, 특히, 믿음에 관해서는.
그리고 어쨌든, 나는 아직은 들어온 게 아니다. 실제로는.

오늘 아침 미사 때 밖에서 뭔가 갈리는 낮은 소리가 시작되더니 미사 내내 계속되었다. 미사가 끝난 후 내가 그 소음을 따라가니 뒤편 울타리 저 멀리 방목장 한가운데서 리처드 기튼스가 오래된 빨간 소형 굴착기에 앉아 웅덩이를 파고 있었다. 그 커다란 몸이 그렇게 조그만 기계 위에 쭈그리고 앉아 레버와 페달을 밟아대고 있어 살짝 우스꽝스러워 보였다. 하지만 그 구덩이, 구렁텅이는 이미 크고 깊었고, 내가 다가가는 동안 그는 또 한 번 시커먼 흙을 기계의 톱니 달린 버킷에서 흙무더기로 떨어뜨렸다. 리처드가 나를 보더니 시동을 껐다. 그는 기계에 앉은 채 우리 방목장에 그가 만든 크고 검은 상처 너머로 나를 향해 큰 소리로 왜 그 지점을 골랐는지 물의 흐름과 연관 지어 설명했다(다시 비가 내려준다면). 그리고 근처의 흰 자루 더미를 가리켰다. 그건 석회였고, 구덩이에서 파낸 흙으로 죽은 쥐를 덮기 전에 매일 뿌려야 한다고 했다. 나는 고개를 끄덕이고는 그가 작업을 이어가도록 자리를 떴다. 불가피한 일임에도 멀리서 보니 난폭하게 보였다. 그 거대한 삽날이 찌르고 찢으며 우리의 흙을 파고 들어가는 광경이.

일을 마친 후 우리 주방에서 차 한잔을 마시며 리처드는 어젯밤 늦게 시내에서 저녁을 먹은 후 차를 몰고 집으로 가는 길에 그와 애넷이 이상한 광경을 보았다고 말했다. 그들 집 게이트에서 멀지 않은 곳에서 도로 표면이 움직이기 시작했다는 것이다. 도로의 한 부분에 너무나도 많은 쥐가 길을 건너고 있어 그는 자신이 보고 있는 것이 무엇인지 이해하기 위해 차의 속도를 늦추어야 했다. 그와 아내는 그대로 꼼짝도 못 하고 차 안에 앉은 채 은빛 물이 넘실대는 드넓은 강처럼 보이는 것이 둥둥 떠가는 것을, 그들 아래로 끊임없이 흘러가는 것을 보고 있어야 했다.

그날 오후 조지핀과 나는 죽은 쥐가 든 양동이와 통을 뒤편 울타리 옆 외바퀴 손수레에 비운 뒤, 손수레를 덜컹덜컹 밀고 방목장을 건너 구덩이로 가 기울여 쏟았다. 그러고 나서 석회 한 자루를 뜯고 석회를 삽으로 퍼서 죽은 쥐 위에 하얀 호를 그리며 뿌렸다. 그리고 옆에 쌓인 흙으로 얕게 한 층 덮었다. 다 끝난 후 그 자리에 서서 우리는 구덩이 바닥을 내려다보며 우리가 새로운, 불편한 단계로 접어들었음을 느꼈다. 아마도, 이 쥐 떼의 습격이 곧 끝나지 않을 것임을 받아들이는 단계.

그 후로 손수레는 매일 빠른 속도로 채워진다. 멀리서 보면 흙더미에 꽂힌 삽들이 거대한 무덤 발치의 십자가처럼 보인다. 어떤 때는 돌아오는 내 머리카락과 혀에도 석회 가루가 있다.

유해와 함께 좋은 방에 앉아 있을 때면 벽 안에서 쥐가 움직이는 소리에 귀를 기울인다. 움직이고, 움직이고, 계속 움직인다.

나는 보나벤처가 그 방에 있을 때가 아니면 내가 그 뼈를 제니 수녀로 생각하지 않는다는 것을 알아차렸다. 그런데 '유해', 남은 것이란 뜻의 이 단어가 좀 모욕적인 것 같다. 남은 음식도 아니고. 그럼 무엇이란 말인가? 나는 상자 안에 든 그것들을 생각한다. 그냥 뼈, 그냥 불쌍한 인간이라는 짐승, 가죽 없이 가느다란, 진흙에 뒤덮인. 비정상적인 죽음으로 인한 슬픔의 증거, 오래된 상처. 왕국의 안녕을 위해 예를 갖춰 제대로 매장되어야만 하는 무엇.

이제 나는 두 번이나 헬렌 패리가 이 방에서 나와 문을 닫고 복도를 올라가 밖으로, 숙소로 돌아가는 것을 보았다. 두 번 다 그녀에게는 평소와 다른 무엇이 있었다. 느림, 조용함. 나는 그녀가 뼈에게 무슨 말을 하는 걸까, 뼈는 그녀에게 뭐라고 답하는 걸까 생각해본다.

리처드 기튼스는 얼마 전 내게 응가리고 원주민 몇 사람이 여기서 멀지 않은 한 방목장에서 민간 주택 개발 사업을 저지하기 위해 싸우고 있다고 알려주었다. 그들이 고대 무덤이 있다고 믿는 장소라고 했다. 개발 부지가 문서로 기록된 토착민 묘지 옆인데 그곳은 문화유산과 환경 전문가들이 정식 고고학 연구와 지표면 아래 검사를 권고한 상태다. 아직 실행된 적은 없다. 개발 사업자는 문화유산 단체가 개발 제안을 막을 권한이 없다고 말한다. 건축은 승인되었다고 사업자가 기자에게 말했다. 실질적으로 중요한 거나 기사를 쓰지 그래요? 그는 기자에게 말했다.

내가 자랄 때만 해도 우리 지역에는 토착민이 산 적이 없다고 배웠다. 그들은 해마다 보공 나방 계절 동안에만 해안으로부터 이곳까지 방문하곤 했다. (나는 그 나방이 싫었다. 봄날 아침이면 교실의 그 육중한 커튼 뒤에서 튀어나왔는데, 어마어마하게 크고 털도 있었다. 나방은 무더기로, 한 번에 열 마리, 스무 마리씩 떨어지곤 했고, 무게감이 있고 부드럽고 시커먼 그것들이 그 끈적한 벨벳 같은 날개를 우리 피부에 느릿느릿 펄럭여댔었다.)

개발에 반대하는 사람 하나가 최소한 자신의 마을 사람들 4분의 1은 응가리고 후손이라고 말한다. 우리는 늘 여기 있었어요, 그가 말했다. 우리는 여전히 여기 있고요.

거의 30년 전, 이 지역의 다른 쪽에 홍수가 나서 한 개울 바닥이 씻겨 나가, 두 사람이 매장된 무덤이 드러났다. 한 여성과 젊은 남성, 그리고 연장 한 벌과 호주에서 지금까지 발견된 가장 귀중한 장례용품이 발견되었다. 유골은 7000년 정도 된 것이었다. 부장품은 해안의 한 문화단체에서 가져가 소장 중이고 유해는 존경받는 노인이 주관한 제식을 통해 홍수가 난 자리 근처에 다시 묻혔다.

원래 그들이 묻혔을 때 남자와 여자는 나란히 누워 있었고 머리는 물을 향하고 있었다는 말을 듣고 나는 감동받았다. 그들이 아직도 그곳에 누워 있다고, 개울 바닥 옆 흙 속에 있다고 생각하면 기분이 좋다.

도시에서 내가 참석했던 장례는 어떤 경우든 화장으로 끝났다. 우리 마을에서는 매장 말고는 선택의 여지가 없고, 그래서 나는 성인이 될 때까지 많은 이들이 매장을 가톨릭 고유의 방식으로, 유별나게 불쾌한 관습으로 간주한다는 것을 알지 못했다. 도시에서 자란 내 친구들은 매장을, 시신을 태우지 않고 땅에 묻는 것을 지독하게 소름 끼치는 일이라 생각했다. 그들은 진저리를 치며 벌레와 부패 이야기를 했고, 존재론적 사고에서도 혐오스럽다고 했다. 어쩌면 그들이 그렇게 끔찍하다고 생각한 것은 시신의 부패가 느리게 진행되는 점이었는지도 모른다. 우리의 육신이 조금씩 썩어가고, 우리의 물러진 피부가 녹아내려 흙으로 돌아간다는 생각을 하고 싶지 않은 것이다. 우리는 죽음이 빨리 끝나기 바란다, 연기처럼 공중으로 사라지길 원한다.

쥐로 인한 고통, 이곳의 힘들고 단조로운 일이, 일상의 지루함이 견딜 수 없다고 느껴지는 그 순간, 델로레스의 순수하고 깨끗한 목소리가 마당 저 너머에서 들려온다. 성당에서 혼자 연습을 하는 중이다. 나는 다시 사과 껍질을 벗기고 속심을 빼내는 일로 돌아가고, 새삼 내 일이 새롭고 아름답게 다가온다.

나쁜 꿈, 잡초 같은 어두운 감각만 남았다. 옛 친구, 임박한 재앙, 두려움. 1월인데도 아직 밤에는 쌀쌀하고, 나는 추위와 꿈으로부터 보호받으려 얇은 담요를 턱까지 끌어 올린 채로 잠에서 깼다. 끈끈한 거미줄 같은 꿈이 새벽기도 내내, 샤워하는 내내, 아침 식사 내내 나를 따라붙는다.

그런 꿈의 나쁜 느낌을 씻어낼 방법은 하나밖에 없었다. 나는 묘목 방목장을 지나, 가능한 한 죽은 쥐 구덩이에서 멀찍이 떨어져 걸으며 울타리를 따라 지하감옥 방목장으로, 둑으로 내려갔다. 둑의 자갈 깔린 가장자리에서 옷을 벗고 개울 가운데로 첨벙첨벙 들어가니 갈수록 물이 더 깊고 더 시원해졌다. 해가 막 떠오르기 시작하는 이른 아침 맑은 하늘이 비친 수면은 검었다. 차가운 물이 내 종아리로, 허벅지로, 치골로, 허리로 차오르고, 발아래에서는 자갈 섞인 모래가 부드러운 진흙으로 변해갔다. 나는 몸을 담그고 머리를 수면 아래로 넣었다가 다시 꺼냈다. 물의 얼음같은 차가움에 그 오래된 두려움이 가쁜 호흡이 되어 빠져나갔다. 호흡이 안정되자 나는 등을 대고 물에 누워 떠 있었고, 그 부드럽고 검은 물이 죄를 사하고 씻어주었다.

밖으로 나와 물가에서 옷을 입고 젖은 발 하나를 신발에 넣고 또 다른 발을 넣는데, 헬렌 패리가 둑 저 멀리서 돌마당 방목장을 지나 내려오는 것이 보였다. 우리는 물을 가운데 두고 서서 잠시 서로를 바라보았고, 그때 그녀가 한 팔을 들어 인사했다. 나도 답으로 한 손을 들었고, 그녀가 옷을 벗으려 몸을 숙이자 나는 돌아서서 언덕으로 다시 올라왔다. 머리카락에서 차가운 물이 목으로 뚝뚝 떨어졌다. 게이트에서 몸을 돌리니 그녀가 개울 한가운데에서 물에 누워 내가 그랬듯이 두 팔을 쭉 뻗고 떠 있는 것이 보였다.

마을 반대쪽에 사는 농부 한 사람이 자기 머리에 총을 쏘았다. 그의 이웃이 그를 방목장에서 발견했는데, 엽총이 그의 옆에 있었다. 죽은 농부는 사람들이 시신을 발견할 수 있도록 그의 도요타를 도로에 세워두었다. 앞창 와이퍼에 A4 용지 한 장을 끼워놓았는데 검은 사인펜으로 이렇게 쓰여 있었다. **자살, 경찰에 연락 바람.**

우리의 주간 기도는 당연히 그의 영혼과 그의 가족에게 바쳐졌다. 그 가족은 더 많은 기도가 필요할 것이다. 그런데 유방암 검진 이동 병원의 간호사로 일하는, 그 남자의 딸은 리처드 기튼스에게 자신은 아버지를 향한 분노도, 자신이나 자매들, 어머니에 대한 측은함도 느끼지 않는다고 말했다. 그녀는 아버지를 용서할 필요도 없는데 아무것도 용서할 것이 없어서라고 했다. 그녀의 아버지는 평생 심한 우울증의 저주를 받았고, 그로서는 살아 있는 일 자체가 끊임없는 고문이었다. 그가 마침내 사는 일의 고뇌에서 그 자신을 벗어나게 해준 것이, 남편을 구하려 애쓰는 슬픔과 고단함에서 어머니를 벗어나게 해준 것이 딸은 기뻤다. 그리고 줄곧 이런 날이 올 것임을 알았는데 마침내 그 앎에서도 두 사람이 자유로워진 것이다. 리처드는 남자의 딸이 한 말을 전부 믿는다고 말했다. 딸은 엄격하게 진실을 이야기했다고 그가 내게 말했다. 그는 "간계(奸計) 없이"라고 표현했는데, 그러고 나서는 자신의 격식 차린 언어를 부끄러워하는 듯 보였다. 그런데 그 딸을 묘사하는 리처드의 태도도 격을 갖추고 있었다.

그는 목소리를 낮추더니 그 여자에 대해 뭔가 다른 이야기를 했다. 딸은, 그 간호사는 리처드에게, 아버지가 죽은 후 매일 영안실로 아버지를 찾아가 곁에 앉아 있었다고 말했다. 이 말을 하기 전에 리처드는 진입로의 자갈을 내려다보고 있었는데, 영안실 이야기를 하면서 고개를 들었고, 우리는 두려움에 서로의 눈을 응시했다. 여자는 그곳에서 아버지를 볼 때마다, 피는 닦아냈지만 엉망진창인 그 얼굴을 볼 때마다 그가 견뎌내야만 했던 수십 년의 세월이 슬퍼서, 그것을 끝내지 않을 수 없었던 것이 슬퍼서 울었다고 했다. 영안실 사람들은 참으로 끝없이 친절했다고 그녀는 말했다.

헬렌 패리가 처음 도착한 날부터 시몬은 매주 그녀에게 당연히 우리와 함께 식사하는 걸 환영한다고 말했지만, 그녀는 언제나 거절했었다. 할 일이 있어서, 조사할 게 있어서, 전화 걸 곳이 많아서. 그런데 어젯밤 시몬이 낯선 표정을 지으며 식당으로 왔고, 곧 뒤를 이어 헬렌 패리가 들어섰다. 우리는 황급히 움직여 그녀 자리를 만들었다. 나는 그녀와 같은 쪽에, 그것도 제일 끝에 앉으려 애썼고, 시몬이 식사 기도를 하는 동안 계속 고개를 숙이고 있었다. 그 감사 기도 말고는 저녁 식사 내내 어떤 말도 나오지 않았고, 나는 그러한 침묵이 헬렌 패리의 존재를 더 불안한 것으로 만들었는지 덜 불안한 것으로 만들었는지 알 수 없다. 그러나 식사를 하는 동안 나는 달걀을 뺏으러 닭장 마당으로 다가가던 큰도마뱀이 떠올랐다. 그녀가 식탁 위로 팔을 뻗어 서빙 스푼을 잡은 모습에서, 규칙적으로 씹고 삼키는 모습에서, 조용한 가운데 들리는 그 소리에서. 서두르지 않고 자신감 있게 움직이는 동작, 거리낌 없음, 방 안의 우리 모두는 헬렌 패리가 지배할 권리를 가졌음을 받아들이고 있었다.

나만 불편하게 느끼는 것이 아니었다. 보나벤처는 눈썹 사이 이마에 있는 오래된 대상포진 흉터를 손가락으로 매만지기 시작했다. 그녀가 긴장하면 언제나 가운뎃손가락으로 두 눈 사이 그 자리를 반복적으로 비비는 것을 나는 눈치채고 있었다. 그녀 자신은 모르는 것 같았다.

헬렌 패리를 보고 있노라니 **최상위 포식자**라는 용어가 떠올랐고 나는 부끄러워졌다. 저녁 식사가 끝나자 나는 안전하게 저녁기도를 하러 내 방으로 돌아왔고, 그녀가 딱하다고 느꼈다. 우리와 함께 있으려 했다니 외로웠던 것이 분명했다. 나는 측은한 마음이 들었다. 그렇다고 해서 또 우리 식탁에서 그녀를 보고 싶은 건 아니었다.

예전에 내가 열 살 정도였을 때, 마을에서 세계의 기아 문제에 대해 알리는 행사가 있었다. 하루지만 평소 먹던 저녁 식사가 아닌 작은 쌀밥 한 공기로 대신하는 것이었다. 그것은 인도의 어린이가 하루 종일 먹는 음식의 양에 해당하는 것이었다. 그리고 평소 저녁 식사에 썼을 돈을 한 자선단체에 기부하는 것이다.

이 모든 것은 어머니의 아이디어였다. 그 자선단체는 잘 알려지지 않은 영국 단체로, 호주에서는 실질적으로 아는 이가 없었다. 필립스-펠럼 재단은 당시 제3세계라 불리던 곳의 고통 완화를 위해 헌신하는 곳이었고, 어머니는 호주의 유일한 이 재단 임원이었다.

때때로 두툼한 봉투가 어머니 앞으로 오곤 했는데, 어머니가 재단 모금용으로 판매할 작은 물건들이 동봉되어 있었다. 어머니가 누구에게 그것을 팔았을지 나는 모른다. 필립스-펠럼 재단을 들어본 사람도 없었고, 그 물건들은 제3세계의 고통과 우리의 터무늬없는 부유함의 간극에 관심을 끌기 위한 디자인이어서 매력적이라 할 수도 없었다.

한번은 그 봉투에 작은 비닐 커버 포켓 다이어리가 한 무더기 들어 있었는데 다이어리 스프링에 끼우도록 만든 미니 연필이 마음에 들어 내가 한 권을 훔쳤다. 그것을 좋아한 또 다른 비밀스러운 이유도 있었다. 대여섯 페이지마다 재단의 도움을 받은 사람들의 흑백사진이 실려 있었다. 대부분은 '나병 환자'의 사진이었다. 나는 그 다이어리를 구석으로 들고 가서 천천히 그 작은 페이지를 넘기며 끔찍한 기형이 있는 어린이와 어른의 사진을 뚫어지게 보곤 했다. 얼굴에 구멍들이 있었고 입은 흉하게 옆으로 비뚤어져 있었으며 눈도 없었다. 손에는 손가락 대신 혹이 있거나 아예 팔에 손이 없기도 했다. 내가 그 사진을 보려는 충동을 설명할 수가 없었다. 일종의 죄책감도 있었는데, 내 삶이 너무나 축복받아서라거나 세상이 이 사람들이 이런 고통을 당하도록 버려두어서가 아니었다. 내 죄책감은 내가 여기서 그들을 바라보고 또 보고, 그 부푼 피부와 뒤틀린 얼굴을 더 잘 보려고 다이어리를 더 가까이 들여다보는 행동에 있었다. 그들을 거기 카메라 앞에, 겉보기에는 미소를 짓는 얼굴로 세운 것은, 그래서 나 같은 사람이 그들 삶의 절망을 음미하며 이런 비밀스러운 순간을 보낼 수 있도록 한 것은 그들에게 두 번째 형벌이었다.

기금 모금 저녁 식사에는 약 스무 명이 있었고, 대부분 어머니의 지인들과 그들의 아이들이었다. 나는 대부분 아이들보다 조금 더 나이가 많았고, 그래서 나는 시내의 그 휑한 회의실 한구석에 서서 집에 가면 좋겠다고 생각하고 있었다. 결국 밥을 짓고, 아주 서툴게 그릇마다 담았다. (우리 마을 사람 누구도 쌀로 밥을 해본 적이 없었다. 어머니가 만났던 베트남 난민 몇 사람만 예외였는데, 그들의 초대를 받아 함께 식사한 적이 있었지만 어머니는 솜털 같은 밥을 짓는 법을 묻지 않았다.) 꽃무늬 바지를 입고 선 여자들이 열심히 이야기하고 있었고, 그러는 동안 우리 아이들은 그 작은 음식 그릇을 경악한 얼굴로 뚫어지게 내려다보고 있었다. 밥을 받았을 때 나는 분노가 이는 것을 느꼈다. 내가 왜 억지로 이런 일을 해야 하나? 질척한 하얀 덩어리가 검은 도기 그릇 안에서 번득이고 있었고, 다른 아이들은 나를 적대적으로 쳐다보고는 밥을 먹기 거부했다. 그러나 나는 거부하는 것이 허락되지 않았고 과장되게 욱욱거리며 그 진창 같은 것을 억지로 삼켰다. 나는 어머니가 미웠고, 이름도 바보 같고 목적도 절망적인 필립스-펠럼 재단이 미웠다.

어머니는 그 재단을 위한 작고 처량한 기금 모금 활동을, 여기서 번 돈 50달러, 저기서 번 돈 32달러를 보내면서 죽는 날까지 이어갔다.

오늘 아침 시몬이 내게, 예전에 이곳에 있던 나이 많은 수녀 세 사람 모두 지난 2년 사이 세상을 떠났다고 말했다. 그들은 내가 처음 이곳에 온 지 얼마 되지 않아 작은 미니버스에 실려 시드니의 가톨릭 요양원으로 들어갔다. 마지막으로 남았던 제라르드 마옐라 수녀(시몬은 그 이름을 큰 애정을 담아 말했다)가 어제 세상을 떠났다고 했다. 방광암이었다.

나는 이 수녀들이 보행기를 밀면서, 한 사람은 전동 휠체어에 앉아서 성당으로 힘겹게 들어오던 것을 기억했다. 그때 여기서, 나의 집에서 수녀 자매님들에 둘러싸여 늙어가고 죽는 것이 위안이 되리라 생각했었다. 그러나 알고 보니 그렇게 되는 것이 아니었다. 다른 사람들과 똑같은 길을 가게 된다, 홀로 방에 누워 있을 것이고, 저임금 노동을 하는 점잖은 낯선 이가 와서 소변에 젖은 침대 시트를 갈아줄 것이다.

나는 그들이, 힐다와 마거릿과 제라르드 마엘라가 **이제 천국에 주님과 살러 갔으니**, 시몬이 그들을 위해 기뻐할 것이라 막연히 생각하는데, 오늘 아침 보니 그게 아닌 듯했다. 시몬은 그 노인들이 이 지상을 떠날 것이라 예상 못 한 사람처럼 혼란스러워 보였다. 어쩌면 그녀 앞 세대가, 노인들의 한 그룹이 이제 완전히 사라졌다는 것에 대한 새로운 이해가 있을지도 모른다. 이제 자신이 그들의 자리를 대신하게 됐음을 깨달은 걸지도.

오늘은 달걀이 열네 개. 기록이다. 닭이 쥐를 먹고 점점 살이 찌는 것 같다.

처음 이곳에 왔을 때, 나는 숙소에서 부화해 갓 태어난 병아리들이 닭장에서 미약하게 쩍쩍 삐악삐악거리는 소리를 들었다. 그러고 나서 그 어린 암탉들 일부와는 그들의 평생을 함께했다. 정원에서 가져온 동그랗게 말린 굼벵이를 먹이고, 진드기를 막기 위해 규조토를 뿌려주고, 아주 추운 겨울이면 볏에 바셀린도 발라주었다. 나는 그들에게서 나온 온기 남은 달걀을 가져왔고, 그러다 시간이 흘러 질병이나 여우의 공격 같은 재앙이 닥친 후엔 땅에 묻어주었다.

나는 닭을 죽이는 법을 배울 필요가 없었다. 한번은 보나벤처가 닭 잡는 것을 본 적이 있는데, 그녀는 전문가처럼 닭을 잡아 들어 가슴 가까이 안고는 등을 쓰다듬으며 기도를 했다. 그러고 나서 삽을 땅바닥에 놓고 삽날을 발로 밟아 한쪽 끝을 올리면서 동시에, 이제는 진정제를 맞은 듯 차분해진 닭을 흙 위에 내려놓았다. 그녀는 닭의 머리를 손잡이 막대 아래 밀어 넣고 손잡이를 살며시 닭의 목 위로 내려 움직이지 못하게 했다. 그러는 중에도 그녀는 계속 닭을 쓰다듬었다. 그리고 단 한 번의 신속한 동작으로 삽 손잡이의 양쪽을 밟으면서 닭 다리를 잡고 잡아당겨 그 자리에서 목을 부러뜨렸다. 뚝 소리가 들렸다. 1분 정도 날개가 푸덕거렸는데 그녀는 계속 닭을 위한 기도를 이어가며 깃털을 어루만지고 아름다운 말을 중얼거렸다. 푸덕거림은 그저 근육의 전기적 자극일 뿐이라고, 닭은 즉시 의식을 잃어 어떤 고통도 느끼지 못한다고 말했다.

나는 그녀가 그 일을 하기 싫어하는 것을 알았다. 그녀가 내 괴로움을 보지 못하도록 돌아섰다. 이제 깃털을 뽑는 것은 내 일이었지만 죽이지 않아도 되는 것에 안도하며 그 일을 해냈다. 뒷마당 판석 위 가스버너로 끓인 물에 생명이 빠져나간 닭을 여러 번 담갔다.

그러다 나이 든 수녀들이 요양원으로 떠난 즈음 우리는 이제 닭을 그만 죽이기로 결정했다. 그 두 가지 일 사이에, 닭의 죽음과 휠체어와 보행기를 쓰는 노인들이 "더 안락할 수 있는" 장소로 보내진 것 사이에 어떤 연관성이 있는지 나는 모르겠지만, 그날 직후 보나벤처는 이제 그만하고 싶다고, 불필요한 죽임이라 선언했고, 시몬과 우리도 동의했다.

1년에 한두 번 리처드 기튼스가 그의 트럭 뒤편에 커다란 냉동 박스 두 개를 싣고 나타난다. 박스마다 거칠게 도축한 냉동육으로 가득했는데, 우리는 그의 선물을 감사한 마음으로 받아 양 갈비와 다리와 목뼈가 든 봉지들로 냉동실을 채웠다. 우리는 음식 선물을 거절하지는 않지만 대개는 동물의 생명을 끝내는 것보다는 고기 없이 지내는 것을 선호한다.

새벽기도 후 오늘 아침 나는 성당으로 가 잠시 혼자 있었다. 머리 위에서 퍼덕이는 소리가 났고, 쳐다보니 새 한 마리가, 비둘기 종류였는데, 반쯤 열린 창문으로 들어온 것이었다. 새는 날개를 펄럭이며 빈 공간 한쪽에서 다른 쪽으로 날아다녔고, 그래서 나는 새가 나갈 수 있도록 문이란 문은 다 활짝 열어젖혔다. 햇빛이 쏟아져 들어왔다. 나는 앉아서 그 비둘기가 날다가 내려앉았다가, 날개를 펄럭이다 다시 내려앉는 것을 바라보았다. 결국 새는 열린 문 근처 바닥에 자리를 잡더니 머리를 뒤로 잡아당기며 햇빛 속으로 걸어 나갔다.

그날 나중에 리처드 기튼스에게 그 새의 생김새를 설명했더니 그는 평화비둘기라는 종류라고 말해주었다.

큰비가 내리면 비가 쥐를 몰아낼 거라는 이야기를 들었다. 예전에 북쪽 지방에서 그런 적이 있다고. 그러나 이번 쥐 떼의 창궐은 예전의 어떤 것과도 닮은 점이 없다는 말 또한 들었다. 시몬은 우리에게 기도하라고, 하느님에게 이 쥐 떼 문제를 해결해달라고 특별히 집중해서 기도하라고 부탁한다. 우리가 지금껏 다른 것을 기도했던 것처럼 말하는 게 이상하다고 생각한다. 밤에 침대 주변에서 휙휙 쏘다니는 쥐 소리를 들으면 당연히 납득이 되는 일이다.

오늘 아침 샤워를 할 때 타일 벽 꼭대기에서 쥐 한 마리가 나를 지켜보고 있었다. 내가 소리를 질렀지만 쥐는 꼼짝도 하지 않았다, 심지어 내가 샴푸병을 흔들어댔는데도. 막 머리를 감으려던 찰나였는데 겁먹지 않은 쥐의 눈길에 소름이 끼쳤다. 두 팔을 올려 내 가슴을 드러낸다는 생각만으로도 무서웠다. 우스꽝스러웠다. 그러나 이제 쥐들의 힘은 물질적인 존재를 넘어서서 신비주의적인 존재가 되었다. 성당 안은 더 괴로웠다. 오르간이 울리기 시작하자마자 쥐들이 숨어 있던 곳에서 마구 튀어나왔다. 내가 알기에는 조지핀이 미사마다 그 전에 아주 일찍 들어가서 그 끔찍한 끈끈이 쥐덫 위의 것을 버렸다. 우리는 모두 그 끈끈이 쥐덫을 혐오했지만 오르간을 잃어도 되는 형편이 아니었다. 나는 수레에 담긴 그 샛노란 끈끈이 덫을 보지 않으려 무진장 애를 쓴다.

어딜 가든 냄새가 갈수록 고약해진다. 쥐가 아직 나타나지 않은 유일한 장소는, 정말이지 기이하게도, 좋은 방이다. 거기도 벽 안에는 쥐가 있고 바깥에서 창턱을 따라 기어가는 게 보이지만.

우리는 비를 내려달라고 기도한다. 리처드 기튼스까지 기도하는 것 같다. 그는 예전에는 그저 앉아서 가만히 쳐다보고만 있더니 이제는 들어오면 무릎을 꿇고 눈을 감고 두 손을 모은다.

예전에 어떤 결혼식에 갔는데, 신부의 남동생이 까다로운 여자 친구를 데려와서 그날 하루가 순조롭지 못했다. 여자 친구의 이름은 클레오였다. 내 남자 친구가 신부의 또 다른 남동생이었다. 결혼식은 아름답게 계획되어 있었다. 그림처럼 예쁜 마을 예배당에서 결혼식을 올리고 시내에서 제일 근사한 레스토랑에서 리셉션 파티를 열었다. 레스토랑은 정말로 근사하지는 않았지만 나름 최선이었다. 나는 성심껏 도와주고 싶었고, 그래서 예배당 좌석 양쪽 끝에 꽃을 길게 이어 달았고, 테이블마다 이름 카드를 배치했다. 클레오는 결혼식 준비를 하는 동안 어디에도 보이지 않았지만 모두 그건 괜찮다고 생각했다. 클레오는 불만을 얘기하고 반박하는 성향이 있었고, 그러면서도 늘 차분한 미소를 활짝 짓고 다녔다. 숱 많은 짙은 갈색 머리를 구불구불 허리까지 늘어뜨린 아주 예쁜 여자였다. 나는 그녀가 신체의 어딘가 비밀스러운 위치에 타투를 했을 거라고, 플루메리아꽃이나 작고 파란 나비 같은 것을 새겼을 것이라 생각한다. 나 같은 여자들이 청바지나 펑퍼짐하고 칙칙한 색깔의 스웨터를 입을 때 클레오는 머리에 꽃을 꽂고 밝은 빛깔의 찰랑이는 스커트를 입었다. 어른이 되고도 한참 후에야 나는 거리에서, 해변에서, 레스토랑에서 젊은 여성들을 보면서 내가 그 시절 그 젊은 육체를 그렇게 철저하게 덮고 가린 것이 참 이상한 일이었다는 생각을 했다. 그런데 클레오의 몸은 정말이지 아름다웠고 그녀로서는 가릴 이유가 없었다.

클레오의 가장 큰 문제는 채식주의자였다는 점이었는데, 이 가족의 어머니에게는 엄청난 모독의 근원이었다. 그 시절 우리 같은 시골 마을에서 채식주의자는 의심과 불쾌의 대상이었다. 관심을 끌기 위한 행동이란 것이 일반적인 생각이었다. 클레오는 다른 사람이 생각하는 것은 개의치 않았고, 종종 모임에 자기 먹을 것을 따로 가져왔다. 다른 사람들이 너무 익힌 스테이크 덩어리를 쓰는 동안 당근과 치즈, 어떤 때는 그냥 사과 하나가 다였다.

결혼식 피로연 식당은 채식주의 음식을 준비하지 않았다. 그리고 이 사항은 신부의 남동생인 클레오의 남자 친구에게 경고처럼 전달되었다. 그녀는 고기를 빼고 다른 걸 먹을 수는 있을 것이다. 모두 완벽하게 온당한 처사라고 생각했다. 신부가 주인공인 날이다. 분명 클레오도 그 점은 알 것이다. 그리고 실제로 클레오도 그렇게 생각하는 듯 보였다. 그녀는 다정하게 신랑 신부에게 인사를 했고, 연한 색의 소매 달린 얌전한 드레스를 곱게 입었다. 화장도 하지 않고 예쁜 머리는 느슨하게 틀어 올렸다. 우아한 샌들을 신고 끈으로 조이는 구슬백을 들었으며, 어떤 식으로든 요란을 떨지 않았다.

웨이터들이 닭고기나 소고기가 담긴 접시들을 가지고 왔을 때 클레오는 참하게 미소 지으며 손짓으로 접시를 물렸다. 신부의 남동생들과 나는 그녀가 비닐로 싼 흰 식빵 샌드위치를 꺼내어 테이블의 나이프와 포크 사이에 놓는 것을 보았다. 모두가 나이프를 들고 기름 엉긴 고기를 자르기 시작했고, 클레오는 땅콩버터 샌드위치의 포장을 벗기고 얌전하게 먹었다. 테이블 건너편의 내 남자 친구에게도 미소를 지었고 건배를 위해 남겨두어야 하는 샴페인도 홀짝였다.

그 집안 어머니는 신부 테이블에 앉았지만, 스무 명이 앉은 길고 하얀 우리 쪽 테이블을 응시하는 것이, 화가 난 모습이 보였다.

나머지 사람들은 기억이 나지 않는다. 춤을 추었고, 축사도 있었고, 모두 다소 취한 상태였다. 늦은 저녁, 신부와 신랑이 떠나고 모두 집으로 돌아간 후, 우리는 테이블마다 돌며 잊고 간 물건들이 없는지, 선물에 카드가 잘 붙어 있는지 살폈고, 테이블 위 꽃을 어머니들과 그들의 친구를 위해 챙겼다. 클레오도 열심히 다니며 여기저기서 뭔가를 집기도 했지만, 무엇보다 그녀의 소명이 이 가족의 분노를 받아내는 것인 듯 행동했다. 모두가 땅콩버터 샌드위치 장면 때문에, 그녀가 심지어 **이런** 행사에서도 자신을 관심의 초점으로 만든 것에 화가 나 있었다. 내가 보기엔 실제로는 서너 명 정도만 그 샌드위치를 보았고 또 신경 썼던 것 같지만 그건 상관없었다. 그녀가 고의로 그런 행동을 해서, 지독하게 모욕적인 결례를 범해서 소동을 일으켰다는 것이다. 심지어 그녀의 남자 친구, 그러니까 내 남자 친구의 형도 편을 들지 않았다. 그녀가 그의 어머니의 침묵이라는 이차적인 벌을 견뎌내는 동안 그는 그녀를 무시한 채 자기 할 일만 했다.

클레오가 그 가족의 미움을 전혀 개의치 않는 듯 보여 나는 놀랐다. 그녀는 미소를 짓고 기분 좋은 태도로 대화를 나눴다. 우리 네 사람이 함께 타고 집으로 가던 택시 안에서 내 남자 친구도 그녀에게 화가 났고, 나 역시 남자 친구에 대한 의리와 뭔지 알 수 없는 또 다른 이유로 화가 나 있어 분위기가 무거웠다. 나는 어서 차에서 내리고 싶었다. 택시가 외로운 가로등만 선 텅 빈 도로를 지나가는 동안 클레오가 차분하게 말했다. "보름달이네요. 다들 보름달이 뜨면 미쳐가지요."

그 집 어머니는 두 번째 어머니였다. 첫 번째 어머니, 그러니까 내 남자 친구와 형의 어머니이지만 신부인 누나의 어머니는 아닌 그 어머니는 아들들이 어릴 때 가족 여행으로 널러버 평원을 횡단하다가 실종되었다. 가족은 평평한 사막 평원에서 캠핑을 하고 있었다. 멀리서는 바닷소리가 들려왔다. 1~2킬로미터 떨어져 있었는데, 육지가 끝나며 바다로 떨어지는 거대한 절벽 아래에서 부딪히는 파도 소리였다. 그들은 그 시절 많은 사람이 갖고 있던 커다란 캔버스 텐트 안에서 캠핑을 했다. 접을 수 있는 나무 프레임에 캔버스 천을 펼친 간이침대에서 잤다. 아침에 일어나니 어머니가 사라지고 없었다.

수색대, 경찰, 헬리콥터. 개를 데리고 사막을 건너 추적했다. 아버지가 의심을 받았으나 곧 제외되었다. 어머니는 결국 발견되지 않았다. 수사 조서는 그녀가 아마도 땅끝까지 걸어갔다가 그녀의 의지이든 사고이든 추락했을 것이라고 결론지었다. 그 지역 절벽은 수백 미터 높이였다.

몇 년이 지나고 아버지는 재혼했는데, 조용한 딸과 함께 살던 여자 역시 비극을 겪은 사람(장거리 트럭 기사였던 남편이 죽었다)이었다. 당시 아들들은 아직 초등학교 다닐 때였다. 남자 친구는 어머니에 대한 사실을 들려준 후 두 번 다시 그 상실에 대해 입에 올리지 않았는데, 다만 아버지가 재혼을 발표했을 때 막내였던 그가 울면서 하지 말라고 빌었다는 이야기는 해주었다. 밤에 어머니가 돌아왔다가 자신의 자리에 다른 사람이 있는 것을 보고 다시 떠나는 꿈을 꾼다 했다.

그는 널러버 평원에서 집으로 돌아오던 장거리 여정이, 대여섯 날 걸렸을 그 시간이 기억에 없다고 했다. 그때 일곱 살이던 형이 그 여정 내내 앞자리에 앉았던 것 같다고 했다.

마을 경계에서 멀지 않은 곳에 저수지가 있는데, 그 가운데로 철망 울타리가 관통하여 건너편 끝까지 뻗어 있었다. 아마도 울타리 선을 가운데 두고 물이 모여 저수지가 형성되었다고 말하는 편이 좀 더 정확할 것이다. 지나갈 때면 언제나 그곳을 바라보는데, 물의 무게에, 어쩌면 진흙이 엉긴 잡초에 쏠려 옆으로 기울어진 가느다란 울타리 기둥들에는 어떤 쓸쓸함이 있다. 그런데 거기에 이어지는 다음 기둥들은 곧게 서 있고 끈기 있게 건너편 언덕을 향하여 올라간다.

나는 한 개인에게 일어나는 일 대부분에는 '전'과 '후'가 있다고 생각했었다. 시간과 공간이라는 울타리가 평범하고 일상적인 전체 인생에서 상당히 재난적인 경험도 분리해줄 수 있을 거라고. 그러나 지금 나는 일종의 크나큰 비탄에 젖어 전이나 후 같은 건 없다는 걸 깨닫고 있다. 위기의 소동이 가라앉고 나서도 그것은 여전히 그 자리에 있어서, 저수지의 물처럼 고집스럽게 과거를 건너 미래로 서서히 침투해온다.

나는 클로스 장정이 된 책에서 더 무시무시한 이야기들을 발견했다. 성녀 마르가리타 클리테로우는 날카로운 돌 위에 등을 대고 "400킬로그램 가까이 되는 문짝에 눌려" 죽임을 당했다. "그녀의 죽음은 15분 걸렸다"고 책에 기록되어 있다. 성녀 필로메나는 동정 순교자이자 아기의 수호성인이다. 열세 살에 디오클레티아누스 황제의 "욕망"의 대상이 되었고, 이를 거부한 소녀는 매질을 당하고 감옥에 갇혀 기둥에 묶인 채 또 매질을 당했다. 닻에 묶여 강으로 던져졌고, 화살에도 맞았다. 천사들이 보호하여 그때마다 생명을 구하였으나 결국은 실패한 것으로 보인다. 그녀는 참수당했다. 《성자 이야기》에는 강간이 자세하게 묘사된 경우가 많지 않으나 의문을 품지 않을 수 없다. 강간은 아마도 눈을 도려내고 물에 빠뜨려 죽이고 등등과 함께 반복되는 과정의 일부였을 거란 생각이 든다. 아마도 마리아 고레티가 우리에게 그렇게 강렬하게 다가왔던 이유 중 하나일 것이다, 다른 곳에서는 다 빠져 있던 부분에 대한 인정이 있었으므로. **수녀님**, 만일 마리아가 칼에 찔리지 않고 그냥 누워서 눈을 감고 그 죄악을 견뎌냈더라면, 그래도 여전히 성녀였을까요? **수녀님**, 만일 마리아가 알레산드로를 송곳으로 찔러 죽였더라면, 그래도 여전히 성녀였을까요? **수녀님**, 마리아의 어머니가 알레산드로를 용서하지 않았다면, 오히려 얼굴에 침을 뱉고 사타구니를 걷어찼다면, 총으로 쐈다면, 칼로 그의 성기를 잘랐다면, 그래도 마리아가 여전히 성녀였을까요?

오늘 아침 달리기를 하는데 뒤에서 자갈 밟는 발소리가 들리더니 곧 헬렌 패리가 내 옆까지 따라잡고는 보조를 맞추었다. 어려운 일은 아니다. 나는 천천히 달리는 사람이니까. 그래도 뛸 때는 예전에 배운 방법을 기억하려 한다. 두 팔은 어깨에서부터 느슨하게 흔들고, 두 손은 옆 주머니에서 뭘 꺼내는 것처럼 뒤로 당겨준다. 때때로 달릴 때 나는 그 방법이 비행의 한 형태처럼 느껴지기도 한다. 그러나 자주 있는 일은 아니다. 그리고 오늘은 헬렌 패리가 옆에 있으니 더더욱 아니다. 땀이 더 나고 호흡도 평소보다 더 무겁게 느껴진다.

그녀는 고개를 끄덕이는 것으로 인사를 대신하고 옆에서 함께 뛴다. 헐렁하고 낡은 러닝용 반바지에 회색으로 바랜 그린피스 티셔츠, 속에는 두꺼운 스포츠 브라 차림이었다. 티셔츠 목이 늘어져 드러난 한쪽 어깨 위에 레이서백 브라탑 끈이 보였다. 오래된 검은 나이키, 역시 낡아서 회색으로 변하는 중인 하얀 발목 양말. 어떤 학교 로고가 인쇄된 짙은 파란색 야구 모자.

우리는 그렇게 함께 달렸다, 보폭을 맞추면서 짧은 거리를. 게이트가 가까워지자 나는 속도를 줄였다. 나는 늘 그 지점에 이르면 돌아서서 거꾸로 달린다. 헬렌은 숨을 내쉬며 살짝 미소를 짓고는 나를 향해 고개를 끄덕였지만 속도를 늦추지는 않았다. 그녀는 그대로 계속 달리더니 훌쩍 발을 벌려 가축 탈출 방지용 철판을 단번에 뛰어넘어ㅡ철판의 쇠막대가 미끄럽고 간격이 넓어서 위험한 시도였다ㅡ게이트 안으로 들어갔다. 그녀는 오른쪽으로 돌아 기튼스 집 방향으로 뻗은 옆쪽 도로로 향했다. 나는 게이트에 서서 숨을 고르며 그녀가 볼품없는 자세로 빈 도로를 달리는 모습을 바라보았다. 등이 약간 굽은 데다 어깨는 너무 높았지만 그럼에도 일정한 보폭을 유지하고 있었다. 나는 그녀가 작은 오르막길을 넘어가 더는 보이지 않을 때까지 바라보았다.

그러고 나서 방으로 들어온 나는 티셔츠와 양말을 벗었는데 땀 냄새가 너무 지독해서 헬렌 패리가 냄새를 맡았을지 궁금했다. 아마도 그랬겠지만 그녀는 어떤 내색도 하지 않았다.

한참 후에 중간기도를 하고 나오는 길에, 돌아오는 그녀를 마당에서 마주쳤다. 나는 달리기가 어땠냐고 물었고, 그녀는 좋았다고 답했다. 그녀는 말을 하면서 나를 쳐다보지 않고 나무에서 시선을 둘 무언가를 찾고 있었다. 그녀는 기튼스 집 쪽으로 뛰어 갔는데 리처드 기튼스의 아내가 차를 몰고 지나가다가 집으로 들어와 차가운 음료수나 차를 한잔하고 가라고 초대했고 그녀는 그 초대를 받아들였다고 했다. 그녀가 그 말을 했을 때 무언가 불안이 내 몸을 관통하며 흐르는 것을 느꼈다. 나도 이유는 모르겠다. 그녀는 애넷이 흥미로운 여자지만 "상당히 빡빡하다"고 말했다. 그녀는 팔을 들어 이마를 닦았는데, 그렇게 팔을 들어 올리자 티셔츠 아래 가슴의 풍만한 곡선이 드러났다. 나는 리처드 기튼스도 그 자리에 있었는지 알고 싶었지만 왠지 물어볼 수 없었다. 그때 헬렌이 시내에서 자기에게 온 전화가 없었는지 물었고 내가 없었던 것 같다고 대답하자 한 손으로 목을 쓰다듬고는 티셔츠를 가슴에서 떼어내 잡아당겼다. 그녀는 찬물 샤워가 필요하다며 숙소를 향해 몸을 돌렸다.

나중에 나는 버지니아 울프가 캐서린 맨스필드—그녀가 유일하게 질투한 작가라고 밝힌 바 있다—에 대해 한 말이 떠올랐다. 맨스필드가 그녀를 방문했을 때 "사향고양이 같은 악취가 풍겼다".

1970년대 짧은 기간 동안, 우리 마을의 가톨릭 신자들이 각자의 집에서 미사를 여는 새로운 광풍에 휩쓸린 적이 있었다. 황홀경 같은 영적 영접이 펼쳐지길 바라는 마음이었다. 어머니는 '카리스마파'라 불리던 그 사람들이 성령에 육체적으로 압도되어 방언을 한다거나 기절할 정도로 종교적 도취에 이른다는 주장을 조금이라도 언급하면 대화 주제를 바꾸었다.

그들에게 반감을 느끼던 부모님은 지역의 사제에게서 뜻밖의 동지 의식을 발견했다. 그 사제는 차분히 카리스마파의 극적인 언동을 반대하며 교구민들에게 좀 더 전통적이고 질서 있는 형태의 기도를 올리는 미사에 집중하라고 촉구했다. 뒤돌아보면 부모님은 성령의 육체적 발현에 대한 일반적인 회의론 못지않게, 그것이 미국식 궤변이라는 인식 때문에 경멸했던 것 같다. 이런 회합은 자신을 어떤 식으로든 특별하다거나 재능을 부여받았다고 생각하는 이들 혹은 극적인 드라마(큰 범죄)를 쫓는 이들이 이끌었다고 이해했다.

지금 생각하니 어머니는 이런 모임의 묘사를 들으며 일종의 성적인 분위기가 잠재한다고 느꼈던 것 같다. 은밀함이, 숨 가쁨이, 절박함이 있었다, 그 열광적인 자기 방기와 모든 통제의 상실에 관한 설명에는. 어쩌면 어머니는 우리 학교 교사 한 사람과 그녀의 남편을 떠올렸던 건지도 모른다. 그 부부는 주말에 이웃 사람들과 '아내 스와핑'을 한다는 소문이 있었다.

카리스마파 회합이 열리는 집 중 한 곳이 내 친구 켈리 풀러네였다. 나는 자주 이 가족과 함께 일요일 미사에 참석했지만, 그런 회합에 가는 것은 금지되어 있었다. 그럼에도 어느 가을 주말 늦은 오후, 켈리와 나는 켈리의 어머니가 그날 저녁 모임을 위해 땅콩이 담긴 작은 컷글라스 그릇과 프렌치 어니언 딥에 재츠 크래커를 탁자에 차리는 것을 도왔다. 풀러 부인은 "신호와 경이로움" 그리고 "카리스마파의 선물", 일정 기간 열심히 기도 후 성령으로 충만한 사람에게 내려질 수 있는 비범한 힘에 대해 말했다.

그 모든 것이 내게는 매혹적이었다.

켈리네 집에 사람들이 도착하기 시작했다, 혼자 혹은 커플로, 한두 사람은 와인을 들고서. 일찍 도착한 한 여자는 우리 마을 대부분 여자보다 좀 더 교양이 있었다. 그녀의 대담한 장신구와 머리 스타일, 명확한 방식의 말하기는 어딘가 다른 곳(거의 어느 곳이든)에서 온 사람이라는 사실이 부여하는 권위감을 드러내고 있었다. 그녀의 이름은 재키였고 캔버라에서 왔다. 그녀는 이 회합을 이끌기 위해 차를 몰고 여기까지 왔고, 함께 온 남편 로브는 키가 크고 체격이 좋아 보이는 남자로 푸근한 미소를 지으며 모두에게 여러 번 자신이 미네소타 출신이라고 말했고, 그 말은 사람들의 감탄을 자아냈다.

풀러 부인의 친구들로는 또 다른 중년 부부와 그들의 열여섯 살짜리 딸이 있었다. 지독하게 진한 화장을 한 딸은 말이 없어 파악하기 어려웠다. 의기소침하게 보이는 청년 셋이 있었는데 그들은 대개 성당 주변을 맴돌며 사제를 위한 소소한 일들을 하는 이들이었다. 어른이 된 후 돌이켜보니, 성당이, 구체적으로는 점잖은 피츠로이 신부님이 온순한 젊은 게이 청년들이 보호받고 심지어 환영받는다는 느낌을 받을 수 있는 유일한 장소를 그들에게 제공했던 게 틀림없다는 생각이 들었다. 마을에는 '작은 극장'이 있었는데 온갖 종류의 예술적 시도가 이루어지는 곳이었지만 그 청년들은 너무 수줍은 성격이어서 거기에서도 어울리지 못했다.

얼마 후 현관문이 닫히고, 켈리의 어머니가 거실을 돌아다니며 촛불들에 불을 붙이고, 천장의 조명을 껐다. 로브가 작은 카세트 플레이어를 켜자 사람들이 와인 잔과 커피 컵을 내려놓았다. 재키와 로브가 탬버린 두 개를 꺼내어 쟁글 팝 스타일의 성가에 맞추어 흔들면서 눈을 감고 한 줄의 가사를 노래 부르듯 외쳤다. **오라, 성령이여**. 텔레비전에서 나는 힌두교 종교 단체인 하레 크리슈나스가 거리에서—도시였는데 우리 마을과 근처는 전혀 아니었다—춤추고 노래하는 것을 본 적이 있는데, 풀러 부인을 보고 있노라니 황홀한 표정의 머리를 민 그 신자들의 모습이 떠올랐다. 풀러 부인은 이제 두 팔을 높이 올리고 눈을 꼭 감고 있었고, 곧 모두가 몸을 흔들며 촛불만이 켜진 어둠 속에서 작은 마을 사람 특유의 그 주저하는 목소리로 노래를 따라 불렀다.

길게 흔들리는 탬버린의 반짝임과 함께 성가가 끝나자 재키는 강하고 선명한 목소리로, 여전히 눈을 감고 두 손은 높이 올린 채, 우리에게 지시하기 시작했다. 우리는 세 가지를 해야 한다고 말했다. 첫째, 우리는 **기대하는 믿음**을 가지고 기도해야 한다. 즉 우리의 기도가 확실한 결과를 가져올 것임을, 하느님이 분명히 이 기도를 듣고 답해줄 것임을 온전히 믿어야 한다는 뜻이었다. 둘째, 우리는 반드시 "오라, 성령이여"라고 계속 노래해야 한다. 우리는 멈추어서는 안 되는데, 이것이 카리스마를 부르기 때문이다. 셋째, 머릿속에 익숙하지 않은 단어들이 들리는 일이 있다면, 이는 하느님에게서 직접 오는 신성한 언어인 방언의 축복이다. 우리는 그 단어들을 큰 소리로 입 밖에 내어 말해야만 한다.

다시 노래가 시작되었고, 나는 살짝 눈을 뜨고 주위를 돌아보았다. 풀러 부인, 풀러 씨, 그들의 친구들 모두 미소를 지은 채 노래를 부르며 몸을 흔들고 있었다. **오라, 성령이여**. 풀러 씨의 표정은 온화하고 관대했다. 재키와 로브가 다시 한번 잘 들리는 목소리로 크게 성가를 이어가자, 풀러 씨가 눈을 뜨고, 몸을 흔드는 숭배자들 사이로 거실을 말없이 재빨리 돌아다니며 커피 컵과 재떨이들을 모아서 조용히 부엌으로 들어갔다. 손님으로 온 그 십대 딸은 뻣뻣하게 몸은 흔들면서도 노래는 부르지 않았고, 그 부모는 순종적으로 체중을 이쪽 발에서 저쪽 발로, 뒤로 옮기며 가느다란 목소리로 그 노랫말을 되풀이했다. 그런데 진짜로 영향을 받은 것은 청년들이었다. 어둠 속에서, 이 단순한 격려에, 그들은 열리기 시작했다. 그들의 몸이 우아하게 움직이며 자연스러운 유연함이 가슴으로, 허리로 내려왔다. 두 손을 위로 높이 올려 물속의 섬세한 해초 같은 모습으로 부드럽게, 동경을 가득 담아 노래했다.

그때 조용하게 헉, 하는 소리가 들렸고, 쳐다보니 풀러 부인이 몸을 떨면서 숨을 헐떡이기 시작했다. 재키가 그녀에게 다가가 고개를 끄덕이며 활짝 미소를 짓더니 다시 눈을 감고는 노래를 이어갔다. 다른 사람은 모두 풀러 부인으로부터 한 발짝 물러났고 순간 모두 노래를 멈추었다. 그녀가 머리를 뒤로 젖히고 입을 열자 낯선 소리가, 엉터리 아프리카 언어 같은 소리가 길게 이어져 나왔고, '억양'이 몇 마디마다 계속 바뀌었다. 풀러 부인의 눈은 꼭 감겨 있었고, 그녀는 몸을 흔들며 소리를 질렀는데, 뭔가 동물적인 것에, 뭔가 절박한 힘에 사로잡힌 모습이었다. 촛불 속에서 그녀의 목은 작은 땀방울로 빛났고 목소리는 고뇌에 찬 느낌이었다.

재키가 풀러 부인의 목소리와 겹치게 큰 소리로 그녀의 말을 신성한 찬양과 호소로 번역하기 시작했다. 그리고 이제 풀러 부인은 울음을 터뜨리며 새로운 언어로 울부짖었다(나는 그녀가 첫 번째 '단어들' 일부를 거듭 반복하는 것을 알아챌 수 있었다). 그리고 잠깐 눈을 뜨더니 내밀고 있던 로브의 팔 안으로 쓰러졌다. 그는 놀랍도록 능란하게 그녀의 몸을 소파로 옮기고 담요를 덮어주었다. 아주 기민한 동작이어서 이들이 전에도 이미 해봤다는 생각을 하지 않을 수 없었다. 풀러 부인은 두 팔을 머리에 올리고 가슴을 들썩이며 무아경으로 정신을 잃고 누워 있고 다른 사람들은 승리를 거둔 듯 계속 노래했다. 풀러 씨는 주방에서 나와 입구에 서서 이 모든 것을 지켜보며 서 있었다.

다 끝난 후 모두 집으로 가고 켈리와 내가 어둠 속에서 그 애 방에 누워 있었을 때 나는 생각에 잠겼다. 나는 풀러 부인이 성령으로 충만했다는 것이 전혀 믿어지지 않았지만, 그날 일어난 일에 대해서는 일종의 경의를 느꼈다. 청년들과 그들의 바람, 기꺼이 열려 있고자 하는 의지, 새롭게 빠져드는 경험에 온전히 자신을 내맡기고자 하는 갈망, 내게는 그 모든 것이 아름다워 보였다.

다음 날 집에서 나는 어머니에게 우리는 저녁으로 참치 모르네이를 먹고 텔레비전에서 〈이것이 인생이다〉를 보았다고 말했다. 내 생각에 어머니는 내가 사실대로 말하지 않았다는 걸 아는 듯했지만, 더는 물어보지는 않았다.

나는 꿈을 꾼다. 헬렌 패리가 춤을 추는데 머리에 불이 붙었다. 불꽃은 길고 강렬하게 목 위의 머리 전체를 삼키고 있다. 그녀는 새된 소리를 지르면서 머리로 원을 그리며 흔들고, 그러자 불꽃이 머리카락처럼 밖으로 소용돌이친다. 그 새된 소리는 고통이나 두려움이 아니라 희열이다. 힘의 소리였다, 공포로 넘어가는 그 경계에 있는. 땀이 불꽃과 함께 그녀에게서 쏟아져 내린다. 불꽃과 땀 속에서의 그녀 춤에는 뭔가 강인함과 의식을 치르는 듯한 모습이 있다. 일종의 신성한 의식이다.

헬렌 패리가 오늘 저녁 식사에 없었다, 지난 몇 주는 나타나더니만. 나는 그녀가 식사(콜리플라워 수프, 내가 잘하는 음식은 아니어서 이상하게 묽어진다)를 방으로 가져갔을 것이라 짐작했는데, 카멜은 아니라고, 그녀가 어디 있는지 모른다고 말했다. 기튼스 집에 있나 보군, 나는 추측했다.

모두 그녀를 지긋지긋해한다. 보나벤처가 가장 영향을 받은 듯하다. 주눅이 든 것 같아, 보는 내가 마음이 아프다. 그녀가 헬렌 패리가 어디 앉는지 기다렸다가 조심스럽게 반대편 끝으로 가는 것을 본다. 헬렌이 말을 하면 보나벤처가 진짜 감정을, 무지나 무관심을 또는 판단의 두려움을 보이지 않으려고 표정 관리하는 것을 본다. 그런데 보나벤처의 고통이 마치 화학적이기라도 한 것처럼, 냄새를 맡을 수 있기라도 한 것처럼, 헬렌은 보나벤처를 찾아 사소하고 짜증스러운 요구를 한다. 마치 하인처럼 보는 것 같기도 하다. 그리고 보나벤처는 하인처럼 요구를 들어준다. 난 참을 수가 없다.

그런데 오늘 저녁 헬렌 패리가 식탁에 없으니 오랫동안 느끼지 못했던 조화로운 분위기가 있다. 또한 아직 이렇게 얘기하기엔 너무 이르고 감히 희망을 품는 건 아니지만, 지난 며칠 동안 쥐가 좀 적어진 것 같기도 하다. 누군가 그 말을 했지만, 우리는 운명을 시험해서는 안 된다는 걸 알고 있었다. 우리는 그저 눈을 감고 함께 감사 기도를 올렸다.

오늘 좋은 방에서 보나벤처가 유해에 대한 그녀의 감정 아래 무엇이 있는지 드러냈다. 제니가 떠나기 전 그녀와 제니는 이곳 수녀원에서 서로에게 상처를 주는 지독한 싸움을 했다. 보나벤처는 제니가 이곳에 머무는 것이 비도덕적이라고 주장하는 것에 참을 수가 없었다. 서로를 비난했고, 서로에게 악랄한 진실을 퍼부었으며 그리고 제니는 떠났고, 보나벤처는 괴로워했다. 사과한 적도 용서한 적도 없는 상태에서 제니의 실종이 들려오자 보나벤처는 영원한 고뇌에 빠져들었다. 이것이 그녀가 제니의 관 앞에서 철야를 하고 속죄를 하는 이유이다.

그녀가 내게 이 이야기를 들려주는 동안 나는 곁에 앉아 있었고, 이야기를 마친 후에는 그녀의 부드럽고 건조한 손을 잡아주었다. 그렇게 우리는 한동안 함께 관을 바라보았다. 우리 모두 죽은 이를 성자로 만들지요, 내가 말했다. 남은 사람이 견딜 수 있는 유일한 방법이니까요. 보나벤처는 잠시 말없이 있었는데, 내게 진실을 이야기할지 마음을 정하는 중임을, 그 망설임의 무게를 느낄 수 있었다. 그리고 그녀가 입을 열었을 때 그녀는 내가 잘못 알고 있는 것이라고 말했다. 제니는 성자가 아니었고 지금도 아니라고. 그녀가 바라는 건 제니에게 사죄하고 제니의 사면을 받는 게 아니라고. 오히려 반대라고. 제니는 떠났고, 보나벤처는 일어났던 일의 그 큰 혼란과 부당함과 함께 남겨졌으며 분노는 가라앉을 줄 모른다고 했다. "난 그녀의 용서를 바라고자 기도한 게 아니에요." 그녀가 말했다. "난 내 안에 용서할 마음이 한 조각이라도 있는지 그걸 찾으려는 거예요."

그녀가 그 이야기를 들려주고 난 후, 나는 그녀 안의 그 차갑고 단단한 무게를 느낄 수 있었고, 그녀가 그것을 결코 떨쳐낼 수 없을 거라고 했을 때 그 말을 이해했다. 그녀는 다시 무릎을 꿇었고, 나는 한 손을 나무 관 위의 십자가에 놓고 고개를 숙인 뒤 그녀를 그곳에 혼자 두고 나왔다.

태어난 인생을 살지 않으면 병들게 된다. 그것이 오늘 아침 헬렌 패리가 우리에게 들려준 말인데, 일종의 지식 베풀기이다. 태국에 있는 헬렌의 친구들은 이것이 그 사람의 다르마*라고 말한다고 했다. 다른 사람의 삶을 살면서 아주 성공할 수 있다고 하더라도 사람은 자신의 다르마에 따라 살아야 한다. 자신에게 주어진 다르마를 살지 않으면 스스로에게 막대한 영적 위해를 끼치게 된다.

나는 이십대 시절 알던 한 화가가 떠올랐다. 그는 끝마치지 않은 그림은 일종의 악성종양이라고 말했다. 화가는 병들지 않으려면

---

* 불교에서 인간이 실천해야 할 진리와 도리를 뜻하며, 개인에게 적용될 때는 업(業)인 카르마와 밀접한 관계가 있다.

반드시 자신의 작품을, 훌륭하든 나쁘든, 끝마쳐야 한다고 했다.

헬렌 패리가 아침 식탁에서 가르치듯 한마디 한 후 보나벤처가 아주 조용히 답했는데 그녀는 듣지 못한 듯했다. "나는 이 삶을 위해 태어났어요." 나는 그 말이 헬렌과의 싸움뿐 아니라 제니 수녀와의 싸움이기도 하다는 뜻임을 이해했다.

내가 참아줄 수 없었던 것은 '예수와 사랑에 빠지기' 이야기인데, 이어서 그 얘기가 나올 것임을 알았고, 실제로 나왔다. 나는 그런 이야기가 구역질이 난다. 분명 이 생활은 그런 것보다는 더 명징한 무언가로 이루어져야 한다. 뭔가 근엄한 것, 중대하고 강력한 것. 몰입, 냉정한 사고. 고투, 가라앉히기 위한…… 무엇을? 에고. 자아. 증오. 자만. 그런데 그러기는커녕 그 대신 여기엔 시시가, 카멜이 있고, 그들은 히죽히죽 웃으며 그들이 여기 있는 이유는 **예수와 사랑에 빠졌고 천국에서 그와 함께 살고 싶기 때문**이라고 말한다. 마치 무슨 십대 아이들이 좋아하는 아이돌 이야기하듯이. 나는 이럴 때 어이없어하며 눈을 굴려서는 안 된다는 걸 배워 알지만 참는 게 도저히 불가능할 때가 있다. 바로 그 순간, 간신히 식탁에서 일어나지 않고 버티던 그때 나는 헬렌 패리와 눈이 마주쳐 놀랐고, 더욱 놀라운 것은 그녀와 내가 계속 눈을 마주 보고 있었다는 것이다. 그리고 그녀는 시시와 카멜의 실없는 언사를 티 나지 않게 흉내 내며 머리를 살짝 흔들었고, 나는 웃음을 참느라 고개를 돌렸는데, 그 과정에서 가라앉히는 일은 완전히 실패하고 말았다. 내 에고를, 자아를, 자만을.

그런데 시시가 바보는 아니다. 그녀는 그 광경을 보았고, 식탁의 헬렌 패리를 마주 쳐다보더니 그 다정하고 위험한 목소리로 물었다. "왜 여기 **왔다**고 생각하나요, 헬렌?"

그녀의 질문은 충격적인 것이었고, 우리 모두 그렇게 느꼈다고 생각한다. 헬렌은 대답하기 전 잠시 사이를 두다가 미소를 지었다. "제니 수녀를 집으로 데려오기 위해서죠, 명백히."

그녀는 식탁을 둘러보았고, 그녀와 시시가 뒤따른 침묵 속에서 서로 마주 보았다. 헬렌은 이 침묵 속에서 질문을 곱씹더니, 마침내 그녀 자신의 모습을 우리에게 보여주었다. "그리고 우리 어머니를 만나기 위해서요." 그녀가 말했다. "어머니가 죽기 전에."

3부

가을이다. 개울을 따라 선 포플러와 버드나무가 부드러운 노란색으로 변했고, 재의 수요일이어서 우리는 우리가 흙이라는 것을 기억했다.

회상. 사제가 이마에 엄지로 문질러 십자가를 그림, 달콤한 냄새가 나는 잿가루가 감은 눈의 눈썹 위로 떨어짐.

새벽기도 후 오늘 아침 수반에 새들이 마실 물을 채우다가 앵무새가 수반을 향해 급강하할 때 나는 둔탁한 날갯짓 소리가 밤에 쥐가 재빨리 지나가는 소리와 닮았음을 깨달았다. 쥐 떼의 창궐이 이제 모든 것을 오염하고 있다. 모든 냄새는 물론 심지어 소리도, 심지어 기억도.

고무호스를 거치대에 다시 감으며, 우리 마을에 살던 소년이 어른이 되어 부모를 총으로 쏘아 죽였던 일을 떠올렸다. 당시에는 라이플총이 많았다. 우리 아버지도 한 자루 가지고 있었고, 상자에 넣어 높은 선반에 숨겨두었지만, 실제로 아버지가 사용했는지는 알지 못한다. 내가 총이 거기 있다는 것을 어떻게 발견했는지, 아버지가 왜 그런 것이 필요했는지도 기억나지 않는다. 아버지가 숲속 체험 학교에서 아이들을 가르치던 시절 한 번 뱀을 쏘았다는 이야기는 들었다. 아버지 뒤로 어린이들이 많이 모여 있을 때 아버지가 잠든 갈색 뱀을 조준했다. 뱀은 죽은 후 길게 쉭, 하는 소리를 냈는데, 아버지는 그것이 이상하다고 생각했다. 그때 아이들이 기뻐하며 새된 소리를 지르기 시작했는데, 알고 보니 아버지는 자신의 오토바이 타이어를 맞힌 것이고 뱀은 천천히 미끄러져 도망갔다. 우리 벽장에 있던 라이플총은 이 이야기를 통해 애정 어린 고색창연한 빛깔을 띠게 되었다. 내 기억 속의 그 총은 갈색 나무 개머리판의 따뜻함 그리고 윤기 흐르던 매혹이었다. 내가 이걸 언제 봤던가? 경건하게 상자를 열던 기억이 나는 것 같다. 녹색 펠트 안감(작은 컷글라스 성찬 물병 박스의 안감 같은 거다), 천천히 살펴보고, 그러고 나서 총의 각 부분을 제자리에 돌려놓던 장면. 그러나 어쩌면 이건 기억이 아니라 텔레비전이나 책에서 보았던 것일 수도 있다. 내가 어른이 되기 전 어느 시점에 우리 벽장에 있던 라이플총은 어떤 말 한마디도 없이 사라졌다.

그 청년의 가족은 내가 기억하기로 시내 큰길의 코로네이션 카페 주인이었다. 어머니와 아버지는 카페 위층 아파트에 살았고, 청년은 뒷마당에 있는 트레일러에서 살았다. 형이 있었는데 이 일이 일어났을 때 어디 있었는지, 가족과 함께 살았는지, 독립해서 나간 후였는지 아는 바가 없다. 어느 평일 저녁, 저녁을 먹은 지 한두 시간 후, 당시 열아홉 살에 자동차 견습 수리공이던 청년이 손에 셔츠를 들고 트레일러에서 집 안으로 들어갔다. 그리고 일어난 일은 이렇다. 그는 어머니에게 셔츠에 단추를 꿰매어달라고 했지만 어머니는 싫다고, 하지 않겠다고 말했다. 청년은 아무 말도 하지 않고 트레일러로 돌아갔다. 그러고 나서 곧 라이플총을 들고 부모의 거실로 돌아와 두 사람에게 여러 발씩을 쏘았고 그들은 죽었다.

지난 세월 나는 이 청년에 대해, 이 시절 이 가족의 생활에 대체 무슨 일이 있었길래 이 끔찍한 사건으로 이어졌을지에 대해, 그날 밤에 대해 생각해봤다. 그의 손에 들린 셔츠, 거실에서 트레일러로 돌아가는 걸음, 결심의 순간, 다시 뒷문으로 돌아가는 단호한 발걸음, 계단을 올라, 부엌을 지나, 거실 문을 여는 그. 그의 부모는 겨눠진 라이플총을 본 순간 아들이 왜 그런 행동을 하려는 것인지 그 이유에 대해 얼마큼 알았을까?

부모를 죽인 후—어느 정도 시간이 흘렀는지는 모르지만 길지 않았다고 한다—그는 라이플총을 부엌에 두고 그의 차 열쇠를 찾아 닷선 자동차를 몰고 10분 거리에 있는 그의 기술학교 교사의 집으로 갔다. 그는 문을 두드렸고, 교사의 아내가 문을 열었다. 그녀는 밤 9시였기에 당황했고, 그는 그녀의 남편과 이야기해야 한다고 말했다. 그의 모습에서 보이는 무언가에 그녀는 이 사람을 집으로 들여야 한다는 것을 받아들였다. 남편을 불렀고, 남편이 문으로 나와 그를 데리고 부엌으로 들어갔다. 그는 교사에게 자신이 한 짓을 얘기했다. 교사는 그를 거실로 데리고 들어가 함께 앉은 후 아내에게 경찰에 전화해달라고 부탁했다.

나는 또한 이 순간도 생각해보았다, 지난 세월 동안. 청년, 교사, 청년이 말해야 했던 그 극악무도함, 멍함, 서서히 다가오는 충격의 몇 분, 마침내 경찰의 도착. 도저히 믿을 수 없음, 얼떨떨함. 청년에 대한 교사의 친절과 애정. 그들은 그 15분 동안 무슨 말들을 했을까? 그의 아내는 따뜻하고 아주 달콤한 차를 만들었을까? 그들은 텔레비전 화면을 응시하고 있었을까? 경찰이 청년을 데려간 후 그 부부의 집은 어떠했을까?

나중에 마룻바닥과 피, 이 모든 일의 원인이 떨어진 단추 하나였다는 어이없는 사실 등의 이야기가 나왔다. 그 청년이 조용한 사람이었다는 것, 부모가 형을 편애했다는 것, 그러나 내가 보기엔 이 모든 건 그냥 추측에 불과하다는 것이 명백했다.

살인 사건 직후 지방법원에서 예심이 있었다. 청년을 도우러 온 사람은 아무도 없었다. 교사도 오지 않았지만 누가 그를 비난할 수 있겠는가? 검사가 살인 혐의를 읽는 동안 청년은 고아가 된 채 피고석에 앉아, 두 손에 얼굴을 묻고 흐느끼고 또 흐느껴 울었다.

수면 아래 가족의 비밀스러운 생활은 아무도 모른다.

오늘 미사에서, 당연히, 속죄와 용서의 이야기가 있었다. 헬렌 패리는 자리에 없어 듣지 못했다. 나는 그녀가 시내에, 요양원에 있었다고 생각한다. 그녀의 어머니 면회를 생각하다 보니 오늘 아침 그 청년이 떠오른 것이다. 그녀가 우리에게 어머니가 아직 살아 있다고 말한 이후로 나는 패리 부인이 헬렌에게 폭력을 행했던 일들이, 우리 마을에서 그녀를 볼 때마다 풍기던 우울한 슬픔이 거듭 기억났다.

헬렌은 학교 운동장에서 괴롭히던 아이들에게, 교사들에게, 심지어 교장에게도 굴복한 적이 없다. 그녀는 맞서 싸웠고 목소리를 높였고 저항했다. 침을 뱉고 욕설을 했다. 그러나 지난 며칠 내게 떠오른 기억은 어머니의 폭발 앞에서는 헬렌이 견딜 수 없을 정도로 조용했던 일이다. 어머니는 버스에서도 헬렌에게 소리를 지르고 슈퍼마켓 앞에서도 따귀를 때렸는데, 헬렌은 그냥 잠자코 있을 뿐, 어머니가 그렇게 분노를 분출하고 쏟아붓는데도 마음 달래는 말 몇 마디를 중얼거리거나 아예 아무 말 없이, 너무나도 동요 없이, 그 폭풍이 지나가길 기다렸다. 그녀의 모든 감각은 어머니 때문에 두 사람이 처한 수치스러운 상황에서 어머니를 보호하는 일에 집중했다.

나는 청년의 재판 전에 마을을 떠나 대학에 갔고, 그의 판결도,

그가 우리 마을에 위치한 지역 교도소에 갔는지, 다른 마을 교도소에서 서글픈 미래를 살아가도록 이송되었는지도 듣지 못했다. 어쩌면 그는 멀리 가는 편을 더 바랐을지도 모른다.

우리 마을의 교도소에서 몇 블록 떨어지지 않은 곳에 텃밭이 하나 있었는데, 선발된 죄수들이 허락을 받고 나와 교도소 주방에서 사용할 채소를 재배했다. 여학생 시절 우리는 때때로 그 텃밭을 걸어서 지나가다가 갈고리와 삽을 든 남자들이 길게 심어진 양배추와 감자 앞에 있는 것을 바라보며 재미있어했다. 가끔 우리 중에 누군가 큰 소리로 인사를 하거나 모욕적인 말을 외치곤 했지만 남자들은 쳐다보는 법이 없었다. 그 텃밭을 지날 때면 우리는 위험이 주는 스릴을 느꼈다. 우리와 남자들 사이에는 지역의 농장에서 볼 수 있는 평범한 철망 울타리만이 있었고, 교도소에는 살인자와 강간범이 가득하다는 말을 들었던 터였다. 그런데 거기서 일하는 것이 허용된 남자들은 풀이 죽은 듯 보였고, 그 흉한 녹색 운동복 차림으로 길게 늘어선 채소 사이에 무릎을 꿇고 있거나 손수레로 잡초를 트럭으로 옮기는 걸 보면 폭력성은 다 비워진 듯했다. 분명히 교도관이 한두 명 어딘가 있었겠지만 우리는 한 번도 본 적이 없다. 나중에 우리 동네 교도소에 갇힌 죄수는 대부분 아동성추행범으로, 그들의 안전을 위해 다른 범죄를 저지른 죄수들과 분리되어 있다는 이야기를 들었다.

나는 지금은 육십대 초반일 그 청년을 위해 기도했다(측은히 여겨 동정을 보내고 온전한 관심을 쏟았다). 그가 그 시절 종교가 있었던 것 같지는 않지만 누가 알겠는가? 어디선가, 오늘 아침, 그도 이마에 엄지가 견고하게 닿는 것을, 눈썹에 재가 떨어지는 것을 느꼈을까 생각해보았다. 처음에는 그가 당연히 아직 교도소에 있으리라 단정했지만, 그 끔찍한 밤은 이제 40년도 더 된 일이고, **종신형**이 진짜로 종신형인 건 아니니까. 어쩌면 그는 석방되었는지도 모른다. 지금, 그는 자신이 저지른 일에 대해 무슨 생각을 할까? 속죄를 위해서는 자신 안에서 무엇이 필요할까? 결코 용서하지 않는 일?

오늘 아침 공기는 뼛속 깊이 파고드는 차가움이다. 첫서리, 때가 되었다.

한 친구가 그녀의 죽어가던 오빠 이야기를 들려준 적이 있다. 그 오빠는, 잘 알려진 안락사 운동가이자 의사를 그녀와 가족이 그를 돌보고 있던 집으로 불렀다. 오빠는 죽고 싶은 것이라고, 그녀는 확신했다. 의사는 "장비"를 제공할 수도 없고 제공하지도 않겠다고 명확히 말했다. 단지 정보를 제공하기 위해 왔을 뿐이라 했다. 법에 저촉되지 않기 위함이었다. 그는 정확하고 직설적인 언어로 현재 실행 가능한 실질적인 선택 사항과 방법을 설명했다. "아주 진지한 대화였어." 내 친구는 말했다. 그녀는 상황의 복잡성을 의사와 의논하고 싶었다. 아직은 오빠가 죽는 것을 돕고 싶지 않고, 가족 중 누구도 동의하지 않을 것이며, 오빠 혼자서는 실행할 수 없다고. 그녀는 의사가 그들에게 한 이야기를 내게 자세히 들려주진 않았고 나 역시 묻지 않았다. 그녀로서는 이 이야기를 하는 것만으로도 힘들었을 것이다. 여름날 저녁이었고, 우리는 그녀 정원에 나와 앉아 있었으며, 함께 저녁 식사를 한 다른 사람들은 안에서 식탁에 앉아 웃고 있었다. 우리는 담배를 피우려고 밖으로 나온 터였다. 그녀는 오빠가 그녀에게 죽을 수 있게 제발 도와달라고 빌었다고, 그래서 그렇게 했다고 말했다. 그리고 이제 평생 그 죄책감을 짊어지고 살아야 한다고.

오빠를 도우러 왔던 의사는 지금껏 만나본 의사 중에 가장 냉정한 태도를 지니고 있었다고 말했다. 그녀는 외과 의사들을 많이 만나본지라(이 일 몇 년 전에 암 진단을 받았고 이젠 다 나았다) 의사의 오만함은 아주 익숙했다. 그런데 이 의사는, 오빠를 죽이는 방법을 알려주러 와서도 어떤 측은지심도 보이지 않았고, 아예 감정 자체를 드러내지 않았다.

"정말 이상한 사람이었어." 그녀가 말했다. 도덕적으로 그 의사가 오빠를 돕는 게 옳다는 것을 그녀는 알았다. 그가 대단히 용기 있고 대단히 공감하고 있다는 생각도 했다. 그러나 막상 방에 그와 함께 있으면, 그의 목소리와 태도는 공감과는 전혀 거리가 멀었다. 의사 때문에 살갗에 소름이 돋았다고 했다. 그럼에도 그가 하는 이야기를 귀 기울여 들었고, 며칠 후 다른 가족이 전부 외출

했을 때 오빠가 그녀를 방으로 불렀다. 두 사람은 그날이 실행에 옮길 날임을 이미 동의해둔 상태였고, 그녀는 실제로 그렇게 했다. 오빠는 세상을 떠났고, 그녀는 그를 지켜보았다. 그리고 즉시 의사가 지시한 대로 그녀가 한 일의 증거를 없애고 다른 의사를, 원래 의사가 알려준 의사를 불렀고, 새로 온 의사는 오빠의 사망 선고를 내려주었다.

이 이야기를 들려줄 때 친구는 눈물을 흘리지 않았다. 그러나 그 일로 인한 고통을 얼굴에서 볼 수 있었고 목소리에서 들을 수 있었다. 그녀는 자신이 한 일을 결코 잊지 못할 것이며, 그 일에 대해 마음이 편안해지는 것도 허락할 수 없다고 말했다.

나는 그간 그 의사를 가끔 텔레비전에서 보았고, 그럴 때면 그 방에서 내 친구와 그녀의 오빠와 함께 있는 의사를 생각해보곤 했다. 그가 인간적이고 따뜻한, 평범한 감정을 가졌더라면 그녀의 오빠를 도울 수 없었을 것임은 명확해 보인다. 친구와 가족(그의 아내는 오고 또 떠나고 해서 네 번째 아내라고)과 함께 한 인터뷰에서 그 의사는 엄청나게 친절하고 유머 감각도 있는 사람으로 묘사되었다. 직접 인터뷰할 때 의사는 풍자적인 위트와 공감을 상당히 많이 보여주었다. 카메라를 바라보는 그의 눈에서 눈물도 보였다.

나는 궁금했다. 의사가 방문 당시 동정이나 감정을 보였다면 친구는 그 일을 끝까지 해낼 수 있었을까? 어쩌면 냉정함이 가장 공감하는 측면은 아닌지. 어쩌면 이 일은 어떤 감정의 표현도 없을 때만 해낼 수 있는 것이 아닌지. 오빠의 침대 곁에서 차갑게 식어가는 그의 손을 잡은 채 두 번째 의사가 와서 사망 선고를 해주길 기다리면서 친구는 울고, 울고, 또 울었다. 그녀는 통곡을 했다고 말했다. 두 번째 의사가 왔을 때 그녀는 전화를 들고 밖으로 나가 형제들과 부모에게 전화를 걸어 오빠의 죽음을 알렸고, 전화를 거듭할수록 자신의 목소리가 점점 차가워지는 것을 들을 수 있었다고 했다.

밤에 묵직하게 탁탁 두드리는 흔들림에 잠에서 깬다. 침대 옆 스탠드를 켜자 닫힌 창문 방충망 위로 쥐 떼가 뛰어올라 타고 넘어가는 것이 보인다. 불빛이 밝혀지자 경련 같은 떨림이 쥐 떼들 사이로 번지며 앞다투어 올라가는 움직임이 더 광적으로 된다. 나는 즉시 불을 끄고 누워 굳은 몸으로 소리가 멈추길 기다린다.

어둠 속에 잠 못 이룬 채 나는 이 낮은 진동이 무서운 진실을 내게 들려주고 있음을 이해한다. 나는 죽으리라는 것. 이 앎은 대부분 자신에게서 숨겨져 있으나 실상은 늘 거기 있고, 또한 우리 안에서 확고히 자리 잡아가고 있다. 멈출 수 없다. 그래서 내가 쥐를 싫어한다. 지금 나는 이것을 깨닫는다, 이 흔들리는 어둠 속에서. 그리고 안다고 해서 미움이 멈추는 것은 아니다.

나는 강력히 권고받은 대로 침대 다리를 물이 가득 담긴 양동이에 넣어야겠다고 마음먹는다. 나는 다시 잠이 들고 소리는 여전히 이어진다. 쥐들은 위로 올라가고 있다. 지붕의 틈새로 들어가려는 것이다.

그러고 나서, 꿈. 나는 자는 동안 방 안에 바퀴벌레 한 마리가 기어 다닌다는 의심에 불안했다. 한 친구가 들어와 웃음을 터뜨리며 해준 이야기에 내 몸 안이 다 녹아내리는 것 같았다. 그녀는 내 방에 있던 것이 바퀴벌레가 아니라는 증거를 보여준다. 그건 표범이었다.

복도에서 식당으로 가는 길에 유명한 성자인 노리치의 줄리안의 인용문이 걸려 있다. **모든 것이 잘될 것이다, 모든 것이 잘될 것이다, 그리고 온갖 종류의 것이 다 잘될 것이다.** 근처 작은 벽감 안에는 다른 것이 걸려 있다. 상자 안에 핀으로 꽂힌 주황색, 검은색의 죽은 나비들로, 오래전에 세상을 떠난 이 지역 늙은 사제의 선물이었다.

나는 이 두 액자 앞을 매일 지나가지만, 때로 이 익숙한 것들에서 갑자기 새롭게 깨닫는다. 새벽기도를 하면서 이 나비들과 그 모든 멸종과 위협에 대한 애도에 잠겨 있다가 다시 한번 이 수도원 벽 밖의 어떤 것도 잘되지 않고 있고, 어떤 종류의 것도 잘되지 않을 것이란 깨달음이 밀려들었다. 이 벽 안에서는 헬렌 패리만

이 유일하게 그 진실을 마주하고 있다는 것도 나는 안다.

그리고 나는 이 앎에 있어 내 의무가 무엇인지 알지 못하고, 그저 품고 있을 뿐이다.

비, 밤새도록 지붕을 낮고 강하게 두드림. 내 이십대 초반의 소리, 내가 처음으로 시드니로 갔을 때 쉴 새 없이 내리는 비에 힘들어하던 그때의 소리다. 나는 건조한 시골 출신이어서 그런 것을 본 적이 없었다. 도시에서는 실내 공기도 젖어 있었고, 곰팡이가 신발과 소파 뒤편을 뒤덮었다. 한 친구의 집에서는 벽에서 물이 스며 나왔다.

조지핀이 내가 한 이야기에 대해 따지고 들었다. 내가 어린 시절 사제와 학교 선생님을 언급하며 그들이 성경이나 성당에 대해 들려준 열정적인 이야기 어디에도 여성의 존재는 전무했다고 말한 적이 있었다. 몇 주 전 지나가듯 한 이야기로, 어린 시절 받은 교육을 통해서 나는 내가 여자인 것을 싫어하지 않으면 하느님이 내게 전혀 관심을 주지 않는다고 이해했다고 말했다. 사실 그녀에게 이런 말을 한 기억조차 없었는데, 이런 생각이 내게 너무나 일상적이었기 때문이다. 그러나 불쌍한 조지핀은 그 말을 되새김하고 있었던 것이다. 그녀는 어제 내게 도전하듯 다가와, 물론 소심하게 얼굴을 붉히며, 성경의 중요한 여성 인물을 나열했다. 룻과 나오미. 그녀가 말했다. "유다의 영리한 며느리"인 다말과 다윗의 딸로 "친족 성폭력의 피해자"인 또 다른 다말도 있다고.

"**이스라엘의 지도자**였던 데보라도 있었어요." 조지핀이 다급하게 말했다. 그녀는 물었다. 12년 동안 피를 흘린 여성과 대화를 나눴던 예수님은요? 그리고 사마리아 여인도요! 십자가에 매달릴 때 여성들이 있었어요. 예수님의 빈 무덤에 들어간 것도 **여성**이었고요.

나는 조지핀이 이런 이야기를 하는 동안 줄곧 고개를 끄덕였고, 그녀에게 선명히 드러나는 이 아픔을 내가 야기했다는 것이 미안했다. 나는 그녀가 아름답고 심오하다고 생각하는 것을 모욕한 셈이고, 나 역시 소중히 여기는 것을 조롱당한 기분이 어떤지 안다. 자존감의 끔찍한 하락을 맛보게 된다. 어리석은 자신이 창피해지는데, 내가 조지핀을 그렇게 만들었다니 정말이지 미안했다.

나는 그렇게 여성을 무시하는 언사를 한 것에 사과했고, 그녀가 옳다고, 성경에는 강력한 힘을 가진 여성 인물이 많았다는 것을 이젠 알겠다고 말했다. 그녀는 내 사과에 뻣뻣하게, 상처 입은 모습으로 고개를 끄덕였다. 내가 룻과 그녀의 시어머니, 다말과 데보라에 아무런 관심이 없다는 것을, 만약 조지핀이 아닌 다른 사람이, 시몬이나 리처드 기튼스, 심지어 헬렌 패리가 그런 말을 했다면 맞받아 싸우고 더 논쟁했으리라는 것을 조지핀이 느꼈음을 알았다. 내 말이 진심이 아니라는 것을 깨달은 조지핀의 얼굴이 더 붉어졌고, 나는 또 미안해졌는데, 그녀가 몇 주 동안 이 생각에 골몰했을 것임을 알았기에 더욱더 그랬다. 나의 사과는 진짜였다, 동의는 진짜가 아니었지만.

이런 식으로 거짓말을 하는 것이 나는 부끄럽고 그것이 티가 난다. 우리는 좋게 마무리하며 헤어졌지만 이제 우리 사이에는 진짜 불협화음으로 엉킨 매듭이 남았고, 그건 쉽게 풀리지 않을 것이다.

그러고 나서 시몬이 나를 쳐다보는데, 나는 이런 것이 예전에 그녀가 내게 보게 하려던 종류의 것임을 깨달았다. 나는 이해했다는 뜻으로 그녀에게 고개를 끄덕였다. 나는 더 노력할 것이다.

닭장 청소를 하는 동안 닭들을 정원으로 내보냈더니 열광한다. 식물들 사이 사방에 쥐 소리가 들리고, 닭들은 쥐들을 쫓아가느라 전속력으로 화단을 질주하고 방향도 튼다. 사납다.

또 비가 오기 시작했고 며칠째 계속 내린다. 처음에 우리는 희망을 품었었다, 비는 쥐의 종말이니까. 그러나 비는 쥐를 실내로 몰았을 뿐이고 그건 더 최악이었다. 카멜에게 할 이야기가 있어 걸음을 멈추는데, 쥐들이 발 위로 올라 다니지 못하도록 발을 쾅쾅 굴러야 한다. 어젯밤에는 앉아서 책을 읽는 동안 한 마리가 **내 다리 위에서 뛰어다녔다.**

오늘 아침 나는 성당의 꽃 갈아주기 당번이어서 양동이를 가지고 십자가 앞으로 가서 무릎을 꿇는데, 멀지 않은 곳 바닥에 불룩한 덩어리가 보였다. 평화비둘기였다. 또 어찌어찌 성당 안으로 들어오고는 나가려 애쓰다 큰 창문에 부딪혀 바닥으로 세게 떨어진 모양이었다. 그런데 나는 가까이 다가가면서 비명이 터져 나오는 것을 막을 수가 없었다. 쥐 두 마리가 비둘기의 얼굴을 분주하게 갉아 먹고 있었다. 내가 날카롭게 소리치며 발을 구르자 쥐들이 달아났다. 불쌍한 비둘기의 검은 두 눈은 여전히 제자리에서 반짝이고 윗부리도 멀쩡했지만 턱에서 가슴까지는 씹혀서 핏덩이뿐 아무것도 없었다. 나는 그곳 십자가 옆에서 무릎을 꿇고 머리 없이 차갑게 식어가는 새를 두 손에 들었다. 지금껏 본 최악의 훼손이었다. 심장의 쿵쾅대는 울림이 멈춰지지 않았다.

우리는 가장 최근에 수리하고 가장 밀폐가 잘된 손님 숙소 한 곳을 저장 창고로 만들었다. 잠깐 뜸한가 했더니 쥐 떼의 습격도 마치 힘을 강화하기 위해 며칠 휴지기를 가졌던 것처럼 전보다 훨씬 악화된 것 같다. 이제 우리는 냉장고 안이 아니면 채소조차 부엌에 그냥 둘 수 없게 되었다.

오늘은 헬렌 패리와 함께 식재료를 가지러 왔다. 우리는 잠긴 문을 열고 (발을 구르고 소리를 쳐 쥐들을 어두운 출입구에서 몰아내고는) 안으로 들어갔다. 내가 문을 쾅 닫았고, 그러고 나서 둘이 서서 호박과 스웨덴 순무로 뒤덮인 녹색 리놀륨과, 마늘 타래가 걸린 창문을 둘러보았다. 간이 주방 벤치와 싱크대는 감자가 가득 든 거대한 이케아 가방 세 개가 차지하고 있다. 책상 위에는 갈색 양파를 담은 플라스틱 양동이 세 개. 다른 채소는 냉장고에 있다.

우리는 여기저기 살피며 쥐덫과 벽장을 확인했다. 다행히도 쥐는 없었고 아직까진 흔적도 없었다. 우리는 쥐덫의 딱딱해진 치즈 덩어리를 새 치즈나 땅콩버터로 교체했다. 그러고 나서 말없이 방 안을 돌며 플라스틱 바구니에 이번 한 주 동안 필요한 것들을 채웠다.

그곳에서 헬렌이 내게 말했다. "우리 어머니 기억하지, 그렇지." 질문이 아니었다. 그녀는 이케아 가방에서 숫자를 세며 감자를 내게 건네는 중이었다.

"응." 내가 말했다. "기억하지." 달리 무슨 말을 해야 할지 몰랐다.

잠깐 우리의 시선이 만났다. 그러고 나서 헬렌은 고개를 끄덕이더니 말했다. "기억할 거라 생각했어."

그녀는 냉장고를 열고 콜리플라워와 브로콜리 몇 개를 꺼냈고 나는 그것을 내 바구니에 넣었다. 우리 위쪽 벽에는 예수가 십자가에 매달린 채 슬픈 표정으로 이 기이한 추수를 내려다보고 있었다.

우리 어머니가 방문하던 사람 중에 우울증이 매우 심각해서 스스로 목숨을 끊기로 결심한 여자가 있었다. 그 결심을 어떻게 다들 알게 되었는지 나는 모르지만, 친구 한 그룹이 여자가 병에서 회복될 때까지 순번을 정해 마을 외곽에 있는 여자의 집에서 곁을 지키기로 했다.

아침마다 당번인 친구는 여자네 남는 방의 침대에서 일어나 복도로 살그머니 나가 여자의 침실 밖에서 움직이는 소리가 들리는지, 살아 있는 게 확실한지 귀 기울여 들으면서 조용히 기다렸다.

여자는 자신이 가장 원하는 일을 하지 않기를 원하는 이 사람들에 대해 지독한 인내심을 보였다. 감사하게 생각지도 않았고 그들이 친절을 베풀고 있다고 착각하게 두지도 않았으나 그렇다고 쫓아내지도 않았다. 우리 어머니도 그 여자와 퍼즐을 함께 하거나 정원 가꾸기 책을 보며 시간을 보냈다. 어머니는 커튼을 열어 여자가 정원을 볼 수 있도록 했으나, 시기적으로 겨울이어서 풍경이 희망적인 영감을 주지는 못했다. 그래도 두 사람은 부드럽게 이야기를 나누었고 어머니는 차를 끓이고 여자는 차를 마셨다.

하루는 여자가 어머니에게 가벼운 애정을 보이며 말했다. "걱정하지 마. 당신이 오는 날에는 하지 않을게."

여자는 자살했고, 어머니가 간 날은 아니었다. 모든 것이 끝난 후, 어머니 말에 따르면, 여자가 살아 있게 하려 애썼던 친구들은 모두 가족에게 돌아갔고, 여자의 침실 밖에서 기다리던 아침의 두려움도 사라졌다. 그러나 비극적인 실패라는 감정은 결코 사라지지 않고 남았다.

나는 어머니도, 다른 누구도 패리 부인을 찾아가지 않았으리라 생각한다.

이제는 차 문을 여는 일도 패기가 필요하다. 보나벤처의 등받이 쿠션은 버릴 수밖에 없었다. 어제 나는 차 안에 너무 무게를 실어 앉다가 등 뒤에서 꿈틀거리는 것을 느끼고 비명을 지르며 차에서 뛰쳐나왔고, 그러다 발목을 삐었다. 쥐 십여 마리가 쿠션 뒤에서 쏟아져 나와 운전석과 발밑 공간을 펄쩍펄쩍 뛰며 탈출하려 했다. 20분이 지나서야 나는 다시 차에 탈 용기를 낼 수 있었다. 이제는 시동을 걸기 전에 차 문을 열어놓고 그것들이 빠져나오거나 (또는 숨기를) 기다렸다 차에 탄다.

내가 이곳에 완전히 들어오기 얼마 전, 친구 베스가 암 치료가 불가능하다는, 잘하면 1년 혹은 2년, 최악의 경우는 6개월이라는 진단을 받았다. 우리는, 친구들은 바빠지고 마음도 절박해졌다.

우리는 전화를 하고, 이메일과 문자, 카드와 꽃을 보냈다. 집에서 키운 채소, 마사지 상품권을, 그녀는 잘 먹지 못해도 남편과 아들을 위해 음식을 보냈다. 우리는 그녀를 사랑했고 그녀를 잃는다는 것이 견딜 수 없었다. 그녀를 구할 수만 있다면 무엇이든 하고 싶었으나 할 수 있는 건 없었다. 보드라운 옷을 보냈고, 아들의 숙제를 도왔으며, 아들의 장래 교육을 위해 돈을 모았다. 그러나 우리는 이 모든 일이 부질없음을 알았고, 두려움의 물결이 우리가 그녀에게 닿으려는 모든 시도 아래 흐르고 있었다.

최소한 나의 시도 아래로는 그랬다. 그 전에도 그런 것을 느낀 적이 있기에 분명하게 깨달을 수 있었다. 필사적인, 매달려보는, 지푸라기라도 잡는, 그런 심정. 베스는 전화도 받을 수 없었고 메시지 대부분에 답장도 할 수 없었다. 에너지를 아껴야만 했다. 우리는 이해했다. 당연히 우리는 이해했다.

나는 필요한 사람이 되고 싶다는 생각을 속으로만 품고 있었지만, 나는 베스를 못 만났는데 다른 친구가 만났다는 걸 알게 되면 거의 육체적으로 상처를 입는 것만 같았다. 베스에게서 받는 상처는 아니었다, 내가 그녀에게 특별한 권리가 있는 것도 아니니까, 특히나 그런 상황에서는. 그런데도 상처를 받았고, 나의 무언가를 빼앗긴 것처럼 쓸쓸했다. 어머니가 베스와 같은 병이어서 그랬던 것 같기도 하다. 정교하게 생각하지 않아도 깨달을 수 있었다, 내 안에서, 진짜 공포가 잠복하고 있던 그 원초적인 뇌에서 오래된 비탄이 깨어나고 두려움이 넘실대고 있다는 것을. 침범당했다는 폭력적인 감정이 있었고, 그것에 나는 부끄러워졌다. 나는 아무에게도 이런 마음을 이야기하지 않았고, 베스에게 다가가는 것을 자제하고 메시지도 줄여 그녀를 순리에 맡겼다.

어느 오후 나는 베스와 함께 부드러운 초록 잔디밭에 누워—베스가 그 끔찍했던 첫날, 경련을 일으키며 쓰러졌던 바로 그 잔디밭이다—그녀의 삶에 대해, 그녀가 배운 것에 대해 이야기를 나눴다. 그녀는 자신이 복 받은 삶을 산 느낌이라고 말했고, 나는 복이라는 것에 동의할 수 없었으나(그녀의 인생에는 많은 슬픔이 있었다) 그녀가 느낀 감정이 진실하다는 것은 알 수 있었다.

거기 그렇게 누워 부드러운 바람이 우리의 맨발을 서늘하게 어루만질 때, 그녀는 과거의 누군가가, 오래전 매우 큰 잘못(무엇인지는 말하지 않았다)을 해서 두 사람 사이에 엄청난 불화를 만든 한 남자가 전날 그녀에게 편지를 보내왔다고 말했다. 그는 12단계 알코올중독 치료 중 9단계라고, 그녀를 만나 이야기하고 싶다고, 그가 한 짓을 **직접 바로잡겠다고** 썼다. 그의 치료와 치유를 마치기 위해서는 그녀에게 잘못한 것을 올바로 고칠 필요가 있다는 것이다. 그녀는 내게 이 이야기를 들려주며 부드럽게 웃었다. 그들 두 사람이 이야기할 가능성은 전혀 없다는 내용의 편지를 아들에게 부탁해서 썼다. 이런 시기에 남자가 용서를 바라며 연락했다는 것이 구역질 난다고 말했다. 분노하기에도 너무 피곤했고, 용서하자는 생각을 하거나 심지어 그의 이야기를 듣고 앉아 있는 것조차 불가능할 터였다. 그녀는 이제 거짓 동정을 보여줄 힘도 없다고 말했다. 얼마 남지 않은 생애엔 오로지 진실을 위한 공간만이 남았을 뿐이었다, 그것이 아무리 잔인한 것일지라도. 슬펐고, 너무 늦었다. 그녀는 이제 다가올 일을 대비해야 했다. 이제는 가장 본질적인 것만이 그녀에게 닿을 수 있도록 해야 했다.

나는 그녀가 이야기하는 것을 들으며 그날 그녀를 만나러 올 수 있도록 해준 것에 대한 고마움을 어떻게 표현해야 할지 몰랐다. 그녀가 얼굴을 내게로 향했을 때 우리는 서로의 눈에서 눈물을 보았고, 그녀가 손을 내밀어 나도 그 손을 잡았다. 우리는 그렇게 손을 잡고 잔디밭에 누워 하늘을 보며 좀 더 이야기를 나눴다. 그녀는 나를 웃게 해줬고 나도 그녀를 웃게 했다. 물론 그녀는 쉽게 잘 웃는 사람이었지만 그 순간 나는 그것이 내 생애 최고의 성취처럼 느꼈었다. 그러고 나서 나는 내가 가야 할 시간임을 알았다. 우리는 집 안으로 들어갔고, 그녀가 소파에 눕자 나는 그녀 남편과 아들을 위해 음식을 담아 갔던 봉지들을 챙겼다. 현관으로 가는 내 뒤를 늙은 개가 침을 흘리며 따라왔다.

그날 이후 나는 그녀를 딱 한 번 더 만났다. 나는 내가 받아 마땅한 몫보다 더 많은 것을 받았고, 이젠 뒤로 물러서서 아름다운 거리 두기를 하고 아무것도 요구하지 않아야 할 때였다. 나는 음식을 현관 앞에 두고 돌아왔고, 집 청소 비용 모금에 돈을 냈고,

그녀 남편에게 재미있는 동영상을 보냈다. 나는 그 부드러운 잔디밭에서 보낸 시간이, 그녀의 손을 잡고 있던 순간이 늘 감사했다. 결국, 겨우 6개월이었다.

때로 나는 잘못을 바로잡기 원했으나 거절당한 남자를 생각한다. 그가 연락할 당시 내 친구가 죽어가고 있다는 것을 알았는지, 알았다면 무엇을 기대했는지 궁금하다. 그녀가 아프기 전에, 수십 년 전에 그런 제안을 하지 않은 것을 미안해하는지도 궁금하다. 자신의 사죄도 받아들이지 않고 용서도 하지 않고 그녀가 죽었다는 것을 안 채로 그것을 짊어지고 남은 생을 살아가는 남자를 생각한다. 그런 종류의 회한은 평생 그를 따라다닐지도 모른다는 생각이 든다.

12단계 프로그램은 상황이 이렇게 될 수 있음을 경고할 것 같다. 이런 식의 사죄를 듣고 싶지 않은 사람이, 상대의 잘못 바로잡기와 엮이고 싶지 않은 사람이 많을 것이다. 그들은 말한다. 너무 늦었어, 너무 늦었다고.

무언가 다가오고 있다는, 이 시간으로부터 태어나길 기다리고 있다는 느낌. 거의 몸으로 느끼는 것과 같은, 그러니까 생리나 임신, 구토 직전의 그것. 무언가 스스로 풀릴 준비를 하고 있다.

오늘 아침 헬렌 패리가 나를 따라 닭장으로 왔다. 그녀가 손을 내밀었고, 나는 그녀의 손바닥 말고는 갓 낳은 달걀을 놓을 곳이 없었다. 나는 계속 내 할 일을 했다. 숙인 머리를 닭장 안에 넣고 알 낳는 상자 안으로 뻗은 손을 따뜻한 암탉 아래로 밀어 넣고는 달걀들을 꺼냈다. 하나씩 하나씩 헬렌은 내게서 그 달걀을 가져갔다.

주머니를 달걀로 채운 헬렌은 그 자리에 서서 작업복을 입은 내가 사료 통 걸쇠를 벗기고 사료를 퍼내 흙바닥에 뿌리는 모습을 바라보았다. 닭들이 달려들었고 나는 깃털에 둘러싸여 서 있었다.

그녀는 다음에 내가 시내에 나갈 때 함께 가도 되겠는지 물었다. 나는 좋다고, 당연히 가도 된다고 말했다. 그러고 나서 온종일 헬렌 패리와 시내에 갈 생각을 하며 단단하고 거친 작은 긴장의 알맹이가, 복숭아씨 같은 것이 내 가슴 안에 들어앉은 것을 느꼈다.

우리 부모님은 베트남 전쟁을 피해 피난 온 난민 이십여 명의 '재정착'을 돕는 작은 공동체의 회원이었다. 그 베트남 사람들은 보트를 타고 호주로 향했고, 목숨을 걸어야 했던 그 고된 여정을 어찌어찌 마치고 우리 마을에 살게 되었다. 그들이 어디에 살지 선택권이 있었는지는 모르겠다. 우리 마을은 베트남과는 모든 면에서 멀어도 그렇게 멀 수가 없는 곳이었기 때문이다. 어쩌면 그 점이 중요했는지도 모르겠다.

우리 어린아이들에게 그들이 겪어야 했던 고난을 얘기해준 기억이 없고, 나는 베트남에서 전쟁이 진행되고 있다는 것도 거의 몰랐거나 아예 몰랐지만, 텔레비전 뉴스에서 여러 해 동안 피난민을, 울어대는 아기와 지친 가족을, 너무 여위고 어려서 엄마라는 것이 믿기지 않는 여자들을, 그들이 누더기가 된 보트를 타고 육지로 오르는 광경을 보았다.

우리 부모님과 친구가 된 가족들은 극도로 조용한 사람들이었고, 한 유쾌한 남자만 예외적으로 다른 이를 대신해서 이야기하고 그들이 필요한 것을 부탁하곤 했다. 마을 사람들의 모임에서 그들에게 살 집과 일거리, 가구, 옷을 마련해주었다. 때로 부모님은 명절 식사 때 그들의 집에 초대를 받기도 했는데, 우리가 생전 처음 보는 아주 작은 요리들이 많이 있었다. 아버지가 그즈음엔 살도 좀 찐 모습으로, 웃고 있는 베트남 남자들 한 무리 가운데서 찍은 사진이 있다. 그 남자 중 한 사람이 자기 그릇을 들고 아버지에게 먹이는 시늉을 하고 있는데, 거기서 유일한 백인인 아버지가 일종의 황제라는 장난이었다. 그 시절엔 이런 걸 재미있다고 생각했다. 사진의 남자들도 즐거워하는 듯 보이지만 실제로 무슨 생각을 했는지 누가 알겠는가. 나는 늘 이런 사진 포즈가 아버지의 아이디어였을 리 없다고, 남자 중 한 사람이 시작한 장난이었을 거라고 단정했었다. 하지만 내가 틀렸을 수도 있다. **그들의** 자식 중에 훗날 어른이 되어 그 사진을 본 사람이 있을까 궁금하다. 그들이 나의 아버지를 증오 어린 시선으로 보는 상상을 한다. 나라도 그랬을 테니까.

이따금 새로운 가족이 마을에 도착했고, 그러면 집과 일자리 등등을 구하는 과정이 다시 시작되었다. 그들을 환영하는 바비큐 파티가 농장에서 열리고, 진짜 호주가 어떤 것인지 보여주었다. 언젠가 부모와 헤어진 아주 어린 소녀 둘을 우리가 며칠 돌본 적이 있었다. 아이들은 세 살과 네 살이었다. 그 어린것들이 말없이, 겁에 질려, 우리 집에 오기까지 겪어야 했을 공포는 지금 생각하니 가히 상상하기 힘들다. 우리는 아이들에게 상냥하게 말했고, 어떻게 해야 위로가 되는지 몰라 어머니와 아버지는 아이들을 조심스럽게 안고 함께 침대에 재우고 먹이고 씻겼다. 나는 아이들에게 동요를 불러주었다. '반짝반짝 작은 별'과 '메리와 어린 양'을 부르며 내 목소리의 온화함에서 아이들이 안전하다고 느낄 수 있기를 바랐다. 우리는 아이들을 데리고 파티가 열리는 농장으로 향했는데, 거기서 다른 베트남 사람들이 돌볼 수 있도록 인계할 예정이었다. 곧 아이들은 그들의 언어를 말하는 사람을 만나게 될 것이다. 우리는 차를 타고 가면서 차분한 목소리로 다정하게 미소 지으며 이 이야기를 전달하려 애썼다. 아이들은 아무 말 없이 뒷좌석에 나와 함께 앉아 있었는데, 그 작은 다리를 곧게 앞으로 뻗고 있었다.

그런데 차가 마을을 벗어나 도로로 나가자 이 어린아이들이 창밖으로 보이는 풍경에, 그냥 황량하고 평범한 메마른 들판에 겁에 질려 운전석 뒤편 바닥으로 굴러떨어지다시피 내려가 몸을 단단히 웅크리고 서로 껴안은 채 흐느껴 울고 소리를 질렀다. 나는 이런 생생한 공포를 처음 보았다. 우리는 무엇이 잘못되었는지 알 수 없어 위험하지 않다고 말해주려 노력했다. 아버지는 조용히 이야기하며 계속 운전을 했고, 나는 뒷좌석에서 몸을 숙여 그 작은 아이들의 머리를 쓰다듬으며 아무도 해치지 않을 거라고 속삭였다. 마침내 농장에 도착했고 아이들은 베트남 어른들이 데리고 갔다. 그들은 우는 아이들을 품에 안고 토닥이고 어루만져주었다.

나중에 부모님은 아이들이 그렇게 두려움을 느꼈던 것은 광활한 시골 풍경이 끔찍한 위험을, 지뢰나 폭탄을 의미하는 것이기 때문이라고 말했지만, 나는 그것이 사실인지, 그냥 그럴듯한 설명을 만들어낸 것인지 잘 모르겠다. 아이들 없이 침묵 속에서 차를 타고 집으로 돌아가던 길, 편평한 모나로 들판이 달리 보였던 것은 아직도 기억한다.

　내가 열세 살이었을 때 친구 켈리를 데리고 또 다른 모임에 갔었다. 이번에는 새로 도착한 이들을 위한 가든파티였다. 나는 그즈음에는 이런 행사에 신물이 나 있었다. 낯선 사람인 주택 소유주에게 공손하게 행동해야 하는 것도, 우리 동네에서 새 삶을 시작하도록 베트남 가족들을 내몬 공포와 고생이라는, 내게는 잘 와닿지 않는 그 커다란 폭력도, 우리 사이에 건널 수 없는 큰 바다가 있다는 느낌도 다 지겨웠다. 그들에 관해서도, 이곳까지 온 그들의 여정에 대해서도 나는 물어본 적도 없고, 누군가 자세히 들려준 적도 없었다. 나는 내 생활에 너무 몰입하고 살았기에 그런 것에 관심 가질 여력이 없었다. 켈리와 나는 점심 식탁 근처를 어슬렁거리면서 베트남 음식을 피해서 소시지 롤과 고기 파이를 고르고는 음식을 쌓은 작은 접시를 들고 마당 한쪽 구석으로 가 잔디밭에 앉아서 우리가 아는 사람들을 쳐다보며 그들에 대한 냉소적인 언급을 하고 있었다. 그런데 어머니가 우리를 다시 사람들 모인 곳으로 부르더니 아주 젊은, 켈리와 나보다 겨우 몇 살 정도 더 많은 커플과 인사시켰다. 이름이 빈과 투이였고, 연인인 것 같다고 우리는 짐작했다. 두 사람은 젊은 사람들을 만나 아주 기쁜 듯 활짝 미소를 지으며 영어로 안녕이라고 인사를 했고, 우리가 어떻게 지내냐고 묻자 그냥 키득키득 웃었다. 그들은 "안녕하세요, 만나서 반갑습니다"가 유일하게 아는 영어였다. 우리는 물론 베트남어 문장을 하나도 배우지 못한 상태였다. 그러나 두 사람의 정감 있고 열린 태도 덕분에 우리는 마임을 하듯 일종의 대화를 했고, 그러면서 모두 웃었고, 이해가 됐을 때는 "아!" 하면서 탄성을 지르기도 했다. 그날 오후 켈리와 나는 아름다움을 맛보았다. 우리는 그 커플을 데리고 사람들 무리에서 나와 이것저것 보여주며 그 물건들의 이름을 가르쳐주었고, 그들 역시 우리에게 그들의 언어로 가르쳐주었다. **나뭇잎**, **청바지**. **머리카락**. **접시**. 그날이 끝날 무렵 우리는 뭔가 진지하고 진실한 것이 일어났음을 느꼈다. 우리가 그들을 포옹하며 작별 인사를 하자 그들은 약간 놀란 것 같았다. 미소도 많이 지었고 손도 많이 흔들었으며 '나뭇잎'과 '접시'도 되풀이해 말했다. 나는 내 안에서 어떤 교훈이 피어나는 것을 느낄 수 있었는데, 그런 모임에서 당황하고 어색해하며 간신히 견디다 올 수도 있지만, 그곳에서 즐거움과 새로움을 발견할 수도 있다는 것이었다.

2주 후, 내 친구들과—켈리는 없었고 좀 더 시끄러운 아이들이었는데, 부모들은 평범했으나 아이들은 가끔 베트남 사람에 대해 모욕적인 말을 하곤 했다. 물론 우리 부모님은 금하는 행동이었다—거리를 걷다가 길 건너 상점 밖에 있는 빈과 투이를 보았다. 두 사람은 너무 말라 중고 가게의 옷이 가냘픈 몸 위로 축 늘어져 있었다. 자그마한 발에 신겨진 운동화는 거대해서 우스꽝스러워 보였다. 그들도 나를 보았고 얼굴이 환해졌다. "안녕!" 그들이 소리치며 환한 미소와 함께 손을 들어 인사했다.

나는 그들과 인사를 할 수가 없었다. 여기 이렇게 밝은 거리에서 학교 친구들이 있는 상황에서 나는 도저히 그럴 수 없었다. 나는 고개를 끄덕이고는 손을 아래로 둔 채 반쯤 흔들며 인색하게 미소를 지었다. 그리고 그들에게서 등을 돌리고 친구들과 계속 걸었다, 내가 부끄럽고 역겨워 고개를 떨군 채.

물론 켈리와 나는 그날 파티에서 나오자마자 빈과 투이가 가르쳐준 베트남 단어들을 다 잊었다.

헬렌 패리는 우리가 차를 타고 가는 동안 조수석에 앉아 창문을 내리고 손을 아래로 위로 흔들며 차가운 바람을 파도 타듯 하고 있었다. 그녀는 줄곧 나를 쳐다보지 않고 창밖만 바라보았고, 우리는 가축 탈출 방지판을 덜컹덜컹 건너 우회전해서 페인트볼 서바이벌 경기장과 멀어지며 그 작은 잿빛 건물도 지나갔다. 기튼스 집을 지나 시내로 들어가는 도로에 접어들었다.

나는 어느새 다른 사람에게는 말해본 적 없는 것을 그녀에게 들려주고 있었다. 내가 수녀원에 처음 온 날, 차를 몰고 마을 가장자리를 통과하던 중 폐허가 된 옛 미술관과 기억했던 것보다 훨씬 작아 보이는 석조 법원을 지나다가 한 남자가 배수구로 미끄러져 들어가 사라지는 것을 보았다.

나는 헬렌 패리에게 내가 운전하며 목격한 것을, 진짜로 집중

한 것이 아니라 그냥 한가로운 시선으로 보게 된 것을 이야기했다. 도로 옆에 한 남자가 커다란 빗물 배수관 입구에 다리를 안으로 걸친 채 앉아 있었다. 그리고 내가 남자를 막 지나치는 순간, 내가 막 무엇을 본 것인지 제대로 이해하기도 전에 그가 시야에서 사라졌다. 몸, 머리와 어깨, 잡고 있던 두 손이 배수구 안으로 들어갔다. 내가 다시 쳐다보았을 때는, 깜짝 놀라 백미러로 다시 보았을 때는 도로 옆에 주차된 평범한 차 한 대 외에는 아무것도 보이지 않았다. 건조한 날이었다. 그 배수구는 도로 경계석으로 들어가는 구조였다. 뚜껑은 그 자리에 있었다. 남자가 어디로 갔는지 알려주는 것은 아무것도 없었다.

그렇게 민첩하게 몸을 아래로 내린 걸 보면 그는 자신이 무슨 짓을 하는지 잘 알고 있었다. 어쩌면 일종의 점검 같은 걸 하는 노동자였을지도 모르지만, 개인 보호구나 장비가 없어 그렇게 보이지는 않았다. 시청 소속 트럭이나 밴도 없었고. 나는 운전은 멈추지 않았지만 속도를 늦추며 혹시 그가 다시 나오는지 계속 뒤를 보았다. 어쩌면 내가 잘못 본 걸 수도, 그런 일은 실제로 일어나지 않았을 수도 있지만, 나는 그 일이 실제로 있었다는 것을 알았고 백미러에서는 그 버려진 차가 점점 작아지고 있었다. 그는 사라졌고, 곧 반대 방향에서 다른 차들이 나를 지나쳐 갔지만 이 땅에서 그가 사라지는 걸 본 사람은 내가 유일하다는 것을 깨달았다.

이상한 것을 본 사람들이 종종 그러듯이 ─ 나는 헬렌 패리에게 이야기를 이어갔다—이 그림에서 잘못된 것은 없다는 결론을 내리고 운전을 계속했다. 나는 몇 킬로미터도 채 안 가 남자는 잊어버리고 나머지 여정을 도로에, 내가 받은 길 안내에 집중하며 수녀들에게로 이어질 갈림길을 찾고 있었다. 나는 이제 헬렌에게 말했다, 그런데 지난 세월 나는 때때로 그 남자를, 그가 떨어지던 순간을 떠올렸고, 그가 자신에게 곧 일어날 일에 대해 무슨 생각을 했을까 궁금했다고.

"넌 그가 사라지고 싶어 한다고 결론을 내렸던 거지." 헬렌이 여전히 조수석 창밖을 응시하며 말했다. "응." 내가 말했다. 그러자 그녀가 말했다. "너처럼."

나는 차를 몰면서 그녀의 말과 내가 내 생의 한가운데서 내렸던 듯한 결론에 대해 생각했다. 사라짐을 선택하기, 헬렌은 그 반대를 선택했지만. 나는 그 두 가지 결정에 우리 두 사람이 각자 지불한 비용에 대해 생각했다.

그때 우리는 언덕을 오르는 중이었고, 우리의 옛 고등학교가 여전히 그곳에 있었다. "여기서 잠깐 멈출래?" 헬렌 패리가 부탁했고, 나는 속도를 줄여 높다란 화강암 건물들과 두꺼운 석벽 옆에 차를 세웠다. 수업이 있는 날이었다. 매점의 셔터와 학교 사무실 출입구가 둘 다 열려 있었다. 어떤 움직임도, 학생도 교사도 걸어 다니는 모습이 보이지 않았지만 우리는 그들이 안에, 책상에 앉았거나 교실 앞에 서 있음을 알았다.

우리가 재봉 수업을 받았던 교실은 거리에서 보이지 않았다. 나는 헬레 패리의 마음에 무슨 일이 일어나고 있는지 알 수 없었다. 나는 가슴이 쿵쿵 뛰었지만 그녀는 아무 말이 없었다. 나는 시동을 끄지 않았지만, 어쩌면 헬렌은 차에서 내려 운동장 안으로 들어가고 싶을지도 모른다는 생각이 들었다. 어쩌면 내게도 같이 가자고 할 수 있으며, 그런다면 나는 동의해야 할 것이다. 내가 시동을 막 끄려는 순간 그녀가 "오케이"라고 말하며 고갯짓으로 우리가 가야 할 도로 쪽을 가리켰다. 나는 손으로 그녀 팔을 만지고 싶었지만 그러지 않았다. 대신 나는 시내로, 슈퍼마켓 주차장으로 들어갔고, 헬렌은 차에서 내리며 30분 후에 여기서 만나자 하고는 나를 두고 걸어가버렸다.

살 것을 다 산 후 헬렌 패리를 기다리며, 언젠가 기금 모금 강연을 하러 참석했던 우리 마을의 농촌 여성 협회 모임을 생각했다. 그때는 내가 성인이었고 어머니가 아프기 전이었다. 나는 어머니를 보기 위해 왔었고, 마을에 온 김에 멸종 위기종 센터를 대리하여 강연하는 데 동의했다. 우리 센터 소개와 왜 관심을 보여야 하는가 등의 일반적인 연설이었고, 현실과 더불어 빈약하게 사탕발림한 '희망'을 몇 가지 지역적 예시, 사실, 숫자 등과 조심스럽게 섞어 이야기했다. 그즈음 국립공원 야생말의 선별적 도태를 놓고 논쟁이 있었고, 사람들은 그것을 동물 학대로 간주해 분노했다. 그들은 브럼비*를 사랑했고 그것이 지역 문화와 역사의 일부라고 말했다. 유명한 시와 영화의 소재였고, 오지 호주인의 정체성 문제라는 것이다. 자유로이 달리는 야생말의 이미지는 저 깊숙한 곳의 애국적인 무언가를 불러일으켰다. 멸종 위기에 처한 많은 호주 자생종이 있다고, 북부와 남부의 코로보리 개구리, 아네모네 미나리아재비, 모나로 골든 데이지, 고산 쉬오크 도마뱀, 산 쇠주머니쥐 등의 보호가 필요하다는 주장을 펼치기 어려웠다. 나름 노력했으나 내 강연이 끝날 즈음 청중 얼굴에서 반감을 읽고 내가 실패했음을 알았다.

내 강연 전에 지역 병원과 병원의 식이장애 환자 서비스 필요성에 대한 토론이 있었다. 패널로는 지역 의사, 캔버라에서 온 여성 건강 정신과 의사, 거식증으로 사망한, 마을 젊은 여성의 부모가 참여했다. 의사는 별도의 치료 팀이 필요하다고 말하며 도움이 필요한 여성—당시엔 환자가 거의 언제나 여성이었다—의 숫자와 유형에 대해 말했다. 정신과 의사는 여성 청중에게 다식증, 거식증, 기타 다른 형태의 식이장애 관련 최근 연구에 대해 말했다. 강연장 뒤편에서 마을 사람들 옆에 앉아 듣고 있던 나는 학교 친구 디미트라가 떠올랐다. 그녀는 접시 위에 놓인 음식들이 서로 닿는 것을 참지 못했다. 매번 고기에서 으깬 감자를, 그레이비소스에서 콩을 나이프로 분리하는 데 점심시간의 일정 부분을

---

* 유럽에서 들여왔으나 탈출 후 야생화된 가축의 후손.

썼다. 우리는, 친구들은 그녀를 놀렸었다. 우리는 그녀만이 하는 괴상한 행동이라 생각했다.

거식증으로 사망한 여성의 부모가 얘기할 차례가 되자 강연장이 조용해졌다. 어머니는 키가 작고 금발 단발에 매끈한 얼굴로 평범해 보이는 여성인 반면 아버지는 제정신이 아닌 사람으로 보였다. 고요함이 강연장 내의 여성들 위로 내려앉았다. 우리는 그 어머니가 일어서기 전에 침을 삼키고는 돋보기를 쓰며 마이크를 향해 걸음을 내딛는 모습을 지켜보았다. 그녀는 매우 조용한 음성으로 어떻게, 언제 딸의 문제가 시작됐는지 자세히 설명했다. 어머니는 죽은 딸의 사진 액자를 얼굴이 청중을 향하도록 들고 있었고, 말하는 내내 부드럽게 흔들리는 목소리였다.

나는 주변 여성들을 둘러보았는데 그들은 그 어머니에게 온전히 시선을 집중하고 있었다. 사진 속 소녀는 건강한 십대였지만, 어머니는 점점 커가던 질병의 공포를 묘사했다. 때로 청중들 얼굴에서 회의적인 표정이 살짝 스치기도 했고, 동정과 반쯤 숨겨둔 두려움도 드러났다. 그들 역시 딸이 있기 때문이었다. 그 어머니는 너무나 낮은 목소리로 말해서 우리는 아주 집중해서 들어야 했다. 당시에는 자식의 그런 병에 대해 종종 부모가 비난을 받았다. 거식증 환자의 부모는 엄격하고 통제가 심하며, 다식증 환자의 부모는 무질서하다고 생각했다. 당시에는 그런 용어를 사용했다, **거식증**이니 **다식증**이니.

그 가족의 집은 마을 외곽 축구장 근처에 있었고, 딸이 열일곱 살에 처음으로 병원에 입원했을 때 부모는 교대로 침실 바닥에서 자며 딸이 한밤중에 일어나 운동화를 신고 축구장으로 나가 아침이 될 때까지 돌고 또 도는 일을 막았다. 결국은 수많은 입원과 퇴원을 반복하던 딸은 19년 하고 6개월을 산 후 세상을 떠났다.

어머니는 사회의 압력에 대해, 비판적으로 행하는 의학적 치료와 신체 이미지 왜곡에 대해 말했다. 가족에게 정보가 더 있었더라면, 정보에서 소외되지 않았더라면, 딸이 우리 마을에서 전문적인 도움을 받았더라면 아직 살아 있을지도 모른다고 말했다. 어머니가 자리에 앉자 안도의 물결이 여성 청중들 사이로 흘렀고, 사람들은 슬픈 표정을 주고받았다.

그때 그 아버지가 자리에서 일어났고 사람들은 긴장했다. 남자는 이 마을에서 잘 알려진 사람이었다. 이 근방 출신이 아닌 그는 이곳에서 과도한 방목으로 침식된 땅을 매입했다. 그가 토양 과학자라는 얘기가 있었지만 어디에 소속된 것은 아니었다. 그는 자신의 땅에 당시엔 아무도 들어본 적 없는 낯선 물 관리 방법을 사용했고, 점진적으로 토질이 개선되긴 했는데, 이유나 방법을 알기 위해 그곳을 방문한 사람은 없었다. 아마 갔어도 환영받지 못했을 것이다. 그는 상점이나 마을 회의에서 소란을 피우는 사람으로도 유명했다. 자녀 넷을 모두 홈스쿨링을 시키겠다고 선언했고, 시내 약국에서 매니저로 일하던 아내는 아이들을 가르치기 위해 일을 그만두었다. 이 일은 더 큰 의구심을 불러일으켰다. 우리 학교가, 우리 아이들이 그들의 아이들에게 충분하지 못하단 말인가? 아픈 딸은 이례적일 만큼 지적이었고, 홈스쿨링과 병원 입원에도 불구하고 12학년까지 학력 검정 시험에서 우리 주 수석이었다.

그 아버지는 말했다. "나는 아내가 우리 딸의 병의 원인에 대해 지적한 것 중에 몇 가지는 동의하지 않습니다. 우리에게 더 나은 치료가 필요하다는 부분은 동의합니다."

그 어머니는 무릎에 놓인 딸의 사진을 꽉 잡고는 교차한 발목 옆 마룻바닥을 가만히 내려다보았다. 그녀는 다가올 일을 알았던 듯 놀란 것 같지 않았고, 바닥을 보다가 고개를 들어 찻주전자 옆 벽의 게시판을 쳐다보았다. 가족 기차 여행 중 창밖을 내다볼 때 지을 그런 표정이었다.

아버지는 딸이 자존감이 낮았다거나 완벽주의자였다거나 혹은 왜곡된 신체 이미지를 가졌다거나 하는 것을 믿지 않았다. "애너벨은 이 세상의 상태 때문에 병이 든 겁니다." 그는 말하며 강연장 뒤를 쳐다보았다. 나는 주변에서 불안한 호흡 소리를 들을 수 있었다. 그는 사회적 성차별 탓이라고 믿지 않는다고 했다. 딸이 모델 같은 외모가 아니어서 굶다가 죽을 만큼 아둔하다고는 믿지 않는다고 했다. 딸은 냉정하고 엄격한 부모의 기대에 못 미쳐 자신을 벌주던 것이 아니다. 진실은 애너벨이 인간 탐욕에, 자연의 황폐화에 넌더리가 나서, 그러한 이유로, 자신을 앞서갔던 금욕주의자들처럼, 그녀가 유일하게 취할 수 있었던 행동이 조금씩 조금씩 이 과잉의 역겨움으로부터 자신을 제거하는 것이었다고 주장했다.

"딸이 괴로워한 것은 존재론적 그리고 도덕적 문제였습니다." 그가 말했다. "의학적인 문제가 아닙니다."

그가 **의학적**이라고 말할 때 조롱의 기색이 있는 듯했다. 의사와 정신과 의사는 의자에 앉은 채 그를 주의 깊게 지켜보았다. 의사는 남자의 뒤통수를 쳐다보며 사람들이 수수께끼를 풀려 애쓸 때 그러듯 아랫입술을 조금 씹었다. 정신과 의사는 무릎 위에 놓인 한 손을 다른 손으로 꽉 잡았다. 이런 작은 동작들과는 별개로 두 사람은 표정에서 아무것도 드러내지 않도록 상당히 조심하고 있었다. 남자가 이런 말을 하리라는 것을 두 사람이 알고 있었는지 궁금했다. 남자가 말하는 동안 내 주변 여자들이 동요하며 웅얼거렸다. 그들은 의사와 정신과 의사가 이런 식으로 모욕당하는 것을 보고 싶어 하지 않았다. 그들은 자신의 아이를 보호하지 못했던 사람에게서 탐욕과 과잉에 대한 강의를 듣고 싶지 않았다.

그는 딸이 자본주의에 대한, 생태계의 전례 없는 붕괴와 급속한 멸종의 원인인 소비에 대한 혐오 때문에 목숨을 희생했다고 말했고, 이쯤 되자 청중은 더는 참고 듣지 못했다. 그들은 의자를 밀고 중얼거리며 불쾌감을 분명히 표시했고, 강연장 한가운데서 목소리가 터져 나오기도 했다. "오, 말도 **안 돼**." 남자는 마이크에서 물러서기 직전 말했다. "나는 내 딸의 그 결정을 존중합니다."

그가 이 말을 하자 경악하는 소리가 들렸다. 내 근처에 있던 많은 여자들이 **야유를 보냈다**.

나는 그 남자가 마음에 들지 않았지만 이 여자들처럼 경멸하지도 않았다. 딸에 대해 그가 한 얘기를 믿기 어렵지는 않았다. 그는 사람들의 반응에도 평정을 잃은 것 같지는 않았다.

많은 세월 관찰해보니 전통에 가장 적극적으로 저항하는 사람들은 비난받는 상황을 상당히 평온하게 받아들인다.

어렸을 때 나는 어머니가 농촌 여성 협회를 무시하는 것이 좀 부끄러웠다. 내 친구들의 어머니는 그 모임에 나갔고 기금 모금을 위해 케이크를 만들고 뜨개질을 했지만, 어머니는 그냥 "난 안 맞아" 이렇게 말할 뿐이었다. 어머니는 기금 행사 때 많이 파는 컵케이크나 과일 케이크를 잘 만들지 못했다, 내가 좋아하는 뻑뻑한 스콘은 많이 만들었지만.

어머니가 아팠을 때 병원 대기실에서 함께 시간을 보내며 이런저런 이야기를 두서없이 나누던 중 나는 어머니에게 무슨 이유에선지 농촌 여성 협회에 대해 물었다. 어머니가 갓 결혼한 당시에는, 1961년경에는 의무감에서 모임에 나갔다고 했다. 토론 주제는, 어머니는 한쪽 눈썹을 치켜올리며 말했다, 여성 바지 제조업자들이 지퍼를 옆에서 **앞으로** 옮긴 사실에 항의 서한을 보낼 때 사용할 표현 문제였다고. 편지를 받는 사람이 누구였는지, 앞 지퍼의 실질적인 문제가 무엇이었는지는 기억나지 않지만, 앞 지퍼는 **거기에 더 쉬운 접근**을 의미한다고 가정했던 것 같다고 말했다. 우리는 병원 복도의 하얀 박하 빛 속에서 함께 조용히 웃었다.

나는 이제는 킥복싱 스튜디오가 된 우리 마을의 옛 농촌 여성 협회 건물 옆 주차장에서 헬렌 패리를 기다리며 그 두 가지 이야기를 생각했다, 그곳에서 환영받지 못했던 소녀의 아버지와 그곳과 스스로 거리를 두었던 우리 어머니를.

헬렌이 다시 차로 돌아왔을 때 그녀는 자리에 앉고 차 문을 잡아당겨 닫은 다음 나를 돌아보며 말했다. "나 다음 주에 비행기 타고 떠나." 처음으로 나는 그녀의 미소를 보았다.

나는 네 일이 잘돼서 나도 기쁘다 말했다. 그리고 나는 그녀뿐 아니라 우리 모두를 위해서도 기뻤다. 그런데 뭔가 오래되고 익숙한 느낌이, 내가 숲에서도 느꼈던, 마무리가 되지 않았다는 느낌이 들었다.

그리고 내가 주차장에서 차를 빼서 나가는데 헬렌 패리가 수줍게 물었다. "내 부탁 하나 들어줄래?" 그녀는 다른 길로 차를 운전해달라면서 거리 이름들을 댔고, 나는 그러자고 답하고 우리 마을의 도로들을 따라가기 시작했다. 우리는 옛날 임대아파트가 있었던 건물 바깥 언덕에 차를 멈추었고, 그녀는 차에서 내려 시멘트 진입로에 서서 꼭대기 층의 높고 좁다란 창문들을 한동안 올려다보았다. 나는 그동안 차 안에서 기다렸다.

나는 전기 주전자 코드와 너무 꽉 끼던 교복, 때로는 몇 주 동안 혼자 지내도록 방치되었던 헬렌을 생각했다. 사람들 앞에서의 손찌검과 고함을 생각했다.

헬렌은 바람 속에서 두 손을 재킷 주머니에 넣고 서 있다가 돌아와 다시 차에 탔다. 나는 어서 그 건물과 그 안에서 헬렌에게 일어났던 일로부터 멀리 차를 몰고 떠나고 싶은 마음뿐이었다. 그래서 그렇게 했다. 나는 우리를 멀리, 멀리 데리고 갔고, 내가 막 마을 외곽으로 나가 고속도로로 진입하려 할 때 헬렌이 말했다. "왼쪽으로 가." 그때 나는 그녀가 마을의 병원 앞을 지나는 도로로 가려 한다는 것을 깨달았다. 내가 마을을 떠난 후 이쪽 도로는 한 번도 간 적이 없었지만 이제 헬렌 패리의 부탁으로 가게 되었다. 우리 앞으로 병원 건물이 크게 나타나자 그녀가 말했다. "이리로 들어가." 나는 병원 진입로와 도로 경계 부분을 조심스럽게 넘어 주차장 안을 가로지른 후 제일 멀리 떨어진 출입구로 향했고, 그러고 나서 병원 안의 좁은 일방통행 길을 천천히 감싸며 돌아 나갔다. 우리 둘 다 태어난 산부인과를 지나 소아과 병동과 새로 덧대 지은 부속 건물들, 유방암 검진과 엑스레이, 병리학 센터를 지나 성인 병동을 빙 돌아 나갔다. 우리 아버지(아름다운 우리 아버지!)가, 곁에서 어머니가 지켜보는 가운데 세상을 떠난 병실이 있는 곳이다. 나는 가볍고 얕은 숨을 쉬며, 옆에 있는 헬렌의 몸도 긴장된 것을 느낄 수 있었다.

그녀는 말했다, 아주 부드럽게. "오케이."

나는 이 말의 의미가 차를 세우라는 것임을 이해했고, 우리가 긴 도로 한 줄기의 끝에 이르렀다는 것을, 그곳에서 회전로와 만난 후 나머지 병원 건물과는 상당한 거리가 있는 곳에 작은 건물들이 있는 것을 알 수 있었다. 나는 이 회전로 가장자리, 몇 대 정도 주차할 수 있는 공간에 차를 세웠다. 우리 앞에는 문에 보안 철창이 달린 벽돌 건물이 몇 개 있었다. 헬렌 패리는 조수석에 앉은 채 한참이나 그 문들을 바라보았다. 그녀도 나처럼 얕게 숨을 쉬었다. 건물들 옆에는 만들어놓고도 말라붙은 작은 정원과 키 작은 나무 표지판이 있었다. 거기엔 **두라왕**이라고 새겨져 있었고 아래에는 번역이 있었다. **빛**. 이건 당국에서 무언가를 설명할 때 명확한 용어를 피하고 원주민 언어를 사용하는 방식이었다. 이 경우는 정신병동이란 말 대신이었다.

어릴 때 우리는 이곳을 다른 이름으로, 경멸적인 어휘로 불렀었다. 아는 사람 중에 이 근처에 가본 사람은 없었지만 때로 괴담 같은 이야기가 들리곤 했다. 누군가의 어머니의 친구가 여기 청소부였는데 또는 누구 아버지가 여기에 병원 침대 용품을 배달했는데 이렇다더라. 우리는 자해를 막기 위해 벽면에 패드를 두른 병실과 구속복, 억압적인 간호사 얘기를 농담 삼아 하곤 했다.

얼음장 같은 바람은 계속 불고 우리는 차에 앉아 있었다. 나는 바다 근처 살던 시절 엄청난 홍수 후 보았던 바닷물 색깔이 떠올랐다. 홍수는 아주 오래전에 끝났는데도 몇 주 동안이나 해변으로 쓰레기가 밀려 올라왔다. 나는 매일 오후 바다로 나가 얕은 물에서 뭐든 내가 잡을 수 있는 쓰레기를 가지고 나와 주차장까지 끌고 가서 쓰레기통 옆에 두곤 했다. 나는 거대한 가정용 물탱크 일부, 무거운 검은 파이프의 커다란 파편, 짙은 오렌지색 교통 말뚝, 냉장고와 오븐 문짝, 부서진 소파 프레임도 끌고 나왔다. 파도에서 갈색 플라스틱 의자와 자동차 문의 안쪽 패널을 끄집어내 끌고서 모래사장을 건너 주차장 아스팔트 위에 물이 뚝뚝 떨어지는 채로 둔 적도 있다. 그런데 내가 할 수 있는 최대로 쓰레기를 치워도 바다를 뒤돌아볼 때마다 여전히 물은 파편들로, 무시무시한 검은 나뭇가지며 다른 검은 형태의 물건들로 요동치고 흔들리고 있었고, 물 자체가 끔찍한 검보라색인 것이 보였다. 나는 그 색깔이 **악마** 같다고, 그 전엔 사용한 적 없는 단어를 떠올렸다. 그런데 그때는 내게 그렇게 보였다, 자연스럽지 않은 색깔로 요동치는 바다, 부서진 나무의 발톱들이 물속에서 문득문득 모습을 드러냈다가 곧 다시 사라지곤 하는 그 광경이.

헬렌 패리와 차에 앉아 있는 동안 그녀는 그 닫힌 건물들의 굳게 걸어 잠근 문들을 바라보았고, 나는 그녀 어머니가 한 번에 몇 주씩이나 그녀를 홀로 두었을 때 여기에 있었던 것임을 깨달았다. 그리고 우리 마을의 누구도, 선생님이나 의사, 간호사, 정신과 의사도, 학교 학생들, 다른 부모들 어느 누구도, 버드 선생님이나 우리 어머니조차도 임대아파트에 홀로 남겨진 여학생에 대해 어떤 일도 하려 나서지 않았다. 그 아이는 매일 학교에 가고 모욕당하고 공격당하고 경멸받았고, 그렇게 하루가 끝나면 집으로 가 혼자 있었다.

보안 철창문 하나가 열리면서 젊은 여성이 걸어 나왔다. 파란 바지에 무늬 없는 파란 상의 차림의 간호사였다. 목에 걸린 오렌지색 줄에 플라스틱 보안 태그와 열쇠 한 세트가 매달려 있었다. 그녀는 보안 문을 닫고 잡아당겨 잠겼는지 확인한 후 바람 속으로 걸음을 내디뎠다. 그녀가 우리 차를 지나가면서 우리가 쳐다보고 있는 것을 보더니 우리에게 미소를 지었고, 내게는 유난히도 우아하고 따스하게 느껴진 그 미소가 차창을 통과해 여기 우리 차 안으로 들어왔다. 그리고 그녀는 총총걸음으로 지나가더니 다른 건물로 향했다.

마법이 풀렸다. 헬렌이 나를 돌아보더니 말했다. "가자." 그리고 나는 그 잠긴 건물들을 뒤로하고 차를 몰아 산부인과 병동을 지나갔다. 지금 바로 이 순간에도 여자들이 복도를 서성이거나, 머리를 남편 가슴을 기대거나, 네발로 웅크린 채 아이를 낳고 있을 것이다. 우리는 차가운 거리로 나갔다.

한 군데 더 들를 곳이 있었다.

내가 차에서 기다리는 동안 헬렌은 마지막 면회를 하러 노인 요양원으로 들어갔다. 헬렌은 그곳에 오래 머물렀다. 나는 바람의 흔들림에도 차 안으로 들어오는 햇살을 받으며 졸았다. 조수석 문이 열려 나는 잠에서 깨고, 헬렌이 안으로 들어와 안전벨트를 채웠다. 그녀는 아무 말도 하지 않았지만 뭔가 해결이 되고 매듭이 지어진 표정이었다.

차가 다시 우리 마을 거리들을 지날 때 그녀가 조용히 말했다. "내가 우리 어머니를 사랑했고, 어머니도, 할 수 있는 한, 나를 사랑했다는 걸 네가 알아줬으면 좋겠다."

그녀의 말을 소리 내어 그대로 되풀이하는 것이 중요하게 느껴졌고, 그래서 나는 그렇게 했다. 나는 헬렌이 그것을, 그녀 자신과 어머니에 대한 것을 알아서 기쁘다고 말했다. 그리고 우리는 마을을 빠져나가 고속도로를 따라가다가 관목이 우거진 황무지를 가르며 구불구불 난 가파른 도로를 올라갔고, 그러고 나서 반대편으로 나가 바람이 휘몰아치는 돌투성이 높다란 평원을 가로질렀다.

용서 테라피라 불리는 것이 있다고 어디서 읽었다. 이 분야를 연구하는 심리학자들은 진정한 용서는 상처의 성격과 효과에 대한 정교하고 철저한 평가와 인정 없이는 행해질 수 없다고 말한다. 그들에 따르면, 용서는 피해를 준 사람과의 화해를 요구하는 것도, 상처로 인한 아픔을 잊는 것도 아니다.

　진정한 용서로 가는 길에는 네 단계가 있다고 한다. 첫째, 상처의 성격을 밝힌다. 둘째, 결심의 단계로 용서를 허락할 것인지 보류할 것인지 숙고한다. 셋째, 그에 필요한 '노력의 과정'. 넷째, 마지막으로 근원적인 성장이나 발견. 많은 사람이 결심 단계에 이르러 용서하는 것이 결국은 가능하지 않음을 알게 된다. '노력의 과정' 단계에서는 상처받은 사람이 상처 준 사람을 새로운 방식으로 이해하는 노력을 반드시 해야 하는데, 이것이 상처 준 사람과 자신을 향해 더 많은 측은지심을 갖게 할지도 모른다. 마지막 근원적인 성장 단계에서 용서하는 사람은 부당함과 연결된 상처와 증오가 더욱 희미해지는 것을 발견하게 된다. 용서하는 사람은 자신이 겪은 고통에서 의미를 발견하고, 용서함으로써 자유를 얻게 된다는 것을 이해하게 된다.

　이것은 진지한 과정으로, 형식이나 수사(修辭)를 넘어서는 것이다. 그리고 어떤 누구도 이렇게 준엄하고 이렇게 위험하고 고통스러운 정신적 고행을 다른 이에게 요구해서는 안 된다.

　우리가 마을에서 돌아오니 리처드 기튼스의 굴착기가 다시 한번 방목장 건너편에서 땅을 파는 소리가 들렸다. 헬렌은 숙소로 가고 나는 울타리로 걸어갔는데, 쥐 구덩이 근처 어디서도 굴착기가 보이지 않았다. 소리는 어딘가 좀 떨어진 곳에서, 저수지 둑방 너머에서 들려왔다. 그때 종이 울렸고 나는 성당 안으로 들어갔다.

  친구 베스가 죽은 뒤, 나는 내가 우리가 친했다고 지어냈거나 과장한 것만 같은 느낌을 가끔 받았다. 왜냐하면 그녀와 오랜 세월을 함께한 사람들도 있었고 그녀의 아이가 태어나기 전부터 친구인 사람들도 있었던 반면, 나는 그녀를 안 지는 오래되었으나 가까워진 것은 마지막 몇 년 정도였기 때문이다. 그녀의 오랜 친구들은 서로를 잘 알았고 그래서 함께 모여 울고 애도했다. 그러나 나는 그들과 가깝지 않았고 그들의 슬픔을 침범하고 싶지도 않았기에 그런 행사에 가지 않았다.

  베스의 문자와 음성 메시지가, 흔히 실수로 그러듯, 사라졌거나 지워졌다는 것을 깨달았을 때 나는 울었다. 컴퓨터와 전화기에서 그녀의 흔적을 찾고 또 찾아 헤맸지만 아무것도 없었다. 그런데 딱 하나가 있었다. 일 관련 작은 도움에 대한 보답으로 그녀가 나에게 선물했던 샴페인 종이 상자의 한 면이었다. 그녀는 거기에 고맙다는 인사를 쓰면서 이렇게 덧붙였다. **너는 자애롭고 진실한 친구다.** 나는 상자의 그 부분을 찢어서 오랜 세월 보관했고, 그녀와 함께 보낸 시간의 추억에서 멀리 떨어진 느낌이 들 때면 그 종잇조각을 찾아 꺼내어 이 문구를 읽곤 했다. 그녀가 이 글을 썼다, 나는 생각하곤 했다. 그녀가 썼어.

오늘 아침, 내 침대 옆에 둔 물잔에 아주 얇고 고운 살얼음이 끼었다. 겨울이 일찍 왔다.

시골 마당은 흙과 나뭇잎으로 지저분했고 거미줄엔 먼지가 뽀얗다. 성가 내내 빗자루를 생각했고 빗자루의 감촉을 내 두 손으로 느껴보고 싶다고 갈망했다. 그러고 나서 창고에서 빗자루 하나를 찾아냈다. 나는 빗자루의 비 부분을 낮은 벽돌 벽에 대고 후려쳐서 거미들을 털어내고 마당으로 나가 비질을 했다. 흙을 쓸어낸 포장석과 벽돌에서, 그 준엄한 아름다움과 질서가 복원된 것에서 깊은 만족감을 느꼈다. 마당을 쓸면서 우리 부모님의 죽음을 극복하지 못한 나의 무력함이 평생 지속된 부끄러움의 근원이었다는 생각이 들었다. 나는 시간이, 어른다움이 그것을 씻어낼 수 있으리라 생각했었다. 때로 그것은 사라지는 듯하다가도 돌아와서 나는 영원히 벗어나지 못한다. 느릿느릿 힘겹게 걸으며 울고 있는, 자기 연민에 빠진 어린아이로 남는다. 슬픔이라는 사실이 조용히 그 존재감을 알게 해준다, 거듭, 거듭.

지난 이틀 동안 아무도 살아 있는 쥐라고는 한 마리도 보지 못했지만, 우리는 여전히 반쯤 먹혀버린 죽은 쥐를 여기저기서 마주치고 기겁해 소리 지른다.

우리 어머니의 마지막 몇 주와 며칠 동안 시간을 메꾸기 위해 음악을 틀었다. 어머니는 자신이 죽어가는 것을 알았지만, 이 불가피성의 소식을 의사가 전달한 후로, 어머니가 의사의 말을 이해하기 위해 눈을 깜박이는 것을 본 이후로, 우리는 다시 그 이야기를 입에 담지 않았다. 무슨 얘기를 할 게 있겠는가? 어머니는 조용히 받아들이고 적응했다, 재난과 마주했을 때 늘 그랬던 것처럼.
간단할 수가 없었을 것이다. 어머니는 분명 울었을 것이다. 설사 그랬다 해도 오로지 홀로 있을 때여서 한 번도 보지 못했다, 거의 내내 곁에 있었음에도.
그때는 한겨울이었고, 어머니의 침실은 어머니의 정원과 마주하고 있어, 잎도 꽃도 없이 헐벗은 층층나무 한 그루가 보였다. 어떤 때는 어머니가 봄에 세상을 뜨지 않은 것이 유감이다. 봄이었다면 연초록 잎들과 가득 핀 아이리스와 데이지와 접시꽃을 볼 수 있었을 것이고 층층나무꽃을 노니는 벌들의 소리도 들을 수 있었을 것이다. 그러나 또 생각해보니 그런 풍경을 보면 삶을 떠나는 일이 더 마음 아팠을 수도 있겠다. 어쨌든 어머니가 창문에서 본 것은 초록 잎이 아니었다. 우리 마을의 겨울은 황량하고 힘든 시간이고, 어머니 앞에 펼쳐진 단색의 풍경은 떨어진 나뭇가지, 헐벗은 나뭇가지, 죽은 잔디밭과 얼어붙은 잿빛 하늘이었다. 눈이라도 푸근히 쌓였더라면 이 풍경이 좀 더 부드러웠을지도 모르겠으나 눈은 전혀 오지 않았다. 오로지 진눈깨비와 날카롭게 창을 때리는 비만 세찬 바람과 함께 내렸을 뿐이다.

그 마지막 몇 주 동안 사람들이 작별 인사를 하기 위해 많이도 오고 또 갔다. 가끔 어머니는 희망적으로 '햇살 방'이라 부르던 곳의 한쪽 구석, 놀랍게도 따뜻한 한자리에 앉아 있을 수 있었지만 점점 쇠약해져 침대 밖으로 움직일 수 없게 되었다. 말기 환자 돌봄 간호사가 하루에 한 번이나 두 번 왔고, 최상의 능력과 친절함으로 집 안에 은은히 축복을 내려주었다. 나는 이 간호사들이 성자 같다고 생각하게 되었다, 그들이 이런 식의 표현을 싫어한 것은 알지만. 그들은 이런 종교적 언어를 왠지 사람을 낮춰보는, 실없는 표현이라고 생각하는 것 같았고 나도 실제로는 입 밖에 내어 말한 적이 없다. 다른 사람들이 그들을 '천사'라고 부르는 것을 들었는데 그 말이 왜 거슬렸는지도 이해가 간다. 그 말에는 신비주의를 연상시키는 감상적인 면이 있었는데, 실제로는 그들의 기량이 기적적인 것이 아닌, 힘든 노력으로 얻은 의학적 지적 능력이기 때문이다. 그렇긴 하지만…… 그들이 하는 일에는 뭔가 다른, 직관적인 재능이 있었다. 그들은 다른 사람이 방에 있으면 애도와 작별 인사를 할 수 있도록 뒤로 물러나주는 듯 보였지만, 나와 그들의 환자를 절대 방치하지 않았다. 그들은 능숙한 솜씨로 약품 투입 펌프에 모르핀을 채우고 꼬인 튜브를 풀었으며, 내게 어머니를 어떻게 돌려 눕히고 어떻게 입술과 입에 수분을 보충하는지 보여주었다.

거의 의식이 없을 때도 어머니는 창백하고 초월적인 품위를 지키며 눈물 어린 방문객들을 맞이하곤 했는데, 침대에 누운 채 점점 쪼그라들고 앙상해졌지만 어떤 의미에서는 더욱 커졌는데, 영적으로 그랬다는 의미다. 그녀는 작아지면서도 상승하는 듯 보였다. 이 말은 누구에게도 한 적이 없다. 그런데 왜 지금 이 말을 하고 싶어졌는지 모르겠다.

그 나날들을 보내며 나는 어머니가 좋아할 만한 음악을 틀었다. 바흐, 드뷔시, 베토벤 피아노 소나타. 때로 어머니가 빨리 잠이 들면—갈수록 더 오래 자고 더 깊이 잤지만 잠과 의식 없음 사이의 차이를 어떻게 알 수 있었을까?—나는 내 음악을, 내가 집에 올 때 차에 있었던 CD 더미에서 아무거나 잡히는 대로 틀곤 했다.

한번은 어머니 방에 들어갔는데, 어머니가 잠에서 깨어 음악에 귀 기울이고 있었다는 것을 알 수 있었다. 머리는 무겁게 베개에 놓여 있었지만 눈빛은 부드러웠다. 어머니는 마른 입술을 열고 낮게 웅얼거렸는데, 방금 들었던 노래를 다시 듣고 싶다는 얘기였다. 그것은 REM의 '모두 상처받는다'였다. 어머니는 완전히 의식을 잃을 때까지 거의 매일 그 노래를 듣고 싶다고 했다.

낮이 길 때
그리고 밤, 밤이면 홀로 있을 때

이 시기가 오기 전, 어머니가 무더운 여름 한가운데서 수술을 받고 회복하던 때, 내가 살던 우중충한 도심 지역 아파트의 빈방에서 지내면서 어머니는 어떤 것들에 대해 비이성적이면서도 아주 깊은 불안감을 드러냈다. 이 1층 아파트에는 고양이 두 마리가 살았고, 그것들은 오랜 세월 그랬던 것처럼 넓은 창문턱들을 따라 배회하며 열린 창문들을 우아하게 옆으로 걸어가곤 했다. 창문은 여름 내내 열려 있었는데, 에어컨이 없었고, 맞바람이 불지 않으면 서향이던 아파트는 견딜 수 없이 무더웠다. 한번은 의사에게 전화를 걸어—내게 바닥이 드러났다고 했던 바로 그 의사인데, 어머니의 외과 의사가 고칠 수 없었고 관심도 보이지 않던 여러 끔찍한 부작용을 치료했었다—어머니가 점점 강박적으로 고양이들을 걱정한다고 설명했다. 고양이들이 열린 창문에서 떨어져 죽을까 봐 두려워하고, 정말로 무서워한다고 말했다. 어머니는 제발 창문을 닫아달라고 부탁했는데, 자신의 상황과 관련된 그 어느 것보다 고양이들이 다치는 것을 더 겁내는 것 같았다. 그래서 나는 어머니가 방에 있을 때는 창문을 닫았지만, 그럼에도 불안은 가라앉지 않아서 그 무더운 고요함 속에서 끊임없이 창문을 쳐다보았고 그 눈은 공포로 번득였다.

의사는 신경안정제 처방전을 써주겠다며 한 시간 내에 진료실로 와서 받아 가라고 말했다. 지금 이때를 생각하노라니 내가 신경안정제를 전혀 먹지 않았던 것이 놀랍다.

어머니가 병으로 고생하던 그 시절 내내 딱 한 번, 또 다른 두려움을 털어놓았다. 수술 며칠 전 무슨 스캔을 받으려고 병원 복도에 앉아 있을 때였는데, 어머니는 죽음의 직전까지 다녀오는 '임사(臨死) 체험'이 몹시, 몹시 두렵다고 했다. 어디서 읽고 또 들었는데, 빛이 있고 터널이 있고 죽음을 향해 더없이 행복한 상태로 이끌려 가다가 돌아오게 된다고 했다. 그 생각 때문에 어머니는 두려움에 가득 차 있었다. 나는 어머니를 위로할 수 있는 어떤 말도 떠오르지 않았고, 어머니는 이렇게 속내를 고백한 후 다시는 이 얘기를 꺼내지 않고 침묵했다. 수술 후 내가 어머니에게 그 이야기를 물었을 때 어머니가 조금 멋쩍어했는데 나는 어머니가 안도했다는 것을 알 수 있었다. 죽음의 직전까지 다녀오는 경험 같은 것은 없었고, 친절한 마취과 의사와 즉각적인 무자각 상태만

이 있었다. 우리 둘 다 그 점에 감사했다.

나는 수천 번 빌었었다, 어머니가 아프게 되었을 때 내가 좀 더 나이가 많았더라면 좋았겠다고. 내가 더 성숙했더라면 어머니를 도울 수 있는 역량이 훨씬 컸으리라 확신했다.

오늘 시몬이 점심 정찬 때 헬렌 패리가 떠난다고 우리에게 말했다. 헬렌은 미소를 지었고, 시시와 카멜과 보나벤처 그리고 다른 이들은 감탄과 기쁨의 탄성을 내지르며 그 기쁨이 헬렌을 위한 것이 아니라 자신들을, 우리를 위한 것임을 숨기지 못했다.

이틀 후 헬렌을 태울 차가 올 것이며 방콕행 비행기는 사흘 후 출발이라고 했다.

보나벤처가 시몬을 바라보는 가운데 시몬은 또 다른 소식을 발표했다. 리처드 기튼스가 저수지에서 멀리 떨어진 쪽 돌마당 방목장에 유해를 묻을 무덤을 팠고, 제니 수녀가 마침내 영면에 들 수 있게 되었다고 말했다. 우리는 헬렌 패리가 떠나기 전 이 일을 할 것이라고.

나는 어머니에게, 거의 마지막에 이르렀을 즈음, 죽는 것이 두려우냐고 물었다. 어머니는 나를 지나 창밖의 층층나무를 바라보더니 조용하고 담담한 목소리로 "조금 떨린다"라고 말했다. 훗날 나는 자랑스럽게 이 이야기를 하며 어머니의 극기와 받아들임,

용감함, 낯선 믿음(어머니는 또 다른 때에 자신이 어디로 가든 내 아버지와 자기 오빠를 만날 일을 고대한다고 말했다. 그러면서도 천국도 지옥도, 어떤 종류의 사후 세계도 믿지 않는다고도 했다)을 설명했다. 그러다 어떤 소설에서 이런 구절을 읽었다. "'떨린다'는 아빠의 공포를 표현한 말이었다."

예전에 내가 결혼 생활을 할 때, 알렉스가 새벽 5시에 나를 깨운 적이 있었는데, 문제가 생겨서였다. 그가 말했다, 나 알레르기 반응이 생긴 것 같아. 퉁퉁 부은 얼굴에 쉰 목소리로 물을 삼키기 어렵다고 말했다. 내가 그에게 항히스타민제를 주자 그는 간신히 약을 삼켰다. 나는 부엌에서 벗은 몸으로 서서 구급차를 불렀고, 상담원과 이야기를 하면서 계단 난간에 걸려 있던 알렉스의 스웨터를 걸치고 빨래 바구니에 넣었던 타이츠를 입었다. 20분 정도 후에 구급차가 도착했고 남편을 병원으로 데려갔다.

나는 누구에게도 얘기한 적이 없지만 남편이 호흡곤란이 왔다고 말하는 그 순간—혀가 부풀고 기도가 좁아지기 시작했다—거의 동시에 급히 화장실에 가고 싶었다. 나는 그 욕구를 참아내며 전화를 걸어 구급차를 불렀고, 남편의 붉어진 얼굴을 보았고, 불빛이 언덕을 내려오길 함께 기다렸다. 000* 상담원과 이야

---

* 호주의 긴급 구조 번호는 119가 아니라 000이다.

기하는 내내 화장실에 가고 싶었지만 참았다. 나는 그 시간 내내 완전히 평온했다. 전화를 걸 때도, 알렉스에게 항히스타민제 두 알을 주고 그가 삼키는 것을 지켜보면서도, 이상한 옷차림을 하는 동안에도, 해가 뜨는 도로로 나가 손짓으로 부르는 동안에도. 나는 그 시간 내내 심장이 요동치지도 않았고, 땀을 흘리거나 말을 더듬지도 않았다.

그들이 알렉스를 구급차에 태워 떠났고, 이제 그들이 잘 돌볼 것임을, 그가 회복할 것임을 알고 나자, 그리고 내가 잠시 후 내 차로 그들을 뒤쫓아 병원으로 갈 것이라 생각하자, 그러자 이제 더는 화장실 갈 욕구를 참을 수가 없었다. 나는 화장실로 가서 변기에 앉았고 대장을 완전히 비워냈다. 기분 좋은 얘깃거리가 아니라는 건 나도 알지만 사실이 그랬다. 다급하고 지속적이고 전면적인 배설, 내 남편이 위험에 처했다는 것을 안 그 순간부터 끈질기게 이어졌던 그 욕구의 간절함. 배설은 한동안 계속됐고 나는 중간에 멈출 수가 없었다. 나는 팔꿈치를 무릎에 올리고 얼굴을 두 손에 묻은 채 내 몸이 완전히 비워지도록, 아무것도 남지 않을 때까지 기다릴 수밖에 없었다. 이 응급 상황 내내 나는 절대적으로 차분했다. 그러나 원초적인 육체는 두려움을 알고 반응한다.

나는 살면서, 큰 위기의 순간에, 이 같은 경험을 두세 번 했고, 누구에게도 이 이야기를 하지 않았다.

유해를 묻던 아침, 매우 추웠고 비도 부슬부슬 내렸다.

지역 당국에서 매장 허가가 아직 오지 않았고 가까운 시일 내에 올 가능성도 없다는 것을 나는 하루 정도 지나서야 알게 되었다. 신부도 성당 허가도 없을 것이다. 나는 그날 저수지에서 헬렌 패리가 돌마당 방목장에서 오던 것이 기억났다. 못자리를 찾은 것도, 리처드에게 이야기한 것도, 우리가 스스로 허락할 수 있음을 보여줌으로써 무대책의 절망을 깨부순 것도 헬렌 패리였다.

일은 이렇게 진행된다. 10시에 리처드 기튼스가 랜드크루저를 타고 오고, 그러면 우리 여섯 명이, 조지핀과 시시가 관 머리 부분에, 보나벤처와 시몬이 가운데에, 덜로레스와 내가 발치에 서서 제니 수녀의 관을 받침대에서 오래된 음식 운반 수레 위로 밀어 옮긴다. 우리는 함께 관을 방에서 복도로 인도하는데, 밧줄 손잡이를 잡아 반쯤은 들듯이 하여 관의 무게가 너무 무거워 엉성한 이동 수단에 과도한 부담이 되지 않도록 한다. 카멜이 우리 앞에서 먼저 가며 복도의 탁자와 의자들이 통행에 방해되지 않게 치우고, 어디서 속도를 늦추어야 복도에 깔린 긴 양탄자의 둥글게 말린 부분을 잘 건너갈 수 있는지 알려주며, 운반 수레의 작은 바퀴들이 관의 무게에 찌그러지지 않는지 지켜본다. 바퀴가 찌그러지지 않는다.

현관에서 리처드가 우리와 만난다. 그는 차를 현관 계단까지 후진해놓고 관을 들어 차 뒤에 싣는 것을 돕는다. 그는 뒷문을 닫고 잠근 다음, 관 위에 낡은 담요를 덮고 고정용 벨트로 움직이지 않도록 묶는다. 그러고 나서 시몬과 보나벤처가 앞 좌석 그의 옆에 타고, 차는 천천히 창고 뒤로 해서, 성당의 방목장에서 묘목장을 지나 다음 방목장을 지나고 또 그다음 방목장을 지난다. 시몬은 방목장을 지날 때마다 차에서 내려 게이트를 열고 다시 닫는다. 그들은 묘목 방목장에서 지하감옥 방목장을 지나 헬렌이 돌마당 방목장의 언덕 기슭에 골라놓은 무덤 자리로 간다. 가까이 리본껌 나무 한 그루가 서 있고 시야에 수녀원과 평원이 아래로 펼쳐진다. 나머지 사람들은, 우리 네 사람과 헬렌 패리는 걸어서 뒤를 따르는데, 그때 애넷 기튼스가 거기 있는 것이 보인다. 그렇게 모두가 된 우리는 무거운 신발을 신고 우비를 입거나 우산을 들고 부슬부슬 내리는 빗속에 방목장들을 건너가는 우울한 행진을 한다.

  25분이 걸려서 리처드가 주차한 곳, 굴착기와 땅속 어두운 구멍 옆에 도착한다. 사다리가 그 안에 놓여 있고, 그 사다리를 타고 리처드 기튼스와 헬렌 패리가 그 구덩이 속으로 내려가는 광경이 충격적이다. 남은 우리는 무덤 옆에 무릎을 꿇고 제니 수녀의 관을 살살 힘을 가하며 밀고 움직여 그들이 내민 팔로 내린다. 어느 순간 관이 굴러떨어질 것처럼 보여 모두가 헉하고 숨을 들이마시기도 하지만 헬렌과 리처드의 팔과 등은 튼튼해서 흔들리지 않고, 잘 조절하며 관을 아래로 내려 제니의 유해를 흙 위에 누인다. 그리고 나서 두 사람은 흙벽에 등을 댄 채 조금씩 움직여 구덩이의 끝부분으로 간다. 먼저 리처드가, 그리고 나서 헬렌이 보나벤처와 내가 단단히 붙잡은 사다리를 타고 올라온다. 보나벤처가 리처드의 팔을 당기는 동시에 리처드도 풀밭으로 발을 내디디고, 그리고 나서는 그가 사다리를 붙잡고 내가 헬렌의 팔을 잡아당겨 무덤에서 꺼낸다. 우리는 서로의 팔꿈치를 힘껏 잡고, 그 순간 나는 그녀의 갈색 눈을 들여다보고 그녀는 나의 눈을 잠시 들여다본다. 우리는 잡은 손에 힘을 꼭 주었다가 손을 풀며 서로를 놓아준다.

  사다리를 밖으로 올리고 우리 모두 열린 무덤가에 둘러서서 고개를 숙인다. 비가 우리의 비닐 우비를 두드린다. 우리는 눈을 감고, 시몬은 그녀의 자매를, 아니 우리의 자매를 흙으로 돌려보내는 의식을 한다. 이제 편히 쉬기를, 마침내 제니가 진정한 휴식을 취할 수 있기를, 영원한 빛이 그녀에게 비추기를 빕니다. 작게 조용한 울음소리가 들린다. 우리에게 죄지은 자를 용서하여 준 것 같이 우리 죄를 용서하여 주시옵고. 나는 헬렌을 쳐다보지 않지만 내가 용서를 구한다는 걸 헬렌이 안다는 것을 안다. 나는 헬렌이 다른 용서를, 더 깊은 용서를 할 것인지 말 것인지 생각하고 있다는 것 또한 안다.

그러고 나서 우리는 차례대로 흙을 한 삽씩 떠서 제니의 유해 위에 뿌린다. 애넷의 차례가 되었을 때 놀랍게도 그녀의 얼굴에서 눈물이 흘러내린다. 오랜 개인적 고통으로 인한 아픔에 그녀는 리처드의 가슴에 기대고, 리처드는 두 팔로 아내를 감싼 채 서서 애도한다. 이제 비는 더 세차게 내리고 흙은 진흙으로 변해간다. 시몬이 리처드에게 뭔가 이야기하자 우리는 뒤로 물러서서 서로의 손을 잡고 리처드는 굴착기에 시동을 건다. 기계는 앞으로 회전하며 흙을, 그 모든 흙을 전부, 다시 원래의 자리로 밀어 넣는다. 굴착기 너머로 저 멀리 헬렌이 이미 방목장들을 건너 돌아가고 있는 모습이 보인다.

그러고 나서 우리가 흠뻑 젖은 신발과 발로 물 먹은 풀밭을 걸어갈 때, 나는 아래편 건물들을 내려다보았다. 헬렌 패리로 보이는 인물이 가방과 박스들을 숙소에서 꺼내 진입로에서 그녀를 기다리는 검은 차의 열린 문 안으로 나르고 있다. 우리가 마지막 게이트에 이르렀을 즈음에 그녀는 이미 가고 없었다.

어두운 아침, 침대에 누워 있다. 마침내 몇 주에 걸친 그 많은 나날이 흐른 뒤에야 비가 정말로 멈췄고 새들도 나온다. 닭들이 재잘대는 소리가 들려온다. 쥐 떼의 창궐은 일단은 끝난 듯 보인다.

어린 시절 키우던 개 페기의 기억이 떠오른다. 흙투성이에 다리가 셋인 켈피종 암컷이었는데, 내가 태어나기 전, 자동차에 치여 다친 것을 우리 부모님이 발견해 수의사에게 데려갔고 다친 다리를 절단한 후 우리 집으로 데리고 온 것이다. 나의 어린 시절 내내 얌전하고 발을 저는 개로 존재했다. 아주 유순한 성격의 개였는데 개가 죽고도 한참 세월이 흐른 뒤인 이십대가 되어서야 나는 개의 이름이 다리 하나가 없는 데서 비롯되었음*을 깨달았

---

* 페기(Peggy)는 의족(peg leg)을 떠올리게 한다.

다. 페기는 집 밖, 창고 안 오래된 담요 위에서 잠을 잤다. 어느 겨울날 밤, 부모님이 페기를 안으로 데리고 들어와 석유난로 옆에서 재웠는데, 나는 페기가 죽어간다는 것을 알아차렸다. 코인지 혹은 입인지 피가 흘렀다. 아침이 되자 페기를 데리고 나가 정원에 묻었고, 나는 난로 앞 페기가 있었던 빈자리 마룻바닥에 앉아 있었다.

어머니는 한때 살아 있었던 것은 무엇이든 다시 흙으로 돌아가기 마련이라고 했다. 음식 쓰레기도 물론 퇴비가 되었다. 일반적인 조언은 안 된다고 하지만 고기와 뼈도 포함되었다. 공기와 미생물이 자유로이 움직일 수 있도록 길고 가늘게 찢은 종이도. 어머니는 오래된 순면이나 실크, 모직 옷을 잘게 잘라 그것도 퇴비로 만들었다. 생선 뼈와 살도. 리넨 행주도. 어머니는 좀 큰 편인 나뭇조각들은 마지못해 그냥 두었지만 톱밥 제조기가 있으면 좋겠다고 했었다. 어머니는 등나무 가구도 썩게 두었다가 묻었다. 언젠가 텔레비전에서 본 버킹엄궁전 정원사의 말을 인용하며 그는 가죽 부츠도 퇴비 통에 넣었다고 했다. 그 모든 것은 시간 그리고 자연을 필요로 했다. 살았던 것은 무엇이든 자신을 쓸모 있는 것으로 만들 수 있다고, 죽음 속에서도 자양분이 될 수 있다고, 우리 어머니가 말했다.

나는 우리 어머니만큼 흙을 존중하는 사람을 보지 못했다.

옮긴이의 말

여자는 젊은 시절 차를 몰고 한 달에 걸쳐 호주 그 광활한 대평원을 건넌다. 처음에는 아주 긴 거리를 달린 후 어둑해져서야 텐트를 치고 아침 일찍 짐을 꾸리지만, 날이 갈수록 모든 일이 느려져 하루 서너 시간만 운전하고 꿈꾸듯 흘러가는 하늘을 바라보다가 다음 날도 느지막이 길을 떠난다. 참으로 편안하다. 자유롭다. 그리고 마침내 도시로 들어섰을 때, 세상의 빠른 속도에, 고함치는 듯한 사람들의 큰 말소리에 화들짝 놀란다.

여자는 치열하게 살아간다. 환경 운동가로서 멸종 위기종을 보호하기 위해, 기후변화로부터 지구를 지켜내기 위해 싸운다. 그러던 여자는 너무나 크나큰 상실감 속에서 어느 날 모든 것을 다 내려놓고 고향 마을의 수녀원에 들어가 머문다. "무신론자인 사람이 일도 집도 남편도 다 버리고 속세와 격리된 종교 공동체" 안에서 지극히 단순한 생활을 하며 젊은 날 사막과 평원을 가로지르며 누렸던, 그 후로는 다시 경험하지 못했던 그 자유로움과 평온함을 느낀다.

샬럿 우드는 《상실의 기도》로 호주 작가로는 10년 만에 처음으로 부커상 최종 후보에 오르는 영예를 얻었다. 우드는 코로나로 고립된 시기에 이 작품을 썼고, 유방암 투병까지 해야 했기에 비본질적인 것, 사소한 것, 진실하지 못한 것은 모두 떨쳐버려야겠다는 마음이 대단히 절실했다고 한다. "혼돈 한가운데서의 고요함", 그것을 표현하고 싶었다고. 이 소설에는 수녀원의 잔잔함에 파문을 일으키는 '혼돈'이 등장한다. 호주의 코로나 봉쇄 시기 실제로도 발생했던 뉴사우스웨일스 지역의 쥐 떼 창궐, 태국에서 실종됐던 수녀의 유해 송환 그리고 그 유해와 함께 등장한 급진적 환경 운동가 수녀 헬렌 패리. 이 외부적인 혼돈은 화자가 부모의 죽음, 실패한 결혼, 환경 운동의 한계에 대한 회의 등으로 겪은 심한 내적 혼돈에 무게를 더하고 짓누른다. 그러나 이 소설은 극적인 드라마나 장대한 서사와는 거리가 멀다. 우드는 혼돈 한가운데서 기억의 작은 파편들을 떠올리고 그에 대한 내적 성찰을 통해 조용한 힘을, 명징한 고요함을, 담담한 고독을 보여주며, 실패와 절망, 죽음과 생존, 가족과 사랑, 상실과 극복, 용서와 화해를 성찰한다. 그리고 독자 또한 호주의 드넓은 평원처럼 여유로운 여백에 한가로이 배치된 이야기 조각들 사이를 건너가다 문득 멈추어 서서 우드가 가만히 내민 화두를 생각하게 된다. 느리게, 느리게 읽게 되는 책이다. 이 책의 조용한 힘이다.

피정(避靜)은 가톨릭 신자가 일상에서 벗어나 수도원 등에서 묵상과 기도를 통해 자신을 살피는 일이라고 한다. 끝내 이름이 나오지 않는 이 소설의 여자는 어린 시절 가톨릭 교육을 받았으나 중년을 넘어 노년을 바라보는 지금 무신론자이며, 수녀원에서 지내고 미사에 참석하며 마을 사람들에게 수녀님으로 불리기도 하지만 수녀는 아니다. 그러니까 인간이 파괴하는 지구를 구하기 위한 자신의 모든 행동이, 이메일, 회의, 보도 자료, 강연, 시위, 아침에 잠에서 깬 후에 하는 모든 사소한 행동이 환경을 파괴하고 다른 종의 파멸을 가속한다는 것에 지독한 혐오를 느끼고 고향의 수녀원으로 들어온 여자의 경우, '피정'은 적절한 이름이 아닐지도 모르겠다. 여자는 팝 아이돌처럼 "예수와 사랑에 빠지는" 이야기는 참아줄 수 없고 구역질이 나며, 수녀원 생활이란 에고, 자아, 증오, 자만 같은 것을 가라앉히는 명징한 무언가로 이루어져야 한다고 생각한다. 그리고 수녀원 생활의 가장 장점은 침묵이라고, 설명할 필요도, 끝없이 대화할 필요도 없음이 좋다고 말한다. 그럼에도 여자는 어느 날 죽은 병아리를 묻고 짧게 축복의 말을 한 후 이렇게 말한다. "기도는 아니었다. 그냥 내가 하고 싶은 몇 마디. 어쩌면 그것이 기도였는지도 모르겠다." 여자는 신앙을 이야기하지 않는다. 수녀원의 진지한 생활을 존중하고 이해하려 노력한다.

여자는 용서와 화해도 이야기하나, 용서에 이르는 과정이 준엄하고 위험하고 고통스러운 정신적 고행이기에 함부로 다른 이에게 요구해서는 안 된다고 말한다. 사죄를 듣고 싶지 않은 사람이, 너무 늦었다고 말하는 사람이 많다고, 설사 용서함으로써 자유를 얻게 된다고 할지라도. 여자의 사색은 평원 위의 길이나 바람이 그러하듯 자유로이 흐른다. 숨 가쁘게 따라가지 않아도 좋다. 가만히 서서 곱씹어보다 또 한 페이지 넘기면 된다.

부모님, 특히 어머니의 죽음을 여자는 평생 극복하지 못하고 그 무력감에서 헤어 나오지 못한다(실제로 샬럿 우드는 19세 때 어머니를 유방암으로 잃었다). 시간이, 어른다움이 해결해줄 수 있으리라 믿었지만 슬픔은 조용히 이어진다. 여자는 많은 지인의 죽음을 되돌아보고, 수녀원의 서가에서 '성인(聖人)'으로 추앙받는 이들이 죽음에 이른 방식도 살핀다. 여자는 어머니의 말을 떠올린다. 한때 살아 있었던 것은 무엇이든 다시 흙으로 돌아가기 마련이라고. 모든 것은 시간과 자연을 필요로 하고, 살았던 것은 무엇이든 자신을 쓸모 있는 것으로 만들 수 있다고, 죽음 속에서도 자양분이 될 수 있다고.

여자는 거창한 이야기를 거창하게 하지 않는다. 그럼에도 몰입하게 된다. 그것은 그녀가 들려주는 기억 속 인물 모두가, 수녀원에 등장하는 인물 모두가 나름의 최선을 다하고 있고, 우드가 거리를 두고 그들을 그려내고 있음에도 따뜻한 시선을 잃지 않기 때문이라 생각한다. 배경이 되는 평원처럼 허세나 가식 없이 간결하고 단정한 산문 또한 이 작품이 주는 조용한 힘의 근원이다. 함께 단단한 마음으로 평원을, 사막을 건너고 있다는 느낌을 줄곧 받는다.

우드는 한 인터뷰에서 가르치려 들지도, 설명하지도, 잘난 척하지도 않는 책을 쓰고 싶다고 말했다. 세상에서 겸허함을 배웠기 때문이다. "나는 질문하는 책을 쓰고 싶었어요, 대답을 주는 책이 아니라." 그녀가 던지는 질문 중의 하나. "어쩌면 우리는 가만히 있는 고요함을, 침묵을 두려워하는 것이 아닐까요."

제럴드 머네인의 《평원》을 번역하며 호주의 대평원을 만났고, 샬럿 우드의 작품에서 다시 평원을 건너고 달렸다. 빌딩 숲에 둘러싸여 조각난 하늘을 이고 사는 사람이, 마지막으로 지평선을 본 것이 언제였는지도 가물가물한 사람이 그 광활함과 여유로움을 감히 상상하는 건 참으로 어려운 일이었다. 바다 같은 대지를, 수평선처럼 끝 간 데 없는 지평선을 본다는 건 어떤 느낌일까? 사막을 건널 땐 어떤 마음일까? 우드의 글을 되새김질하며 이번 여름 몽골의 고비 사막과 평원을 건넜다. 우드의 표현이 생각났다. "거의 달 같고 사막 같지만 조용한 아름다움이 있는 곳." 그리고 우드의 이 말도 떠올랐다. 이 소설에서 탐색하고 싶었던 것은 "어디에도 숨을 곳 없는 치열한 마음"이라고. 이제 조금, 아주 조금, '평원'을 알 것 같다.

박찬원

은행나무세계문학 에세 • 25
상실의 기도

1판 1쇄 발행 2025년 9월 11일

지은이 · 샬럿 우드
옮긴이 · 박찬원
펴낸이 · 주연선

(주)은행나무
04035 서울특별시 마포구 양화로11길 54
전화 · 02)3143-0651~3 | 팩스 · 02)3143-0654
신고번호 · 제 1997—000168호(1997. 12. 12)
www.ehbook.co.kr
ehbook@ehbook.co.kr

ISBN 979-11-6737-523-0 (04800)
ISBN 979-11-6737-117-1 (세트)

• 이 책의 판권은 지은이와 은행나무에 있습니다. 이 책 내용의 일부 또는 전부를 재사용하려면 반드시 양측의 서면 동의를 받아야 합니다.

• 잘못된 책은 구입처에서 바꿔드립니다.